Sabine Bartsch

Generalpause

BoD – Books on Demand
© Januar 2023 von Michael Euen
Titelbild und Covergestaltung: Michael Euen
Lektorat: Franziska König
Herstellung und Verlag: BoD –Books on Demand Norderstedt
ISBN: 9783738618235

Roman

Die Bewohner einer Künstler-WG in Oldenburg:

Coco, 26 Jahre alt. Opernsängerin. Groß, aufrecht, selbstbewusst. Kommt aus einer berühmten Operndynastie.

Sam, 30 Jahre alt. Bühnenbildner. Charmant, unbekümmert, hedonistisch. Verschweigt sein zerrüttetes Elternhaus.

Colin, 27 Jahre alt. Musiker. Gutmütig, selbstlos, freigiebig. Produziert sehr erfolgreich Musikclips. Liebt Tick.

Tick (eigentlich Hannah), 27 Jahre alt. Schriftstellerin. Hübsch, rotgelockt, schüchtern. Liebt Colin nicht mehr.

Pierre, 28 Jahre alt. Schauspieler. Schmal, unauffällig, schwäbisch. Kommt aus einem biederen Beamtenhaushalt.

Ouvertüre

Dienstag, 7. Januar 2020

Coco

auf dem Weg zum Ausgang fragte ich mich, warum ich eigentlich nicht jubelte vor Glück. Ich hatte es doch geschafft! Aber irgendwie auch nicht, dachte ich und blieb vor dem Schwarzen Brett neben der Pförtnerloge stehen. Theaterkritiken, Probenpläne, Umbesetzungsinfos, eine Traueranzeige für einen ehemaligen Schauspieler. Mein Blick fiel auf einen tanzenden Vogel, der mit wenigen Strichen auf ein Stück Papier gekritzelt worden war. Darunter der Hinweis, dass in einer Künstler-WG noch Zimmer frei wären.

Ich fotografierte den Zettel, winkte dem Pförtner zum Abschied und trat durch die Tür ins Freie. Augenblicklich wurde ich von einer eiskalten Böe in Empfang genommen. Meine Haare, die ich beim Vorsingen offen getragen hatte, wehten mir vor die Augen. Ich strich sie zur Seite und schaute einem Typen zu, der sich beim Besteigen der Treppe sehr gegen den Wind stemmen musste. Er war blond und sehr schmal. Schätzungsweise Mitte zwanzig, so wie ich. Als er oben war, hielt ich die Tür auf. Er heiße Wagner und habe einen Termin zum Vorsprechen, sagte er mit unsicherer Stimme zum Pförtner. Er hatte es noch vor sich, der arme Kerl.

Vor dem Bahnhofsgebäude zogen ein paar Reisende ihre Koffer hinter sich her und bliesen kleine Atemwolken in die Luft. Von irgendwo wehte der Duft gebrannter Mandeln herüber. Keine Nutten, keine Junkies. Nichts, um das einen Bogen zu machen gelohnt hätte. Ich suchte nach den merkwürdigen Gestalten, die alle Bahnhöfe dieser Welt bevölkerten. Den Alten. Den Verwitterten. Dem leeren Gesicht der Obdachlosigkeit, aus dem jegliche Hoffnung entwichen ist. Ich fand nichts als Ordnung. Selbst die Bahnhofsuhr sah aus, als sei sie gerade blankpoliert worden. Großer Gott, hier würde ich nicht leben können.

Problem:

Es war mein einziges Angebot. Und es war ein tolles Angebot. Ich würde mich einleben müssen. Es war eine Chance. Ein Sprungbrett hinaus in die wirkliche Welt. Mailand, London, New York.

Viel zu früh betrat ich den Bahnsteig, wo der Wind noch eisiger zu sein schien, und suchte Schutz hinter einem Süßigkeitenautomaten. Frierend beobachtete ich einen Anzugträger, der mit Servietten und Tempos seine Schuhe vom Schmutz zu befreien versuchte. Meine Füße waren nicht mehr zu spüren, als der Zug nach einer gefühlten Ewigkeit mit kreischenden Bremsen einfuhr, direkt vor einem alten Mann zu stehen kam, auf dessen Mantelkragen vereinzelte Schuppen ruhten.

Im völlig überhitzten Zug ließ ich mich auf einen freien Sitz fallen und fummelte mein Handy aus der

Tasche. Versonnen starrte ich das Bild mit dem tanzenden Vogel an.

Bestandsaufnahme pro: Ich hatte ein Engagement. Und das mit dem Zimmer würde bestimmt auch klappen.

Bestandsaufnahme contra: Der Beginn meiner Karriere würde in der Norddeutschen Tiefebene seinen Anfang nehmen. Fuck!

Pierre

Ganz ruhig. Es ist nur eine Nebenrolle. Ich spreche nur für eine Nebenrolle vor. Mein Mantra der letzten zwei Stunden. Zweier endlos langer Stunden, in denen ich mit rasendem Herzen und nassen Handinnenflächen den Flur rauf und runter getigert war. Nun blieb ich stehen und schaute durch die große Glasfront auf die Straße. Autos pflügten dreckiges Regenwasser von der einen auf die andere Seite. Menschen eilten geduckt unter Schirmen den Fußweg entlang. Fahrradfahrer! Wie konnte man bei dem Scheißwetter Fahrrad fahren?

Die anderen schienen alle cool zu sein. Zwei Typen fläzten sich lässig auf dem Boden und hielten einen Kopfhörer ans Ohr. Als ich an ihnen vorbeiging, hörte ich einen Popsong. Wie konnte man in dieser Situation Musik hören? Irgendwo knarrte eine Tür.

„Herr Wagner bitte!"

Die zwei Typen waren heiß. Jeder auf seine Art. Vielleicht sollte ich mir die etwas genauer ansehen, um mich abzulenken?

„Herr Wagner?"

Der eine hatte seine Haare superhell gefärbt, was einen irren Kontrast zu seinem dunklen Teint ergab. Aus dem Augenwinkel sah ich eine junge Frau in der Tür zum Zuschauerraum stehen. Sie hakte etwas auf einer Liste ab. Ihr gelber Rock verbarg kurze dicke Beine. Oder versuchte es zumindest.

„Herr de Vries?", rief sie.

Der Typ mit den hellen Haaren stand auf. Irgendwo in meinem Unterbewusstsein wurde ein Motor angeworfen. „Halt!", rief ich so laut, dass der komplette Flur zusammenzuckte. Die Frau hob eine Augenbraue.

Ich rannte los, schubste den Blonden zu Seite und stand vor der Frau. „Wagner! Das bin ich!" Auf meiner Stirn hatte sich ein Schweißfilm gebildet. Meine Knie zitterten, ich schnappte nach Luft. Und plötzlich wusste ich: Ich würde es verkacken!

Die Frau grinste überheblich. „Nervös?"

„Nein", keuchte ich, auf der Suche nach einer Spur Restwürde.

Sie schaute auf ihr Klemmbrett. „Pierre Wagner?"

„Ja, das bin ich."

„Warten Sie hier." Sie blickte den blonden Kerl an. „Herr de Vries, bitte kommen Sie mit mir." Die Tür zum Z-Raum fiel zu. Ich drehte mich um, ein paar Leute grinsten hämisch, vielleicht auch peinlich berührt. Ich war ihnen peinlich. Ich verriet die

Zunft. Ich führte mich auf wie ein verdammter Anfänger. Die Wahrheit war: ich *war* ein verdammter Anfänger. Mutlos ging ich zurück zum Fenster und schaute hinaus. Der Regen war stärker geworden. Eine kleine Person schob ihr Fahrrad gegen den Wind. Ihr Regenschirm stülpte sich flatternd nach außen. Sie kämpfte mit ihm wie Don Quichotte mit seinen Windmühlen. Scheint ein zähes Völkchen zu sein hier im hohen Norden.

„Hallo", sagte jemand in meinem Rücken. Ich drehte mich um. Vor mir stand ein Typ in Jeans und Lederjacke mit einer riesigen Mappe unter dem Arm. Er sah aus wie ein Rockstar. Oder die Persiflage eines Rockstars. Fragend blickte ich ihn an.

„Hey, ich suche den Weg zum Technischen Betriebsbüro. Bin neu hier."

„Vermutlich nicht so neu wie ich."

Er verzog den Mund zu einem schiefen Lächeln. „Okay, dann habe ich wohl den Falschen gefragt."

„Sieht ganz so aus, ich habe jedenfalls keinen Schimmer, wo das ist."

„Alles klar. Dann frag ich jemand anderen." Er lächelte. „Ich bin übrigens Sam. Bühnenbildner."

„Pierre. Schauspieler."

„Man sieht sich." Sam drehte sich um und ging.

Was für ein dämlicher Dialog, ging es mir durch den Kopf. Mein Herz wummerte noch immer gegen meine Brust. Ich musste unbedingt meine Atmung unter Kontrolle bekommen.

Ganz ruhig. Es ist nur eine Nebenrolle. Ich spreche nur für eine Nebenrolle vor.

„Herr Wagner." In der Tür zum Z-Raum standen die dicken Beine im gelben Rock. Der Typ mit dem niederländischen Namen war doch gerade erst hineingegangen. War das ein gutes oder schlechtes Zeichen? War das überhaupt ein Zeichen? Ich stolperte zu der Frau. „Ja?"

„Bereit?", fragte sie süffisant grinsend.

„Klar." Ich folgte ihr in den Zuschauerraum, einem protzigen Barocksaal mit drei Rängen. Vormittags war ich noch von einem netten Praktikanten durch's Haus geführt worden. Ich durfte mich kurz auf die Bühne stellen und die Pracht aus rotem Plüsch, marmornen Putten und goldenen Leuchtern bewundern.

Nun lag der Raum im Dunkeln. In einer der mittleren Reihen stand ein Tisch, auf dem kleine Lampen brannten. In dieser Beleuchtung konnte ich im Saal nur Schemen erkennen. Ich wusste, dass dort der Intendant saß und vermutlich noch ein Dramaturg, vielleicht auch der Ballettmeister. Erkennen konnte ich niemanden. Sollte ich da jetzt hingehen und allen die Hand geben? Doch die dicken Beine führten mich zum Bühnenaufgang. Sollte ich offensichtlich nicht. Als ich zitternd die fünf Treppenstufen emporstieg, wurde es auf der Bühne hell. Ich stellte mich in die Mitte.

„Schön, dass Sie den Weg zu uns gefunden haben", hörte ich jemanden sagen. Ich winkte linkisch in den Raum hinein, und vermutlich kam es so rüber, als würde ich mich für eine Rolle als Hobbit bewerben.

„Hallo, danke, dass ich hier sein darf", brachte ich heraus.

„Bitte erzählen Sie uns doch ein bisschen von sich."

Oh. Ich hatte drei Rollen einstudiert. Ich hatte ein Lied. Ich hatte eine Tanznummer. Ich war vorbereitet. Diese Aufforderung kam allerdings überraschend. In der ersten Reihe hörte ich ein unterdrücktes Kichern.

Ich räusperte mich. „Mein Name ist Pierre Wagner, wie der aus Bayreuth. Also der Wagner." Meine Stimme war nicht ganz so fest, wie ich es mir gewünscht hätte.

„Aber nicht verwandt, nehme ich an?", fragte jemand belustigt.

„Leider nein. Ich komme aus Heilbronn, habe nach dem Abitur in Hannover Schauspiel studiert und freue mich jetzt darauf, in einem wirklichen Theater zu spielen." Aus dem Zuschauerraum waberte mir dunkles Schweigen entgegen. „Ich kann spielen, tanzen und singen", schob ich deshalb nach. Es klang wie *ich kann schon bis zehn zählen und meine Schuhe selber binden.*

„Welchen Text haben Sie vorbereitet?"

„Nathan der Weise. Den Monolog"

Für eine Sekunde trat völlige Stille ein. Hatte ich eine schlechte Wahl getroffen? Das war doch einer der Vorsprech-Klassiker.

„Und als Zweites?", fragte die Stimme aus der Dunkelheit.

Die wollten mich verunsichern. Nicht mit mir! „Ich würde gerne damit beginnen."

„Was brauchen Sie dafür?"

„Ein Stuhl wäre gut."

Kaum hatte ich das gesagt, kam der nette Praktikant vom Vormittag aus der Seitengasse, stellte einen Stuhl in die Mitte der Bühne, reckte verstohlen den Daumen in die Höhe und war wieder weg. Auch wenn ich nicht wusste, warum, aber diese kleine Geste machte mir Mut. Ruhig drehte ich den Stuhl so, dass ich mich rittlings draufsetzen konnte, atmete einmal tief durch und begann.

Hm! hm! Wunderlich!

Wie ist mir denn?

Was will der Sultan? Was?

Ich bin auf Geld gefasst, und er will – Wahrheit. Wahrheit!

Ich blickte versonnen in den dunklen Raum, während ich den Text sprach. Fokussiert, ohne jedes Pathos. Ich spürte eine Bühnenpräsenz wie selten zuvor. Ich war gut.

„Danke!"

Verwirrt blickte ich ins Dunkel. „Aber ich habe doch gerade erst angefangen." Jetzt erkannte ich, dass es fünf kleine Lampen waren, die den Tisch beleuchteten.

„Wir würden gerne noch etwas anderes sehen!" Das war eine andere Stimme als vorhin.

In der ersten Reihe hörte ich es wieder kichern. Hatte man die dicken Beine dort platziert, um mich zu verunsichern?

Ihr wollt mich provozieren? Obwohl ich gerade so gut im Text war? Wütend stand ich auf, kickte den

Stuhl beiseite, blickte ins Dunkel, hob den Kopf und begann zu improvisieren:

Was ist das nur für eine Zunft? Die der Gaukler und der Clowns? Die der schiefen Schuhe und der roten Nasen? Was ist das nur für eine Zunft …?

Ich wusste nicht weiter, mehr fiel mir einfach nicht ein. Wütend gab ich dem Stuhl erneut einen Tritt. Er fiel um und zerbrach. Aus dem Z-Raum kam Geraune. Ich gab dem Stuhl einen weiteren Tritt. Das Kichern in der ersten Reihe nahm einen hysterischen Beiklang an. Würde da gleich jemand einen Nervenzusammenbruch bekommen? Ich holte Luft, schaute in die Dunkelheit – und machte weiter:

Was ist das nur für eine Zunft?
Diese unromantische, wirklichkeitsnahe und handfeste Jugend, die den dunklen Seiten des Lebens gefasst ins Auge sieht, unsentimental, objektiv, überlegen …

Der Text war nicht improvisiert! Der war nicht von mir. Das war Borchert. *Draußen vor der Tür*. Wie kam ich aus der Nummer wieder raus?

Schweigend stand ich auf der Bühne. Zählte die fünf Lichter von links nach rechts und von rechts nach links. Es blieben fünf. Im Saal absolute Stille. Die Dunkelheit erwartete etwas von mir. Ich machte ein paar ungelenke Tanzschritte. Mimte einen Clown, der zu tanzen versuchte. Ich machte mich komplett zum Deppen.

„Danke!"

Erleichterung durchflutete mich. Ich hatte es verkackt, aber ich hatte es hinter mir. Nach einer übertriebenen Verbeugung wandte ich mich zur Treppe.

„Chéri!", rief es aus dem Dunkel. Eine spillerige Gestalt huschte Richtung Bühne. Chéri? War *ich* damit gemeint? Ein sehr dünner Mann in lächerlichen, weißen Leggings hüpfte behänd die Treppe hinauf. Wenn jemand im Theater solche Hosen trägt, kann er nur vom Ballett sein. Der Mann, vermutlich der Ballettmeister, kam auf mich zu, legte einen Arm um meine Schulter und schob mich zurück in den Kegel des Scheinwerferlichtes.

„Chéri, ich möchte dich tanzen sehen!", flötete er. Sein süßliches Parfüm verursachte mir Übelkeit.

„Was hast du für uns vorbereitet, Chéri?" Er strahlte mich an.

„Ähm, eine Improvisation zu einer Musicalmelodie."

„Improvisation scheint ja dein Fachgebiet zu sein." Er zwinkerte und machte ein Zeichen Richtung Seitenbühne, wo der Inspizient saß. Die Musik setzte ein. Es handelte sich um Musik, die ich vor einigen Tagen per File geschickt hatte. Scheiße. Sollte ich das wirklich noch machen, obwohl ich doch schon durch war? Der *Chéri-Heini* nickte mir zu und verließ die Bühne. Nachdem er sich in der ersten Reihe niedergelassen hatte, begann ich zu tanzen. War ja ohnehin egal, sollten die sich doch über mich totlachen.

„Danke!"

Ich stand da und blickte schweigend in die Dunkelheit. Dies war nicht das erste und würde nicht das letzte Vorsprechen sein. Aber ich war nicht so schlecht, wie sich diese Lackaffen einbildeten, mich finden zu dürfen. Dieses überhebliche, arrogante Kleinstadtpack.

„Würden Sie bitte draußen warten?"

Ich würdigte der Dunkelheit keine weitere Aufmerksamkeit und verließ die Bühne Richtung Foyer. Seltsam erleichtert ging ich den Flur entlang. Gefolgt von den fragenden Blicken derer, die es noch vor sich hatten. Na, viel Spaß euch! Ich habe es hinter mir und wisst ihr was? Ich bin froh darüber. In diesem Provinztheater will ich gar nicht arbeiten. Das habe ich überhaupt nicht nötig. Ich bin dafür viel, viel zu gut! So, nehmt das, ihr Lackaffen! Ihr verkackten …

„Herr Wagner!"

Ich stoppte meinen inneren Monolog und schaute zur Tür des Z-Raums. „Würden Sie bitte noch einmal hereinkommen?"

Sam

Der Typ mit dem etwas schiefen Mund, der mich durchs Haus geführt hatte, kam mir irgendwie komisch vor. War das der Besitzer? Oder hatte er es gemietet und vermietete unter? Das Haus selbst war okay. Mehr als okay. Ich konnte zwischen drei Zimmern wählen. „Wie hoch wäre denn die Miete?"

„Dreihundert warm." Er lächelte, entblößte ein Tastaturgebiss. Zähne, die etwas zu weiß waren, um wahr zu sein.

„Das ist nicht viel."

„Das ist der übliche Preis", meinte er unbekümmert.

„Okay. Und wer wohnt außerdem noch hier?"

Die Miete war ein Witz. Ein eigentümlicher Geruch hing in der Luft. Vielleicht wollte er, dass ich für ihn deale?

„Im Moment nur Tick. Wir, ähm, waren ein Paar."

„Tick?"

„Eigentlich Hannah, aber alle nennen sie Tick."

Ich lächelte zurück. „Und ihr seid kein Paar mehr?"

„Nein, leider nicht."

„Aber wollt hier weiter zusammenwohnen?"

„Wir haben uns überlegt, dass es vielleicht ganz witzig wäre, eine Künstler-WG zu gründen, damit wir nicht immer nur aufeinanderhocken. Das war mehr so Ticks Idee. Und Platz ist ja genug da."

„Und vorher habt ihr zwei hier alleine gewohnt? In diesem riesigen Haus?"

„Ja, aber es war wirklich zu groß für zwei Leute. Nächsten Monat zieht vermutlich noch ein Mann ein. Er ist Schauspieler und hat heute sein Vorsprechen."

„Ich war heute Morgen auch im Theater, da flirrte die Luft vor lauter Aufregung. Scheint, als wäre heute das große Vorsprech-Event. Deshalb weiß ich auch von dem freien Zimmer bei euch."

Ich hatte mir den Namen des Typs nicht gemerkt. Insgeheim taufte ich ihn *Hazel*, wegen seiner dunklen

Haut, auch wenn das absolut nicht der political correctness entsprach.

Er sah mich an, als wolle er mich röntgen. „Aber du bist kein Schauspieler, oder?"

Ich strich mir die Haare aus dem Gesicht. „Nein, ich habe Bildende Kunst und Bühnenbild studiert." Er brauchte ja nicht unbedingt zu wissen, dass das nur die halbe Wahrheit war.

„Aha."

Meine Ausführungen schienen ihm nicht zu genügen. Lege ich halt noch ´ne Schippe drauf. „Ich mache das Bühnenbild für die nächste Opernpremiere. Außerdem besteht die Chance auf eine Ausstellung in einer hiesigen Galerie. Dort scheint man meine Sachen zu mögen."

„Sachen?"

War ich hier eigentlich beim Casting? Hallo? Ich wollte bloß ein Zimmer mieten. „Und was macht ihr so?", fragte ich.

Hazels weiße Zähne blitzten mich an. „Tick ist Schriftstellerin. Sie ist sehr gut. Und sehr eigen. Sprich sie lieber nicht darauf an, woran sie gerade arbeitet."

„Geht klar. Und du?"

„Ich mache Musikclips. Es gibt übrigens noch das Kunsthaus Clark, das können alle nutzen."

„Was soll das sein?"

„Komm mit." Durch die Glastür in der Küche, die von einem riesigen Tisch dominiert wurde, sah man in den Garten, der dalag wie ein gefrorenes Stillleben. Der Wind blies eisige Kälte herein, als

Hazel die Tür öffnete. Wir passierten die mit Raureif überzogenen Büsche, die dastanden wie Gespenster an Halloween, während der Schnee unter unseren Schuhen knirschte, als würden wir Kristalle zertreten. Hinter einer Tanne stand ein rotes Backsteinhaus. Zwei Fenster, die wie Augen wirkten. Das Dach mit weißem Puderschnee überzogen. Ich musste an Hänsel und Gretel denken.

Hazel, dessen richtigen Namen ich vergessen hatte, schloss die Tür auf. Mein Herz klopfte schneller, als ich den dunklen Raum betrat. „Ähm, gibt es hier kein Licht?"

„Doch, klar. Warte, dieser verflixte Schalter ist immer so schwer zu finden." Seine Hand tastete suchend an der Wand entlang. Dann ein Klicken und es wurde hell. Geblendet schloss ich die Augen, öffnete sie wieder - und stand in einer Kathedrale.

Ein alter Flügel mitten im Raum. *Steinway & Sons* las ich. Daneben weitere Musikinstrumente. Eine Gitarre, zwei Bässe. Ein Saxophon, in dessen Gold sich ein gigantischer Kronleuchter spiegelte. Haufenweise Bücher und Noten. Ein riesiges Sofa aus rotem Samt. Mehrere Staffeleien. Farben, Pinsel, Zeichenstifte.

Auf einer Staffelei stand ein halbfertiger Akt. Ich trat näher hin. „Hast du das gezeichnet?"

Hazel lachte. „Nein, dazu fehlt mir leider jegliches Können. Das ist von Tick."

„Sie hat Talent."

Neben der Staffelei hingen teure Holzwerkzeuge. Darunter unbehauene Holzklötze.

„Wow." Mehr brachte ich nicht heraus.

„Der Raum steht allen zur Verfügung, auch Freunden aus der Nachbarschaft." *Hazel* grinste. „Manchmal schlafen hier auch Leute, die zu Besuch sind."

Ich blickte ihn an. „Entschuldige, aber ich habe mir deinen Namen nicht gemerkt."

„Soso." Er zwinkerte mir zu. „Ich bin Colin."

Ich sog den Geruch von Farbe, Staub und einem Hauch von Paraffin ein. „Ich glaube, hier bin ich richtig, Colin."

Coco

Nachdem ich in Hannover umgestiegen war, nahm ich mein Handy und tippte die Nummer ein, die unter dem tanzenden Vogel stand. Nach dem dritten Läuten hob jemand ab.

„Colin", kam es zackig aus dem Telefon.

„Coco", antwortete ich.

Am anderen Ende blieb es still. Ich sagte auch nichts.

„Ja bitte?" Ja bitte? Der klingt ja wie mein Opa. Okay, die Stimme schien jüngeren Jahrgangs zu sein.

„Ich habe den Zettel im Theater gelesen, habt ihr noch was frei?"

„Ein Zimmer ist noch zu haben."

„Nehm´ ich."

Er lachte. „Vielleicht solltest du es dir erstmal ansehen?"

„Ich habe leider keine Zeit, bin schon wieder auf dem Weg nach München."

„Tja dann, alles Gute." Ehe ich etwas erwidern konnte, hatte Colin das Gespräch beendet.

Ich wählte die Nummer erneut. „Was soll es denn kosten?"

Wieder ein sympathisch klingendes Lachen. „Und wer will das wissen?"

„Coco."

„Coco, soso."

„Ich brauche wirklich dringend ein Zimmer. In drei Wochen ziehe ich nämlich in eure Stadt."

Schweigen.

„Und du willst doch nicht, dass eine junge Frau im Januar unter einer Brücke schlafen muss?"

„Wenn ich die junge Frau gar nicht kenne, kann mir das doch egal sein, oder?"

Ich seufzte und sah aus dem Fenster in den tristen Winterhimmel, während der Zug mich zurück nach München brachte, wo das Wetter hoffentlich besser war. „Coco Blum, 26 Jahre alt, 1,72 groß, 55 Kilo schwer, Augenfarbe grün."

Colin lachte wieder. „Wir suchen eine Mitbewohnerin, möglichst Künstlerin. Wieviel sie wiegt, ist genauso nebensächlich wie ihre Augenfarbe."

Der Mond goss fahles Licht über eine Weide. „Ich werde die Hauptrolle in der nächsten Oper eures Theaters singen. Künstlerin genug?" Den Stolz in meiner Stimme konnte ich nicht ganz unterdrücken.

„Oper? Ach du Scheiße!"

„Moment mal!" Was dachte sich der Typ eigentlich? Sollte ich das Telefonat einfach beenden? Problem: Ich brauchte dringend ein Zimmer.

Am anderen Ende der Leitung blieb es einen Augenblick still. Colin räusperte sich. „Tut mir leid, das ist mir nur so rausgerutscht. Und du hast keine Möglichkeit, hier vorbeizuschauen?"

„Leider nein."

„Das ist schlecht, wir wollen nämlich nicht irgendwen in unserem Haus."

„Ich bin nicht irgendwer!"

„Also gut, dann lass uns nächste Woche skypen."

„Wer wohnt denn noch in der WG?"

„Im Augenblick sind wir zu zweit, es ziehen noch zwei Männer ein und deshalb suchen wir noch eine Frau."

„Ganz schön große WG."

„Wenn´s dir zu viel …"

„Nein, nein. Das ist prima. Wir skypen. Wann genau?"

Mittwoch, 15. Januar 2020

Tick

Nun waren wir also vollzählig. Und ich unsicher, ob mir das gefiel oder eher nicht. Coco hatte bei ihrer Vorstellung, die wir per Skype machen mussten, weil sie angeblich nicht noch einmal herkommen konnte, vor Selbstbewusstsein gestrotzt. In dieser Hinsicht schien sie das genaue Gegenteil von mir, weshalb ich auch gegen sie gestimmt hatte. Aber die Männer hatten mich dazu überredet, es mit ihr zu versuchen. Sogar Colin. Sie hätte sonst keine Bleibe, hatte er argumentiert. Schließlich hatte ich zugestimmt und mir vorgenommen, vorurteilsfrei auf sie zuzugehen. Dafür müsste sie allerdings mal aus ihrem Zimmer kommen.

„Wir können bald essen", rief ich.

„Super, hab´ einen Bärenhunger", brummte Colin, der wie meist gekrümmt über seinem Laptop hing. In letzter Zeit arbeitete er gerne in der Küche, keine Ahnung, warum.

„Kannst du bitte die anderen holen?", bat ich.

„Hm."

„Colin!"

Er schaute auf. „Ja?"

„Kannst du bitte die anderen holen?" Ich platzierte Teller und Besteck auf dem großen Holztisch, den wir blau angemalt hatten. Zur Feier des ersten gemeinsamen Abendessens hatte ich mich heute Morgen sogar in die Kälte gewagt und einen kleinen Strauß Blumen gekauft. Ich zog eine Schublade auf, suchte nach einem Feuerzeug und zündete die Kerzen an. Kerzenschein und Blumen. War das zu viel? Ich blies die Kerzen wieder aus. Servietten oder keine Servietten? Ich wollte nicht spießiger wirken, als ich war, zündete die Kerzen wieder an und stellte die Blumen auf die Fensterbank. Colin hatte sich noch nicht von der Stelle bewegt. Ich wuschelte ihm durchs Haar. „Wieder so schwer zu arbeiten? Jöjöjö!", flötete ich in leicht spöttischem Tonfall. Ständig eierten wir umeinander herum wie zwei aus der Umlaufbahn geratene Satelliten. Die Metamorphose vom Liebespaar zu sogenannten guten Freunden probend. Es gelang mal mehr, mal weniger.

Colin lächelte mir zu. „Dann pfeife ich die hungrige Meute mal zusammen." Ich hörte ihn an Pierres Tür klopfen. Kurz darauf erschien Pierre in der Küche. Pierre war süß, auch wenn es etwas nervte, dass er von nichts anderem als seiner Rolle sprach.

„Hm, riecht das gut." Er setzte sich auf die rote Bank und lächelte mir zu. „Ich bin gerade noch mal den Beerdigungsunternehmer durchgegangen."

„Den Beerdigungsunternehmer?"

„Eine meiner Rollen."

„Ich dachte, du spielst den Tod", war ich so freundlich, ihm ein Stichwort zu liefern.

Pierre strahlte mich an. „Genau. Und der erscheint in *Draußen vor der Tür* in unterschiedlichen Rollen. Der Beerdigungsunternehmer … "

„Beerdigungsunternehmer?", fragte Coco, die mit einer Flasche Sekt in der Tür stand. Sie hielt sie mir hin. „Ein kleiner Willkommensgruß."

In großzügigem Gestus reichte sie mir die Flasche.

„Oh, danke, sollen wir den jetzt trinken?"

„Das war der Plan."

Während ich die Flasche öffnete und Sekt einschenkte, musterte ich Coco verstohlen. Ihr Hals erschien mir extrem lang, und entsprechend hoch oben befand sich der Kopf mit dem hochgesteckten schwarzen Haar. Bestimmt war sie einen ganzen Kopf größer als ich.

Sie wirkte eher wie eine Tänzerin als eine Opernsängerin. Mussten die nicht dicker sein? Wegen des Stimmvolumens?

Coco lächelte mich an. „Hast *du* gekocht?"

„Ja, aber glaub bloß nicht, dass ich das immer mache." Ich lächelte zurück.

„Also jedenfalls, der Beerdigungsunternehmer …", nahm Pierre den Faden wieder auf.

„Beerdigungsunternehmer?", fragte Sam, der nun gemeinsam mit Colin die Küche betrat.

„Coco hat eine Flasche Sekt mitgebracht", versuchte ich das Thema auf das Wesentliche zu lenken. Nämlich darauf, dass wir jetzt gemeinsam essen würden, um uns ein bisschen kennenzulernen. „Lasst uns auf unseren ersten gemeinsamen Abend anstoßen!"

„Ein Joint wäre mir lieber." Colin grinste und schnappte sich ein Glas.

„Auf uns!"

Er schüttete den Sekt in einem Zug hinunter, Pierre nippte vorsichtig und Coco tat nur so, als würde sie trinken.

„Jedenfalls, der Beerdigungsunternehmer …"

„Setzt euch doch", sagte ich, „der Auflauf müsste fertig sein." Ich schob den grünen Stuhl, der meist in der Ecke steht, an den Tisch, damit alle einen Platz hatten.

Coco setzte sich seufzend. „Ich hatte heute meine erste Rollenstunde. Danach habe ich dem Mann, der den Rodolfo singt – hab vergessen, wie der richtig heißt – zugehört. Das ist ja vielleicht ´ne Type! Mann, der hat ´nen Stock im Arsch. Der könnte die ganze Inszenierung versauen."

Ich stellte die Auflaufform in die Mitte des Tisches und setzte mich ebenfalls.

„Was für eine Fehlbesetzung", meinte Coco und nahm sich so wenig von meinem Auflauf, dass es einer Beleidigung gleichkam.

„Und das erkennst du so schnell?", fragte Sam lächelnd.

„Vielleicht solltest du deinem Kollegen eine faire Chance geben", ergänzte ich, bevor Coco antworten konnte. Ich spürte, dass ich rot wurde, und ärgerte mich grün.

Cocos Hals schien noch länger zu werden. Irgendwie giraffig. Sie lächelte ein Lächeln, das zu deuten ich nicht in der Lage war. Machte sie sich über das kleine, unerfahrene Mädchen lustig, in dessen Auflauf sie gerade herumstocherte?

„Du hast recht, Tick. Ich war nur enttäuscht. Da kannst du noch so toll singen - und das kann er, das muss ihm der Neid lassen - wenn du dastehst, als hättest du einen Besenstiel gefrühstückt, dann bringt dir deine Stimme Null. Und der Typ ist mein direkter Bühnenpartner. Aber gut, vielleicht wird das ja noch."

„Und du hast echt in München studiert?", fragte Pierre, dem sein *Beerdigungsunternehmer* abhandengekommen zu sein schien.

„Ja."

„Wow."

Pierres Begeisterung musste man wohl entnehmen, dass Coco an einer sehr guten Hochschule studiert hatte.

Sam gönnte sich eine weitere Portion. „Das schmeckt großartig, Tick. Danke für dieses Willkommensessen."

Ich wurde wieder rot. Mist.

„Wenn du in München studiert hast, kennst du doch sicher den Blum?", fragte Pierre aufgeregt. Blum? So hieß Coco doch mit Nachnamen? Wusste Pierre das nicht?

Zu meiner Freude war es nun Coco, die errötete. Es waren also nicht nur die blassen, rothaarigen Menschen damit geschlagen, dass sich ihre Emotionen aufs Gesicht malten wie Schlagzeilen in Großbuchstaben.

„Kann ich bitte noch etwas Wasser haben?", fragte Coco.

Ich stand auf und holte eine Flasche aus dem Kühlschrank, „Du kannst dich aber auch selber bedienen."

„Oh, natürlich, sorry", Coco lachte verlegen, „das nächste Mal. Ich fühle mich hier noch nicht so ganz angekommen. Ist ja auch mein erster Abend. Aber es ist voll gemütlich." Sie wandte sich an Sam. „Du wohnst schon länger hier, oder?"

„Na ja, wenn für dich eine Woche lang ist?"

Sam schien von Coco fasziniert. Fand er sie als Person interessant? Als Frau? Fand er sie sexy?

„Wisst ihr was?", unterbrach Colin meinen Gedanken, „ich hole uns mal was Feines zum Nachtisch." Er ging in sein Zimmer und der Rest der Mannschaft schaute mich fragend an. Ich zuckte die Achseln, obwohl ich natürlich wusste, was jetzt kommen würde.

Colin

Ich warf Tick einen fragenden Blick zu. Sie mochte es eigentlich nicht, wenn in der Küche geraucht wurde. Als sie aber dennoch nickte, zündete ich den Joint an, nahm einen Zug und reichte ihn Sam. „Hier, nimm ´nen Zug, du Weißbrot." Sam musste lachen. Tick wirkte, als fühlte sie sich nicht ganz wohl. Ihr unsteter Blick huschte an diesem Abend noch öfter hin und her als sonst. Hatte sie ein Problem mit Coco? Coco war ohne Frage eine Erscheinung.

Ich holte einen Aschenbecher aus dem Schrank. „Die Blumen sind schön, Tick", sagte ich.

Tick wurde rot. Das war überhaupt das Süßeste an ihr. Ihr ständiges Erröten. Auch wenn es sie selber furchtbar nervte. „Sind das Lilien?", fragte ich.

„Ja."

„Friedhofsblumen", meinte Pierre und schüttelte den Kopf, als Sam ihm den Joint anbot. Tick verzog das Gesicht. „Also, ich meine, die sehen toll aus. Aber das sagt man doch so, oder?", stotterte Pierre und zog die Schultern hoch, was ihm etwas Kauziges verlieh.

Coco strahlte in die Runde. „Lilien und Rosen sind Mimis Lieblingsblumen."

„Mimi? Wer ist jetzt Mimi?", fragte ich, während ich mich entspannt zurücklehnte.

„Meine Partie in La Bohème."

„Ist das eigentlich eine große Rolle?", fragte Tick. Coco leuchtete, strahlte geradezu vor Begeisterung. „Das ist die weibliche Hauptrolle."

„Wow." Tick schien ehrlich beeindruckt. „Es ist aber doch auch dein erstes Engagement, genau wie Pierres, oder?"

Pierre lachte etwas zu laut, zog die Schultern noch höher und verwandelte sich in einen Uhu. „Im Gegensatz zu Coco muss ich mich erst noch hocharbeiten. Hoffentlich ohne Umwege über die Besetzungscouch."

Bevor Tick ein weiteres Mal rot werden konnte, wechselte ich schnell das Thema. „Ist Coco eigentlich eine Abkürzung? Für Corinna, oder so?"

Coco lachte. „Nein, meine Eltern fanden es superoriginell, mich nach Coco Chanel zu nennen. Nun muss ich mit dem Namen leben."

Sam beugte sich zu ihr. „Das ist doch ein passender Spitzenname für einen zukünftigen Star."

Coco schaute ihn an. „Lass mich erstmal die Premiere singen, danach sehen wir weiter." Die Art, wie Sam ihr kurz über den Arm strich, ließ erahnen, dass er ihr bereits komplett verfallen war.

„Aber Tick ist ganz sicher nicht dein Taufname, oder etwa doch?", fragte Coco.

Pierre stupste Tick in die Seite. „Verrate uns deinen Namen und wir sagen dir, wie du heißt."

Tick musste lachen. „Ich heiße Hannah. Mit h."

„Hannah ohne H wäre ja auch Anna", witzelte Pierre.

„Mit zwei h. Das zweite steht hinten."

„Und wieso nennt man dich Tick?", wollte Sam wissen.

„Das fanden *meine Eltern* superoriginell. Und ich bin den Namen einfach nicht wieder losgeworden."

Verliebt blickte ich sie an. „Das ist der süßeste Spitzname, den man sich denken kann und er passt dir wie angegossen."

„Finde ich auch", meinte Coco. „Warum haben deine Eltern dich denn so genannt?"

„Ihr seht ja, dass ich eine sehr blasse Haut und rote Haare habe. Das war als Kind noch extremer, richtig schlimm."

„Wieso schlimm, du siehst doch voll süß aus." Diese Einschätzung Cocos würde Tick nicht so einfach schlucken. Mir war keine Frau bekannt, die trotz ihrer Schönheit derart mit ihrem Äußeren haderte.

„Jedenfalls bin ich bei jeder Gelegenheit rot geworden. Jede Emotion, egal ob Freude, Trauer oder Wut, erzeugte knallrote Flecken auf Wangen und Hals. Du musstest mich nur ein bisschen ärgern und ich sah aus wie ein Feuerlöscher. Das fanden die Nachbarskinder natürlich total lustig."

Sam lachte und blickte Tick dann mitfühlend an. „Das muss schlimm gewesen sein."

„Meine Eltern haben alles getan, mir meine Minderwertigkeitsgefühle auszureden, aber ich habe darauf bestanden, dass das Rotwerden ein beschissener Tick ist. Ich war zehn und wollte eine Anti-Rotwerd-Therapie!"

„Und? Hat man sie dir genehmigt?", fragte Pierre und stupste sie wieder in die Seite. Warum berührte der er Tick eigentlich immer? Der war doch gar nicht von unserem Ufer.

„Aus jetziger Sicht nicht, aus damaliger schon."

„Das versteh ich nicht?" Coco lächelte Tick neugierig an.

Tick goss sich den letzten Rest Sekt ein. „Meine Mutter ist Psychologin. Sie hat mich zu einer befreundeten Kollegin gebracht. Die hat ein bisschen an mir rumtherapiert. Das Ganze dauerte etwa zehn Minuten, danach wurde ich als geheilt entlassen."

„Und, warst du geheilt?", fragte Pierre lachend.

„Am nächsten Tag lief ich wieder an wie ´ne Karotte und rannte heulend zu meinen Eltern. Meine Mutter hat mich auf ihren Schoß gezogen, um mich zu trösten. Da hat sie mich zum ersten Mal *kleine Tick* genannt. Das *kleine* bin ich zum Glück wieder losgeworden."

„Du bist einfach Tick", sagte ich und wuschelte ihr durchs Haar. Dann wandte ich mich an Pierre: „Sag mal, wie bekommt man eigentlich eine Rolle am Theater?"

Er setzte sich aufrecht hin, was jede Art von Kauzigkeit sofort verschwinden ließ. „Du sprichst vor. Dafür studierst du ein paar Rollen ein. Und wenn du singen und tanzen kannst, umso besser. Das erhöht deine Chancen." Für mich klang das nach den Aufziehhasen, die in meiner Kindheit durch mein Zimmer gehoppelt sind. „Interessant", sagte ich, ohne große Hoffnung, dass sich das Thema damit schon erledigt hatte.

„Bei mir war das echt weird", fuhr Pierre fort. „Ich war sicher, dass ich es verkackt hatte. Man hat mir keine fünf Minuten gegeben, bevor ich unterbrochen wurde …"

„War bei mir nicht anders", warf Coco ein.

„… ich war schon auf dem Weg von der Bühne, als ich dann noch aufgefordert wurde, zu tanzen."

„Was tanzt man denn da so?", fragte Tick, die tatsächlich an einer Antwort interessiert schien.

„Ich hatte natürlich etwas vorbereitet, aber ich habe was ganz anderes gemacht. Ich dachte ja, dass die mich nur noch verarschen wollten. Also hab´ ich da irgendwas rumgehampelt. Ohne Sinn und Verstand. Kurz habe ich überlegt, zum Schluss die Hose runterzulassen und meinen nackten Arsch in die Dunkelheit zu strecken. Das hab´ ich mich aber nicht getraut."

Coco brach in schallendes Gelächter aus. „Wenn du das gemacht hättest, säßest du jetzt sicher nicht hier."

„Wohl kaum. Als diese Dramaturgieassistenzimitatorin mich wieder in den Z-Raum rief ..."

„Z-Raum?"

„Zuschauerraum. Da kam der Intendant auf mich zu, gab mir die Hand und fragte *Sag mal, hast du eigentlich ein Fahrrad?"*

Coco blickte Pierre verwundert an. „Was sollte das denn?"

„Ja, genau, auch mein Gedanke in dem Moment. Und der stand mir offensichtlich auf die Stirn geschrieben. Der Intendant jedenfalls - ich weiß noch nicht, ob ich ihn mag oder eher nicht - klopfte mir auf die Schulter und meinte: „Ohne Fahrrad kannst du in Oldenburg nicht leben."

Tick hing förmlich an seinen Lippen. „Und da wusstest du, dass man dich nehmen würde?"

„Da ahnte ich es zumindest. Glauben konnte ich es erst, als ich einige Stunden später den Vertrag unterschrieben hatte."

„Das klingt nach einem aufregenden Tag."

„Das klingt nach *kurz vorm Herzinfarkt.*"

Pierre wandte sich an Coco. „Ging´s bei dir eigentlich auch so chaotisch zu?"

Erstes Bild

Donnerstag, 16. Januar 2020

Sam

Ich schlich durch den Garten hinter die große Tanne. Das Kunsthaus Clark wirkte im Morgennebel, als würde es über dem Boden schweben. Mit klopfendem Herzen näherte ich mich dem erleuchteten Fenster. Ein Schatten huschte an mir vorbei, ich erschrak bis in die Knochen, musste dann aber grinsen, als ich den kleinen Kerl mit buschigem Schwanz die große Tanne hochflitzen sah. Im Maul eine Haselnuss. *Hazel.* Eine Welle heißen Schams durchflutete mich. Ich hatte Colin für einen Drogendealer gehalten. Es jedenfalls in Betracht gezogen. Den nettesten und aufrichtigsten Kerl, der mir in den letzten Jahren über den Weg gelaufen ist. Und warum? Wegen seiner Hautfarbe!

Kurz nach meinem Einzug waren wir zusammen joggen gewesen und Colin hatte mir erzählt, dass er noch immer wahnsinnig an Tick hängt. Musste hart für ihn sein, sie jeden Tag zu sehen.

Ich machte einen zaghaften Schritt Richtung Kunsthaus, dachte noch mal nach, drehte mich um und ging zurück zum Haus. Man beobachtet niemanden heimlich! Ich stellte einen Fuß auf die Treppenstufe, band meine Schnürsenkel fester und ging joggen.

Als ich eine Stunde später zurückkam, hatte sich an der Szenerie nichts geändert. Das Fenster war noch immer hell erleuchtet. Ich warf Schal und Handschuhe auf die Treppenstufen und lief ein paar Schritte durch den Garten, um wieder zu Atem zu kommen. Das Häuschen schwebte noch immer im Nebel. Es sah aus, als würde es meditieren. In mir reifte eine Idee für das Bühnenbild.

Ich lauschte, hörte aber nichts. Konnte der Raum so gut isoliert sein? Noch einen Schritt in Richtung Kunsthaus Clark. Nichts zu hören. Ein paar Spatzen stritten sich am Boden um die Köstlichkeiten, die größere Vögel aus dem Futterhaus geschmissen hatten. Jetzt war ich so nah am Fenster, dass ich fast hineinsehen konnte. Ich stand einige Sekunden da und ließ Anstand und Neugier gegeneinander antreten. Die Neugier gewann. Ich blickte durchs Fenster. Mein Herz hämmerte in meiner Brust. Das Licht brannte, doch es schien niemand da zu sein. Noten standen auf dem Notenpult. Der Klavierdeckel war geöffnet.

Ich musste sie unbedingt sehen, ihr nahe sein, wenn auch durch eine Scheibe getrennt. Ich trat noch ein bisschen näher hin, beschirmte die Augen mit den Händen, um besser sehen zu können.

Ich benehme mich wie ein verdammter Spanner, dachte ich, als neben mir die Tür geöffnet wurde.

Coco

„Guten Morgen, Sam." Er zuckte zusammen. Ich hatte ihn offensichtlich erschreckt.

„Hi, du arbeitest schon?", fragte er verlegen und steckte die Hände in die Taschen seines Kapuzenpullis.

„Keine Chance, der Raum ist einfach zu kalt. Ich bin total durchgefroren." Zu meiner Überraschung nahm er meine Hände in die seinen, die angenehm warm waren. Sein ganzer Körper strahlte Wärme aus. Er roch nach frisch geduschter Anstrengung.

„Deine Hände sind eiskalt. Komm mit ins Haus, ich mach uns einen Kaffee und du wärmst dich erstmal auf", sagte Sam.

„Das klingt gut."

Er zog mich mit sich zum Haus. „Die Kälte kann doch für die Stimme nicht gut sein. Stell dir vor, du holst dir eine Erkältung." Er hielt noch immer meine Hand.

„Das wäre eine Katastrophe. So kurz vor Beginn der Bühnenproben". Mich schauderte. In der Küche hockte ich mich an die Heizung und legte meine Hände darauf, während Sam Kaffee machte. Der Geruch von Essen lag noch in der Luft. „War ein schöner Abend gestern", bemerkte ich.

Sam stellte zwei dampfende Becher auf den Tisch und setzte sich zu mir. „Stimmt, Tick kocht echt super."

Meine eisigen Hände wechselten von der Heizung zum Kaffeebecher. Sie begannen zu kribbeln, die Durchblutung war so gnädig, ihre Arbeit wieder aufzunehmen. „Meinst du, man kriegt den Raum im Winter überhaupt warm?"

„Keine Ahnung. Hast du alle Heizkörper aufgedreht?", fragte Sam.

Seine Augen leuchteten, während er mich ansah. Verliebte sich da etwa gerade jemand in mich? „Schon, aber erst heute Morgen. Vielleicht muss man die Nacht durchheizen", überlegte ich.

„Was ökologisch und ökonomisch nicht sehr sinnvoll wäre." Er strich mir sanft über den Handrücken. „Ist dir wieder warm?"

„Wird schon." Ich blies in meinen Kaffeebecher. Falls sich da gerade jemand in mich verliebte – wie sollte ich darauf reagieren?

Bestandsaufnahme pro: Sam ist ein ziemlich cooler Typ mit einer interessanten Ausstrahlung.

Bestandsaufnahme contra: Er wohnt nicht nur mit mir in einer WG, er macht auch noch das Bühnenbild für das Stück, in dem ich die Hauptrolle singen werde. Da wären doch sämtliche Konflikte vorprogrammiert.

Ich schüttelte den Gedanken ab. Schließlich war ich gerade erst gestern hier eingezogen. Sam kannte mich ja überhaupt nicht.

„Wie ist denn eigentlich dein Probenplan?", fragte er und nahm einen Schluck Kaffee. Er trug seine Haare schulterlang, was nicht der aktuellen Mode entsprach. Ich mochte Menschen, die nicht jedem Trend hinterherrannten.

„Ach je, kein schönes Thema. Ich habe insgesamt sechs Einzelgesangsproben. Und falls du glaubst pro Tag, vergiss es. Pro Woche. Sechs Stunden pro Woche! Als ich das erfuhr, dachte ich erst, das sei ein Scherz."

„Das ist … nicht viel?"

„Offensichtlich ist es normal. Jedenfalls an diesem Theater. Die Korrepetitoren sind alle *very busy* und mehr Zeit gibt es einfach nicht. Deshalb muss ich so viel wie möglich alleine schaffen. Vielleicht kann ich einen Pianisten bitten, mit mir zu arbeiten."

„Und heute Morgen? Ich meine, wie hättest du gearbeitet, wenn es nicht so kalt gewesen wäre?" Er strich mir wieder über die Hand, was ein angenehmes Kribbeln erzeugte.

„Beim Stimmtraining kann ich mich selber begleiten, bei Intervall- und Chromatikübungen und ähnlichem ebenfalls. Aber nicht bei meinen Partien, da muss ich mich voll und ganz auf Stimme, Ausdruck, na die Rolle eben konzentrieren."

„Verstehe." Er blickte mich an. „Ich würde dich gerne mal singen hören, Coco."

„Das wirst du noch früh genug, Sam."

Seine Augen waren grün. Ich entdeckte etwas in seinem Blick, das mir erst jetzt auffiel. Melancholie? Gar Trauer? Der Mann begann mich zu interessieren.

„Was für ein Bühnenbild wirst du eigentlich entwerfen?"

„Meine Idee wurde gestern gecancelt."

„Warum das?"

Er verzog den Mund zu einem Grinsen. „Ich wollte dich in einen Käfig sperren."

Fragend hob ich die Augenbrauen, während ich einen weiteren Schluck Kaffee trank.

„Ich wollte Armut und Krankheit, die ja in Bohème eine wichtige Rolle spielen, dadurch unterstreichen, dass die Akteure mehr oder weniger gefangen sind. Ein starkes Symbol, oder? Der Regisseur fand das auch."

„Hm."

„Aber die Dramaturgie hatte Einwände, die ich auch nachvollziehen kann. Sie wollten diese Überhöhung nicht." Er malte Gänsefüßchen in die Luft. „Und die Dirigentin hatte Angst, dass die dadurch entstehende Enge sich negativ auf die Musik auswirken könnte. Also wird es alles etwas weniger dramatisch."

Ich lächelte. „Und ich muss in keinen Käfig?"

„Nein, musst du nicht." Er nahm meine Hände. „Die sind ja wieder warm."

„Ja."

Als er meine Fingerspitzen küsste, sah ich durch das Fenster, dass Tick aufs Haus zutrat.

„Sam, das sollten wir lieber gar nicht erst anfangen."

„Warum nicht?", fragte er mit gedämpfter Stimme.

„Weil wir Kollegen am Theater sind." Ich schob ihn sanft von mir. Tick trug einen Rucksack. Es sah aus, als wäre sie einkaufen gewesen.

„Na und?" Sam blickte mich verständnislos an.

„Und zusammen in einer WG wohnen."

„Na und?"

Er schaute mir tief in die Augen. Ich konnte mich nicht von seinem Blick befreien. Als er meine Hände nahm und sie erneut sanft küsste, ließ ich es wortlos geschehen und genoss das Kribbeln, das sich in meinem ganzen Körper ausbreitete. Als Tick auf die Tür zukam, gab ich mir endlich einen Ruck, stand auf und öffnete die Tür. „Hey, Tick."

„Guten Morgen, ihr zwei. Lust auf ein zweites Frühstück?"

Sam sah sie an. „Für mich wäre es das erste, ich komme gerade vom Joggen."

„Ist Colin schon wach?", fragte Tick.

„Keine Ahnung, ich habe ihn heute noch nicht gesehen."

„Der schläft gern lange." Tick zog ihre Jacke aus, hängte sie ordentlich über einen Stuhl und verstaute die Einkäufe im Kühlschrank. „Wir müssen mal einen Plan machen, wer wann einkauft und putzt."

Ticks Wangen waren gerötet von der Kälte. Mit ihren roten Locken sah sie aus wie ein Weihnachtsengel.

„Woran schreibst du eigentlich gerade?", fragte ich, während ich den Tisch deckte und Sams Blicke mied. Sie zuckte nur mit den Schultern.

„Sag schon."

„Weiß nicht."

„Du musst doch wissen, woran du schreibst?"

„Es gibt mehrere Ideen."

„Was denn für welche?" Sam wedelte hinter Ticks Rücken wild mit den Armen. Ich schaute ihn fragend an, während er Ausrufezeichen in die Luft malte.

„Will jemand grünen Tee?", fragte Tick.

„Danke, ich bleibe beim Kaffee. Kurzgeschichte? Essay? Roman?"

Tick setzte sich und goss Tee in ihre Tasse. Dann blickte sie mich an. „Darf man bei deinen Proben eigentlich jederzeit zuhören?"

„Nein, natürlich nicht. Die Stimme ist etwas sehr Intimes, da muss man …"

„Das Schreiben ist auch etwas sehr Intimes."

Ich brauchte eine Sekunde, bis ich begriff. „Oh, sorry, wenn ich zu neugierig war. Das war nicht meine Absicht."

„Schon okay." Tick schaute mich nachdenklich an. „Vielleicht schreibe ich ja einen Roman über eine neugierige Frau."

Samstag, 18. Januar 2020

Pierre

Mein Herz schlug schnell, als ich den Bühneneingang des Theaters betrat. In einem Glaskasten im Flur saß ein dicker, schlampig gekleideter Mann. Der Pförtner. Zwei durchsichtige Schläuche verschwanden in seinen Nasenlöchern, aus denen dicke Haarbüschel hervorquollen. „Sauerstoff", keuchte er. „Nur noch zwanzig Prozent Lungenfunktion."

„Pierre Wagner", stellte ich mich vor. „Schauspieler. Hundert Prozent Lungenfunktion. Erster Tag heute."

„Ah, ein Komiker! Euch Kollegen hab´ ich ja besonders gerne", erwiderte der Pförtner schnaufend und blätterte durch eine zerfledderte Kladde. „Geradeaus, zweimal links, durch die rote Tür."

„Und dann?"

„Dann biste im Foyer."

„Und dann?"

„Wirste sehn."

Ich lief einen langen Gang entlang, links und rechts lagen Künstlergarderoben. Am Ende gab es keinen Weg nach links. Was nun? Zu dem unfreundlichen Pförtner wollte ich nicht zurück, also drückte ich eine Klinke hinunter.

In der klitzekleinen Umkleide stand ein Mann in einem Ledertanga. Nur einem Ledertanga. Die Lippen knallrot geschminkt, der Schädel kahlrasiert. Auf der Ablage vor dem Spiegel standen Tuben und Tiegel. Ein Puderquast, eine Perücke auf einem Styroporkopf. Es roch nach Staub.

Der Typ stützte eine Hand in die Hüfte und zwinkerte. „Kann ich was für dich tun, Schatz?", gurrte er.

„Ähm, nein. Ja, ich meine, ich suche das Foyer."

„Zweimal links, dann durch die rote Tür", gurrte er weiter.

Was für eine Rolle spielte *der* denn? Ein Käfig voller Narren? Ich betrachtete seinen muskulösen Oberkörper eine Spur zu lange.

Er kam auf mich zu. „Erster Tag?"

„Ja."

„Willkommen im Wahnsinn." Er drehte mich um und schob mich auf den Flur zurück. „Du gehst da vorne links." Er deutete nach oben. Auf dem Schild stand groß und breit *Foyer*. Wie hatte ich das übersehen können?

„Ich glaube, das hing da eben nicht."

Er lachte übertrieben tuntig. Dann geschah etwas, das mich komplett aus der Bahn warf. Der Typ nahm meinen Kopf in seine Hände, blickte mir tief in die Augen, küsste mich auf den Mund, grinste und gab mir einen herzhaften Klaps auf den Hintern. Wie von einer fremden Macht in Gang gesetzt lief ich los.

Vor der roten Tür blieb ich stehen. Dahinter lag das Theaterfoyer. Ich fischte ein Taschentuch aus der Hosentasche und wischte mir Lippenstiftreste vom Mund. Meine Hand zitterte leicht, als ich sie auf die Türklinke legte. Dann holte ich Luft, drückte die Klinke hinab und öffnete die Tür.

Coco

Da war Pierre, der sich unsicher im Foyer umblickte. Froh, ein bekanntes Gesicht zu sehen, winkte ich ihm zu. Erfreut trat er mir entgegen.

„Hallo, Coco."

„Hey."

„Weißt du, was wir hier machen?" Er sah aus, als wäre ihm ein Geist erschienen.

„Warten."

„Aber worauf?"

Ich musste lachen. „War der Pförtner bei dir auch so einsilbig?"

„Kann man wohl sagen", antwortete er.

„Ich konnte ihm immerhin entlocken, wo wir Neuen abgeholt werden."

Außer Pierre und mir standen ungefähr zwanzig weitere Menschen wie bestellt und nicht abgeholt herum. Ein Mann mit Schultern wie ein Möbelpacker bewegte sich vom Fenster zur Theke, klopfte einmal mit der Hand auf´s Holz, drehte sich um, ging den gleichen Weg zurück, nur um sich erneut umzudrehen, zurück zur Theke zu gehen und drauf zu klopfen. Ich konnte kaum hinschauen. „Ist das Hospitalismus?", fragte ich Pierre leise. Bevor er antworten konnte, kam ein Mann federnden Schrittes die Treppe herunter, blieb auf der untersten Stufe stehen, sodass er über uns hinwegschauen konnte, und wartete, bis es still wurde. Wir schauten ihn erwartungsvoll an.

„Guten Morgen!", rief er mit sonorer Stimme. Ich schätzte ihn auf Mitte Vierzig. Er trug Jeans und einen grauen Pullover. Die blonden Haare kurz, das Kinn energisch vorgeschoben.

„Mein Name ist Damian Hoppe. Ich bin der Leiter des Künstlerischen Betriebsbüros." Aha. „Bevor Euch der Intendant in der Kantine begrüßen wird, möchte ich noch ein paar Dinge loswerden." Er informierte uns über die Probenpläne, die wir längst kannten, und anderes unwichtiges Zeug. Ich fühlte mich, als würde jemand einen Luftballon in meinem Inneren steigen lassen. Die Freude über meine erste Rolle war so groß, dass ich den Umstand, in Oldenburg gelandet zu sein, fast vergessen konnte. Dieser Ort würde mich aufnehmen, mich zum Wachsen und Gedeihen und schließlich zum Schweben bringen. Die Erkenntnis kam so plötzlich, dass mir ein bisschen schwindelig wurde. Als ich Pierres Hand ergriff, sah er mich erstaunt an.

„Auf einen großartigen Start in eine grandiose Karriere", flüsterte ich ihm zu. Er drückte meine Hand. Damian Hoppe war am Ende seiner Erklärungen angekommen. Gemeinsam gingen wir in die Kantine und verteilten uns auf die verstreut stehenden Stühle. Der Intendant war noch nicht da. Neugierig schaute ich mich um. Die Kantine war zweckmäßig und modern eingerichtet. Es roch leicht nach angebranntem Essen. Eine Tür ging auf und der Intendant betrat den Raum. Wie auf Kommando wurde es mäuschenstill. Ein befriedigtes Lächeln huschte über das Gesicht des Intendanten, er drückte den Rücken durch und begann mit seiner Begrüßungsrede. Der Theaterchef schien zu der Kategorie Mensch zu gehören, die sich selber gerne reden hörten. Schon bald schweiften meine Gedanken ab.

Sam würde für Bohème ein fantastisches Bühnenbild erschaffen, da war ich mir sicher. Gestern Abend hatte er mir erzählt, dass er einen weißen, schwebenden Raum bauen wolle.

Leichtigkeit als Gegenentwurf zur ersten Idee, uns Darsteller in Käfige zu stecken. Das gefiel mir.

Ich sehe mich am Bühnenrand stehen. Die Zuschauer klatschen und toben. Der Intendant überreicht mir Blumen. Immer wieder geht der Vorhang auf, ich verbeuge mich. Applaus, der einfach nicht enden will.

Aus dem Augenwinkel heraus nahm ich wahr, dass die Leute sich erhoben. Also löste ich mich aus meinen Tagträumen und stand ebenfalls auf. Der Intendant hob einen Daumen, rief ´auf gute Zusammenarbeit´ und verließ die Kantine durch die gleiche Tür, durch die er gekommen war. Ich lächelte Pierre zu. Pierre lächelte zurück. Dann begab ich mich auf die Probebühne. Die Arbeit konnte beginnen.

Montag, 27. Januar 2020

Sam

Der Bus zum Theater tuckerte gemütlich durch die Straßen, während ich in meinem Smartphone las. Trump hatte sich mal wieder seinen Ärger von der Seele getwittert. Hoffentlich gehört das Drama Trump bald der Vergangenheit an. Ich hatte viele Freunde in den USA, zumeist Künstler, die nur noch abkotzten über den Typen.

Der Bus hielt, die Türe öffnete sich mit einem Zischen und eine Schar Kindergartenkinder nebst Betreuern stürmte herein, einen Schwall kalter Luft hinter sich herziehend. Unter ihren Füßen bildeten sich kleine Pfützen.

Ich blickte auf mein Smartphone und scrollte weiter.

„Hallo!" Ein rothaariges Mädchen legte mir feixend eine Hand aufs Knie. Sie war mit einer Zahnlücke gesegnet, durch die mein kleiner Finger gepasst hätte.

„Na? Wer bist du denn?", fragte ich.

„Greta."

„Hallo, Greta."

„Hallo."

Sie erinnerte mich an Tick. „Du hast lustige Sommersprossen, Greta."

„Ich weiß", antwortete sie und popelte in der Nase.

„Und wohin fährst du?"

„Irgendwohin."

„Aha."

„Greta!", rief ein Erzieher, „lass mal den Mann in Ruhe."

Ich gab ihm ein Zeichen, dass alles okay sei, woraufhin er unbekümmert mit den Schultern zuckte. Vermutlich froh, sich um ein Kind weniger kümmern zu müssen.

„Macht ihr einen Ausflug?", fragte ich.

„Ja, genau. Ein Ausfluch." Sie betrachtete einen grünlichen Popel, der an ihrem Finger klebte. Ich schaute schnell weg, als sie ihn in den Mund steckte.

„Und wohin geht euer Ausflug?"

„Ins Thater."

Ich musste ein Grinsen unterdrücken. „Du meinst ins Theater?"

Sie blickte mich herausfordernd an. „Hab´ ich doch gesagt!"

„Ich fahre auch ins Theater.", sagte ich lächelnd.

„Bist du auch im Kindi?", fragte Greta.

Ich hasse Abkürzungen! Ein Kumpel von mir geht ins Fitti. Ich könnte ihn jedes Mal würgen, wenn er das sagt. Es heißt Fitnesscenter! Es heißt Kindergarten! Es heißt nicht Hausis. Es heißt Hausaufgaben!

„Glaubst du nicht, dass ich schon ein bisschen zu groß bin für den Kindergarten?"

„Kann sein." Greta legte den Kopf schief und zog den Rotz hoch. „Gestern hab´ ich mir eine Murmel in die Nase gesteckt."

„Komm jetzt, Greta." Der Erzieher zwinkerte mir zu und zog das sommersprossige Mädchen zurück zur Gruppe. Ihr kleiner Einhorn-Rucksack wippte dabei lustig hin und her. Ich blickte wieder auf mein Smartphone.

Dieses seltsame Virus war nun auch in Deutschland aufgetaucht. Es hatte offensichtlich jemanden in Bayern erwischt. Der Bus hielt quietschend am Straßenrand. Durch die beschlagene Scheibe sah ich graue Menschen unter grauen Schirmen, die sie vor dem Regen schützten. In meinem Zustand war sogar grau schön.

Eine Station später waren wir da. Die bunte Kinderschar purzelte lachend und kreischend aus dem Bus. Schade, dass man solch übersprudelndes Glück nur als Kind oder Frischverliebter empfinden kann. Ich gehörte zur zweiten Kategorie und war entschlossen, diesen Zustand so lange wie möglich aufrechtzuerhalten. Als ich die Kinder überholte, winkte ich Greta noch einmal und sah zu, dass ich ins Gebäude kam. Der Pförtner nickte nur kurz. Mit meiner Mappe unter dem Arm ging ich zum Büro des Technischen Leiters, klopfte an und trat ein.

Dessen Assistent bedeutete mir durch eine Geste, mich zu setzen, und telefonierte weiter.

„Das geht nicht", hörte ich ihn ins Telefon brummen. Nach einer kurzen Pause: „Bist du komplett verrückt geworden, wer soll das denn bezahlen?"

Meine Idee, die Bühne schweben zu lassen, hatte in den letzten Tagen weiter Gestalt angenommen.

Ich fand sie perfekt. Intendanz und Regie mochten sie auch.

„Alter! Das brauch ich nicht zu fragen. Das geht nicht durch, fertig." Eine Tür ging auf, der Assistent knallte nach einer schnellen Verabschiedung den Hörer auf und blickte seinen Chef mit gerunzelter Stirn an. „Wittmer", seufzte er.

„Was wollte der denn schon wieder?", fragte der Technische Leiter, von dem ich nur wusste, dass er Rainer hieß. „Rainer mit ai", hatte er sich mir vorgestellt. Nun wurde ich komplett ignoriert.

„Na, was wohl? Sein Lichtkonzept durchboxen."

„Kann er vergessen. So einen Aufwand betreiben wir nicht im Kleinen Haus."

„Hab´ ich ihm gesagt. Aber ich soll dich nochmal fragen."

„Das hast du ja jetzt getan. Der soll sich was weniger Aufwendiges ausdenken."

„Du kennst den doch, der textet dich zu, wie Tauben den Markusplatz vollscheißen. Vielleicht kannst du noch mal mit ihm …"

„Und wozu bist *du* dann da?", fragte Rainer mit ai in scharfem Ton.

„Okay, ich ruf ihn nachher an und ziehe ihm den Zahn."

„Das machst du am besten gleich. Ich will von dem Thema nichts mehr hören." Endlich wandte er sich mir zu. „Ich hoffe, du kommst jetzt nicht auch noch mit spinnerten Ideen daher", sagte er und gab mir die Hand. „Wir gehen in den Besprechungsraum, da ist der Bühnenmeister. Beleuchtung und Ton sind auch dabei."

Ich folgte ihm in einen Raum, der für uns paar Leute viel zu groß war. Außerdem war er nicht geheizt.

„Ich weiß nicht, ob ihr euch schon kennt. Peter vom Ton, Lisa - Beleuchtung. Denis, unser Bühnenmeister." Rainer mit ai deutete auf mich. „Das ist Sam, der macht das Bild für Bohème."

Ich gab den Dreien die Hand und öffnete meine Mappe. Schnell steckte ich die einzelnen Pappwände zu einem 1:20-Kasten zusammen. „Ich stelle mir ein sehr schlichtes Bühnenbild vor", murmelte ich dabei. „Sehr gut", meinte Rainer mit ai.

Als das Modell, ein rechteckiger weißer Raum, zusammengebaut war, stellte ich ein paar Figuren hinein. Eine hatte ich Coco nachempfunden, was vermutlich nicht einmal sie selber erkennen würde. Sie trug ein rotes Kleid.

„Wir haben nur diesen einen Raum", erklärte ich. Wohlwollendes Murmeln. „Er ist komplett weiß. Vermutlich verwende ich Gaze. Alles, was farblich passiert, macht das Licht."

„Das wird ´ne Menge Holz", meinte Lisa, „da brauchen wir acht bis zehn Beleuchter pro Vorstellung." Sie schaute zum Technischen Leiter, der nickte, als er mir eine Hand auf die Schulter legte. „Gefällt mir."

„Das ist aber wirklich sehr schlicht", warf Peter ein.

„Der Clou an diesem Bühnenbild…:", ich nahm mein Modell und hob es in die Luft, „es wird schweben."

Vier ungläubige Gesichter blickten mich an.

Tick

Wind bläst Gedanken fort und hinterlässt leeren Raum.
Seit Stunden saß ich in meinem Zimmer und starrte auf diesen einen Satz, der mir gestern noch so genial erschienen war. Der perfekte Anfang für einen Roman. Heute war es einfach nur Kitsch. Es war ein Nichts. Weniger als ein Nichts. Es war kein Anfang, geschweige denn, ein genialer. Resigniert fuhr ich den Laptop herunter. In einer Stunde würde ich ohnehin ins Café fahren. Der Kellnerlohn plus Trinkgeld sorgte für die Miete und meinen Anteil am Essen. Der Rest musste durchs Schreiben reinkommen. Ein Literaturstipendium hatte mich über die letzten Monate gebracht. Und zu diesem einen Satz.
Der Wind bläst Gedanken fort und hinterlässt leeren Raum.
Was für eine hohle Phrase. Die Stipendiums-Jury muss sich in mir getäuscht haben. Mein Exposé war für den Papierkorb. Nur weil ich Literarisches Schreiben studiert hatte, hieß das nicht, dass ich auch schreiben konnte. Konnte ich nämlich gar nicht.
Im Flur zog ich meine Jacke an. Draußen war es wolkenverhangen aber trocken, ich würde das Fahrrad nehmen können. Frustriert wollte ich die Tür öffnen, als von außen ein Schlüssel ins Schloss

gesteckt wurde. Als erstes sah ich eine überdimensionale Mappe im Türrahmen. Dahinter tauchte Sam auf. „Hi, Tick."

„Hallo, wie geht´s?"

Er machte eine wegwerfende Geste, die durch das Strahlen seiner Augen relativiert wurde. „Oh, hör bloß auf."

„Hat es geregnet?"

„Tut es das hier nicht immer?" Er lachte.

Ich hatte keine Lust auf seine gute Laune. „Dann bis später, ich muss …"

„Ich hab´ gerade mein Bühnenbild vorgestellt", platzte er heraus.

„Ach ja, stimmt." Ich wollte seine Geschichte nicht hören. Ich wollte meine eigene Geschichte finden. Sam blickte mich erwartungsvoll an. „Und?", fragte ich deshalb.

„Die haben mich ausgelacht", antwortete er fröhlich.

Er lachte über das Scheißwetter, er freute sich, dass man ihn ausgelacht hatte. So verhielt man sich doch nur, wenn man frisch verliebt war. Es versetzte mir einen Stich, als ich an das gemeinsame Frühstück zurückdachte. Die Luft zwischen Coco und Sam hatte geflirrt. Sie hatten kaum die Augen voneinander lassen können. Ich wusste zwar nicht genau, was zwischen den Beiden lief, aber seiner glänzenden Stimmung nach zu urteilen, lief es gut.

„Wer hat dich ausgelacht?", fragte ich, obwohl es mich nicht interessierte.

„Alle."

„Ich dachte, du hättest schon ein Okay von der Regie, oder so?"

Sam setzte sich auf die kleine weißlackierte Bank, die Colin und ich vor langer Zeit vor´m Sperrmüll gerettet hatten, und zog sich seine Schuhe aus. „Yep. Der Regisseur fand meine Idee super. Der Intendant auch."

„Sind das nicht die, die das zu entscheiden haben?" Ich blickte auf die Uhr.

„Schon, aber sie müssen es nicht realisieren."

Ich verstand kein Wort. „Kannst´ ja später mal genauer erzählen, ich muss jetzt …"

„Der Bühnenmeister hat erst gelacht und dann telefoniert."

Sam stellte seine nassen Schuhe neben die Bank, wo sie nicht hingehörten. „Kurze Zeit später kam der Assistent des TLs …"

„TLs?"

„Technischen Leiters. Ich wusste da noch nicht, dass sein Assistent Statiker ist."

Muss ich mir das anhören?, dachte ich.

„Ich wurde aufgefordert, meine Idee noch einmal zu präsentieren." Sam grinste noch immer.

„Und dann?", fragte ich ungeduldig.

„Dann ist der Assistent ebenfalls in schallendes Gelächter ausgebrochen."

„Warum denn?"

„Weil meine Idee statisch nicht zu realisieren ist." Sam lächelte und strich sein nasses Haar aus der Stirn.

Wie konnte er das so unbekümmert erzählen? Ihm war gerade eine künstlerische Idee zerbröselt wie trockenes Baguette. „Aber das ist doch schrecklich!", sagte ich.

„Wir haben schon eine neue Lösung gefunden, auch cool."

„Und das macht dir gar nichts aus?", fragte ich und schaute wieder auf die Uhr.

„Geht so. Aber du musst los, oder? Wir können ja heute Abend quatschen." Er gab mir einen Kuss auf die Stirn und schob mich aus der Tür. Ich stand in der Kälte. Es fing an zu regnen.

Samstag, 1. Februar 2020

Colin

Ich klopfte an ihre Tür. Im Zimmer war es still, doch ich spürte, dass sie da war. „Können wir reden?", fragte ich ohne große Hoffnung.

„Komm rein."

Ich öffnete ihre Zimmertür und setzte mich in den Sessel. Tick lag auf dem Bett und starrte an die Decke. Sie trug einen selbstgestrickten grünen Pullover, Jeans und dicke Socken, ebenfalls grün. Die Stehlampe goss diffuses Licht über sie, was bei mir die schräge Assoziation einer Mumie in einem Sarkophag hervorrief.

„Was ist los, Tick?"

Die Mumie setzte sich auf, verwandelte sich in die Frau, die ich kannte, und blickte mich an. „Was soll los sein?"

„Weiß nicht, du bist in letzter Zeit so still. Irgendwas stimmt nicht, oder?"

„Keine Ahnung." Sie schaute mich nicht an.

„Rede mit mir, Tick."

„Vielleicht das Wetter. Wir könnten vermutlich alle mal wieder ein bisschen Sonne vertragen."

Die Traurigkeit in ihrer Stimme machte mich ratlos. Ich setzte mich zu ihr aufs Bett und nahm ihre Hand. „Wenn du mit jemandem Probleme hast, dann sag es mir bitte."

Tick schaute mich überrascht an. „Mit wem sollte ich denn Probleme haben?"

„Vielleicht mit Coco?"

„Die scheint ganz okay zu sein."

„Was ist denn dann los mit dir?", fragte ich sanft. Sie zuckte mit den Schultern. „Komm, Tick, du weißt, dass du mit mir reden kannst."

Ihre Augen füllten sich mit Tränen, während sie ihren Kopf an meine Schulter lehnte. Ein kleiner Hoffnungsschimmer flitzte durch mich hindurch wie ein Glühwürmchen auf Ecstasy. Vermisste sie mich etwa auch?

„Ich hab eine fette Krise", sagte sie nach einer Weile und putzte sich die Nase. Mein Herz begann schneller zu schlagen, als sie mich ansah. „Eine

Schreibkrise. Ich habe seit Wochen keinen vernünftigen Satz zustande gebracht." Das Glühwürmchen flog gegen eine Wand und zerplatzte. Puff.

„Okay." Meine Stimme klang dünn.

„Ich sitze vor dem Laptop und starre den Bildschirm an."

„Verstehe." Ich konnte sie nicht ansehen.

„Und frage mich, ob ich überhaupt schreiben kann."

„Natürlich kannst du das, Tick."

„Sagt wer?"

„Ich." Mit einem tiefen Seufzer schickte sie ihr Unglück in meine Richtung. Konnte ich ihr etwas davon abnehmen? „Du hast dein Studium mit Auszeichnung abgeschlossen. Du hast mehrere Preise gewonnen, ein Stipendium …"

„Weiß ich, nützt mir aber gerade nichts."

„Seit wann kannst du denn nicht mehr schreiben?"

„Keine Ahnung", sie schien zu überlegen, „vielleicht seit zwei Monaten." Tick fuhr sich mit den Händen durch die Haare. „Oh Gott, so lange schon."

Ungefähr zu der Zeit hatte sie unsere Beziehung beendet. Das Glühwürmchen unternahm einen Auferstehungsversuch.

„Gab es denn einen Auslöser dafür?", fragte ich vorsichtig.

Sie schaute mich nur unglücklich an. Ich nahm ihre Hand. „Weißt du was, Tick? Ich gehe jetzt in die Küche und koche uns original Colinsches Soulfood, einverstanden?"

Immerhin lachte sie, wenn auch verhalten. „Einverstanden, aber denk auch an die anderen." Ich hatte mir ein Abendessen zu zweit vorgestellt, aber das konnte ich wohl knicken, schließlich waren wir jetzt eine WG. Immerhin hatte ich Tick ein kleines Lachen abgerungen.

In der Küche nahm ich mir ein Bier und begann Zwiebeln, Knoblauch, Paprika, Cilli und Tomaten zu schneiden. Dazu hörte ich die aktuellen Charts, um mich auf dem Laufenden zu halten. Die Musik nervte. Viele Gerichte konnte ich nicht, aber bei Spaghetti mit einer wirklich guten, weil sehr scharfen, Tomatensoße war ich unbesiegbarer Meister.

Du bist durchgefroren? Colins Soulfood wärmt dich in Sekunden.

Du bist krank? Colins Soulfood macht dich gesund.

Dir geht es schlecht? Colins Soulfood macht gute Laune.

Du hast Liebeskummer? Ich stoppte meinen Gedankenfluss. Gegen Liebeskummer halfen nicht mal meine Nudeln. Seufzend gab ich Öl in die Pfanne, als Coco in die Küche kam. „Hey, Colin, du kochst?"

„Sieht ganz so aus." Ich würde so gerne alleine mit Tick essen.

„Ich wollte mir gerade einen Salat machen."

Dann mach doch! „Du kannst natürlich gerne mit uns essen?"

„Wer ist denn *uns*?"

Coco sah beneidenswert entspannt aus. Als wäre sie gerade aus dem Bett gekommen. Ich zwinkerte ihr zu. „Wenn hier gekocht wird, dann immer für alle, oder was meinst du?"

Sie lachte verlegen. „Oh je, in der Küche bin ich die Oberniete."

Im Bett vermutlich nicht. „Ich kann auch nur Nudeln mit Soße."

„Dann würde ich gerne bei meinem Salat bleiben, wenn ich dich damit nicht beleidige."

„Kein Problem."

Ich briet Knoblauch und Zwiebeln an, während Coco sich einen Salat machte.

„In der unteren Schublade sind Dressings."

Sie kramte ein bisschen in der Schublade, goss eine Winzigkeit über ihren Salat, winkte, und entfernte sich. Mir blieb nicht verborgen, dass sie in Sams Zimmer verschwand. Dann würde der vermutlich auch nicht auftauchen. Mit etwas Glück würden Tick und ich diesen Abend in ungestörter Zweisamkeit verbringen.

Coco

„Für mich könnte das Leben immer so weitergehen", meinte Sam und drehte sich entspannt auf die Seite. Eine sanfte Frauenstimme sang einen Popsong. Das Zimmer lag im Halbdunkel. Es roch nach Sex.

„Du meinst, den ganzen Tag im Bett rumhängen?" Ich lächelte und strich ihm das Haar aus der Stirn. Tatsächlich verbrachten wir viel zu viel Zeit mit Nichtstun. Ich war zwar täglich einige Stunden im Clark, aber es ginge noch viel mehr. Seit ich den Kniff mit der Heizung raushatte, war das Häuschen im Garten genau das Domizil, das ich für mein Stimmtraining brauchte. Es war gut isoliert, die Fenster dicht. Ich störte niemanden. Warum war ich also jetzt nicht dort? Das schlechte Gewissen zerrte an mir wie ein junger Hund.

Sam schaute mich an. „Es gibt schlechtere Arten, seine Zeit zu verbringen, oder?"

„Ich muss mehr arbeiten, Sam. Und wir müssen was mit den anderen machen. Wir wohnen hier schließlich nicht alleine."

„Meinst du nicht, dass ihnen das egal ist?"

Ich sah in seine grünen Augen. Wie hatte das alles nur so schnell gehen können mit uns?

„Colin hat mich zum Abendessen eingeladen, als ich vorhin in der Küche war", sagte ich.

„Colin und Tick sind echt okay. Schade, dass sie kein Paar mehr sind."

„Ja, finde ich auch."

„Dafür sind *wir* jetzt ein Paar."

Ich schwieg.

„Sind wir doch, oder?" Er strich mir über die Wange und lächelte unsicher.

Ich wusste nichts über ihn. Trotzdem lag ich hier in seinem Bett. „Erzähl mir von dir, Sam."

„Da gibt es nichts zu erzählen."

Während Colin, Tick und Pierre gleich am ersten Abend ihr Leben vor uns ausgebreitet hatten, war Sam schweigsam geblieben. Gut, bei *einem* Punkt hatte auch ich geschwiegen. Als Pierre fragte, ob ich *den Blum* kenne. Ja, kenne ich. Blum, der große Operngott ist mein Vater. Als Colin zwei Tage später unsere Namen am Klingelschild angebracht hatte, war das aber auch geklärt.

Sam hat Malerei und Bühnenbild studiert, das war alles, was ich von ihm wusste. Außerdem hatte er mir verraten, dass er noch eingeschrieben war.

„Du könntest mir zum Beispiel erzählen, wo du herkommst."

In seinem Gesicht las ich Abwehr. „Ist doch egal, wo ich herkomme."

Ich setzte mich auf und zog die Beine an. „Was ist so schlimm daran, mir zu verraten, wo du aufgewachsen bist?"

„Also gut, ich komme aus der Weltstadt Lüneburg. Und? Bist du jetzt schlauer?"

„Es ist schwer, schlau aus dir zu werden." Ich stand auf, lächelte ihm ein wenig resigniert zu und zog mich an. Als ich das Zimmer verlassen wollte, um mich noch eine Weile zu den anderen in die Küche zu setzen, gab Sams Handy ein Signal. Er las die Nachricht und ich beobachtete, wie sich Sorgenfalten auf seiner Stirn bildeten.

„Probleme?"

Er legte das Handy zurück auf den kleinen Tisch neben seinem Bett und lächelte mich an. „Kommst du später wieder zu mir?"

Jetzt, wo ich angezogen war, merkte ich erst, wie überhitzt das Zimmer war. „Soll ich mal kurz das Fenster aufmachen?"

„Spinnst du, ich bin nackt."

Ich setzte mich aufs Bett und legte meine Hand auf seinen warmen Bauch. „Stimmt, ziemlich nackt sogar."

„Also, kommst du nachher wieder zu mir?"

„Mein eigenes Zimmer fühlt sich in letzter Zeit schwer vernachlässigt."

„Zimmer haben keine Gefühle." Er nahm meine Hand und schob sie nach unten. „Ich hingegen schon."

Pierre

„Mann, wo hast du denn Schauspiel studiert? In der Fahrschule? Ich hab´ gesagt, du sollst ruhig dastehen!"

„Tue ich doch."

„Sag mal, merkst du noch was? Du hampelst die ganze Zeit rum. Steh still, verdammt."

Ich blickte hilfesuchend zu den anderen, aber niemand schien sich mit dem Regisseur anlegen zu wollen. Also stand ich regungslos in dem einsamen Scheinwerferkegel und schaute den anderen beim Spielen zu.

Drei Minuten später walzte Morawski in meine Richtung, baute sich vor mir auf, starrte in meine

Augen und zischte: „Ich kann dich hier nicht gebrauchen."

Ich versuchte, seinem Blick standzuhalten. „Wie meinen Sie das?"

„Runter von der Bühne!" Kleine Spucketröpfchen landeten auf meinem Gesicht. Ohne mit der Wimper zu zucken, blickte ich in seine geröteten Augen.

Sein Gesicht kam dem meinen noch näher, er roch nach Alkohol. „Runter von der Bühne!", flüsterte er in drohendem Ton.

Ich blickte zum Rest des Ensembles, das geschlossen zu Boden sah. Also entfernte ich mich Richtung Hinterbühne, am ganzen Körper bebend. „Und halt dich bereit, bis ich dich rufe!"

Als ich die Tür öffnete, hörte ich ihn noch *Unfähiges Pack* murmeln.

Bis auf die mürrische Wirtin befand sich niemand mehr in der Kantine. Ein Radiosender dudelte irgendwas Belangloses in den Raum. Ich setzte mich in eine Ecke und versuchte, nicht in Tränen auszubrechen, als jemand eine Hand auf meine Schulter legte. „Na, wie geht's?"

Ich erkannte ihn erst, als er mir mit affektierter Geste eine Kusshand zuwarf. „Oh, du bist das."

Er setzte sich. „Du siehst … mitgenommen aus?"

„Tja."

„Lass mich raten. Erste Probe mit dem Oberarschloch?"

Ich runzelte die Stirn.

„Du probst doch *Draußen vor der Tür*, oder?"

„Ich sollte *Draußen* proben. Stattdessen sitze ich hier rum wie ein Schulbub, der aus dem Klassenzimmer geworfen wurde. Und genauso fühle ich mich auch."

„Durch die Hölle schickt der jeden."

„Aber warum?"

„Ich bin übrigens Alexej."

„Pierre." Ich versuchte zu lächeln.

„Morawski ist ein Sadist. Dem geht es nur gut, wenn er andere fertigmachen kann. Außerdem hängt er am Tropf."

„Am Tropf?"

„Hochgradiger Alkoholiker. Unberechenbar. Wenn er zufällig auf dem richtigen Pegel ist, kann er charmant sein wie kaum ein anderer."

„Schwer zu glauben."

„Kommt auch selten vor, meist ist er hacke oder auf turkey. Und dann benimmt er sich wie eine miese Ratte."

„Aber wieso darf der Kerl hier arbeiten?"

„Weil der Chef ihn für ein Genie hält. Die meisten seiner Inszenierungen sind leider wirklich großartig."

„Niemand von den Kollegen hat was gesagt. Ich meine, vorhin auf der Bühne."

„Die hatten Angst. Morawskis Wutausbrüche sind legendär." Alexej lächelte mich an. „Nimm das nicht persönlich, ich hol´ uns mal einen Kaffee, okay?"

Als ich nickte, ging er zur Theke und redete mit der Wirtin, deren Gesichtszüge bei jedem seiner Worte weicher wurden. Als er sich wieder zu mir umdrehte, strahlte sie fast ein bisschen.

„Hast du unseren kleinen Begrüßungsscherz eigentlich gut verkraftet?", fragte Alexej augenzwinkernd, während er zwei Kaffeetassen abstellte und sich auf den Stuhl fallen ließ.

„Begrüßungsscherz?"

Er grinste. „Zweimal links, dann durch die rote Tür."

„Ähm, der Weg zum Foyer am ersten Tag?"

„Exakt. Du hast echt einen selten dämlichen Gesichtsausdruck draufgehabt, als ich dir das Schild zeigte."

„Das da vorher gar nicht hing?", hakte ich nach.

„Ganz genau." Alexej lachte schallend.

Ich konnte das nicht lustig finden. „Und was wäre passiert, wenn ich eine andere Tür geöffnet hätte, um nach dem Weg zu fragen?"

„In jeder Ankleide wartete ein Schauspieler auf euch."

„Habt ihr das mit allen gemacht?"

„Klar."

„Auch mit Coco?"

„Das ist die Mimi, oder?"

„Ja."

„Na klar, mit der auch."

Warum hatte sie mir das nicht erzählt? Wir wohnten schließlich zusammen und redeten viel übers Theater. Ich schaute auf die Uhr.

„Der ruft dich heute nicht mehr auf die Bühne."

„Bist du sicher?"

„Hundertprozentig."

„Dann haue ich jetzt ab."

„Das würde ich an deiner Stelle ..."

„Herr Pierre Wagner, bitte zur Bühne. Herr Wagner bitte", knarzte es aus dem Lautsprecher. Mein Herz begann zu hämmern. Alexej blickte mich besorgt an. „Soll ich mitkommen?"

„Sehe ich aus, als bräuchte ich ein Kinder-mädchen?", fragte ich genervt.

„Wenn du mich so fragst...." Er legte den Kopf schief. „Irgendwie schon."

Ich stand auf. „Danke für den Kaffee."

Das Ensemble war verschwunden, die Bühne leer. „Hallo?", rief ich und kam mir selten dämlich vor. Eine Ewigkeit passierte nichts. Dann bemerkte ich aus dem Augenwinkel heraus eine Bewegung auf der Seitenbühne. Mein Herz setzte einen Schlag aus. Würde ich nun Opfer eines Wutausbruchs des angeblich so genialen Regisseurs werden? Doch statt Morawski betrat die Frau mit den dicken Beinen die Bühne. „Hallo, wir haben uns noch gar nicht vorgestellt, ich bin Brit. Regieassistentin." Sie gab mir die Hand.

„Pierre."

„Ich soll dir ausrichten, dass Morawski dich morgen um neun sehen will."

„Warum?"

Sie faltete die Hände und sah zur Decke. „Die Wege des Herrn sind unergründlich."

„Hat er sonst noch was gesagt?"

„Wie waren nochmal seine exakten Worte?" Sie kratzte sich am Kopf, dann sah sie mich an. „Sag dem kleinen Scheißer, dass ich ihm den Arsch aufreißen werde. Und zwar genau um neun Uhr morgen früh. Das waren seine Worte."

Mir schnürte es die Kehle zu.

„Angst?", fragte Brit mit diesem süffisanten Grinsen, das mich schon während des Vorsprechen genervt hatte.

„Dann bis morgen." Ich drehte mich um und verließ die Bühne.

Am Künstlerausgang lehnte Alexej an der Wand, an der die Probenpläne hingen. „Na, war es schlimm?"

„Das angebliche Genie war gar nicht mehr da. Nur diese Brit. Die kann ich jetzt schon nicht leiden."

„Brit ist speziell." Alexej lächelte. „Sollen wir noch ein Bier trinken gehen?"

Ich schüttelte den Kopf. „Ein andermal. Ich will nur noch ins Bett."

Alexej grinste anzüglich. „Ein Bett hätte ich auch zu bieten." Der Pförtner mit Sauerstoffmangel blickte interessiert von seiner Zeitschrift auf.

Wortlos ging ich zum Ausgang, zog den Reißverschluss meiner Jacke zu, die Kapuze über den Kopf und rannte los. Ich brauchte unbedingt Bewegung. Wasser spritzte an meinen Hosenbeinen hinauf. Warum war hier nur alles so trostlos? So düster? Wo war der Spaß, den ich auf der Schauspielschule gehabt hatte, geblieben? Beleuchtete Schaufenster flogen an mir vorbei. Ein Buchladen. Lebensmittelgeschäft. Schuhe. Klamotten. Tulpen, die in der Auslage eines Ladens standen und wirkten, als dächten sie über kollektiven Selbstmord nach.

Hinter mir klingelte es.

„Hey, du läufst auf dem Radweg, Alter!", schimpfte eine junge Göre und überholte mit einem waghalsigen Manöver.

„Sonst noch Probleme?", rief ich ihr wütend hinterher. Sie zeigte mir den Mittelfinger. Meine Stimmung sackte eine weitere Stufe hinab Richtung Keller. Vermutlich deprimierte mich das schlechte Wetter. Die fremde Stadt. Das Theater.

Und die Typen in meiner WG, dachte ich, als ich eine halbe Stunde später nach Luft ringend den Schlüssel ins Türschloss steckte. Aus der Küche war leises Lachen zu hören. Es roch tröstlich. Ich wollte unbemerkt in meinem Zimmer verschwinden, aber der Duft lockte mich in die Küche, wo ich auf Coco, Tick und Colin traf. „Hallo, das duftet hier ja lecker."

„Hey, es ist noch was da, nimm dir."

Ich ging zum Herd und lud mir eine ordentliche Portion Nudeln auf den Teller. Wäre es unhöflich, damit einfach in meinem Zimmer zu verschwinden? Colin schob mir einen Stuhl zurecht. „Setz dich doch."

„Okay, aber ich verschwinde, wenn ich die Nudeln verputzt habe, bin echt erledigt."

Coco sah mich neugierig an. „Hattest du eine harte Probe?"

„Wenn du es als hart bezeichnen willst, entweder blöd rumzustehen oder in der Kantine zu warten", antwortete ich mürrisch.

Coco lachte. „Oh ja, das Warten ist der ätzende Teil unseres Berufs."

„Mit einer Hauptrolle hält sich das Ätzende ja in engen Grenzen." Die Nudeln waren nur noch lauwarm.

„Hey, ich kann nichts dafür, dass du eine Nebenrolle spielst."

„Stimmt, aber du kannst auch nichts dafür, dass du eine Hauptrolle spielst."

Gott, was war nur los mit mir?

„Was willst du denn damit sagen?", fragte Coco, während Tick die Blicke nervös von ihr zu mir gleiten ließ.

Ich sollte jetzt einfach die Klappe halten!

„Mit einem Vater wie deinem muss man halt nicht klein anfangen, das will ich damit sagen."

Coco funkelte mich böse an. „Ich habe die Rolle, weil ich gut bin. Aus keinem anderen Grund."

„Ach ja, und ich bin nicht gut, oder was?"

„Woher soll ich das wissen?"

Colin klatschte in die Hände. „Leute, entspannt euch. Ich bau uns mal 'ne Tüte, okay?"

„Warum? Weil man sich damit so schön den Kopf wegblasen kann?"

Wieso konnte ich nicht einfach meine Klappe halten?

Colin blickte mich an, dann hob er verständnislos die Augenbrauen, stand auf und verließ die Küche. Tick folgte ihm wortlos. Coco starrte an die Wand. Sie würdigte mich keines Blickes, als ich vom Tisch aufstand.

In meinem Zimmer warf ich mich aufs Bett. Diese Stadt wollte mich nicht. Das Theater wollte mich nicht. Die WG wollte mich nicht.

Sonntag, 2. Februar 2020

Coco

Es war schon fast zehn, als ich durch den Garten zum Häuschen ging. Von den Büschen tropfte der Regen. In München hatte der Fön dem Frühling schon den Weg gewiesen, hier blieb es kalt und trüb.

Ich vermisste meine Stadt, das gute Wetter, die Berge. Als ich den Raum betrat, hörte ich einen erschreckten Laut. Tick sah mich mit großen Augen an. Sie hielt etwas hinter dem Rücken versteckt.

„Hey, Tick, störe ich?"

An ihrem Hals machten sich rote Flecken breit.

„Ähm, nein. Warum solltest du?"

„Wenn du lieber allein sein willst, haue ich wieder ab."

„Nun komm schon rein und mach die Tür zu."

„Was versteckst du denn hinter deinem Rücken?"

„Nichts."

„Aha." Wir sahen uns an. „Ich wollte eigentlich arbeiten, aber wenn es nicht passt ..."

„Kein Problem, ich wollte sowieso zurück ins Haus."

Ich setzte mich an den Flügel.

„Darf ich dich mal was fragen, Coco?"

„Klar."

„Das mit Sam und dir, ist das … was Ernstes?"

Ich schaute sie an und lächelte. „Ich verrate es dir, wenn du mir zeigst, was du vor mir zu verstecken versuchst."

Tick zuckte die Schultern, dann holte sie es zögernd hinter ihrem Rücken hervor.

„Oh, Tick."

„Peinlich, oder?"

Ich stand auf und ging zu ihr. Auf ihrer Hand stand ein kleiner, aus grobem Holz geschnitzter Rabe. Er sah aus, als würde er tanzen. „Hast *du* den gemacht?"

„Ja."

„Der ist zauberhaft, Tick. Der kleine Kerl wirkt total lebendig."

„Findest du wirklich?", fragte sie schüchtern.

„Du weißt anscheinend gar nicht, wie gut du bist."

„Das ist nur ein Zufallsprodukt."

Ich blickte ihr in die Augen. „Sag mal, warum hast du eigentlich so wenig Selbstbewusstsein abbekommen?"

„Na ja, kann ja nicht jeder so sein wie du."

„Wie bin ich denn?"

Tick legte den Kopf schief. „Extrovertiert?"

Ich musste lachen. „Wenn man in einer Theaterfamilie groß wird, hat man genau zwei Möglichkeiten. Entweder man spielt mit oder nicht. Wenn man nicht mitspielt, geht man unter."

„Also hast du mitgespielt?"

„Ganz genau." Ich setzte mich zurück an den Flügel und spielte ein paar Takte.

Durfte ich die Mimi singen, weil ich besser war als alle anderen oder war an Pierres Behauptung etwas dran?

Tick stellte den tanzenden Raben auf den Flügel.

„Also, wie ist das mit dir und Sam?"

Bisher war ich gar nicht auf den Gedanken gekommen, mein Name könne bei der Besetzung eine Rolle gespielt haben. „Ich kenne Sam ja nicht länger als du", antwortete ich.

„Aber besser."

„Da bin ich mir nicht so sicher."

Tick sah mich verblüfft an. „Wie meinst du das denn?"

„Ich weiß, dass er aus Lüneburg kommt und Bühnenbild studiert hat. Das ist auch schon alles. Wenn ich ihn nach seiner Familie frage, weicht er aus. Wenn ich nach Freunden frage, weicht er aus. Wenn ich nach früheren Liebschaften frage, weicht er ebenfalls aus. Ich kann den Mann einfach nicht lesen."

„Verstehe."

Warum war ich nur in Oldenburg zum Vorsingen eingeladen worden? Warum in keinem der großen Opernhäuser?

„Außerdem nimmt er meine Arbeit nicht ernst genug. Und seine eigene auch nicht, wenn du mich fragst."

„Aber du hast doch noch gar nicht richtig am Theater angefangen", entgegnete Tick.

Kannte mein Dad den Intendanten?

„Die Proben beginnen nächste Woche und ich müsste mindestens sieben bis acht Stunden täglich üben. Stattdessen hänge ich mit Sam ab."

„Das kannst du aber nicht *ihm* anlasten, oder?"

„Stimmt, aber ich wünschte, er würde mir mehr in den Hintern treten." Ich schaute ihr grinsend ins Gesicht. „Stattdessen tätschelt er ihn."

Sie prustete los, wurde aber schnell wieder ernst. „Hoffentlich wirst du nicht krank, Coco."

„Warum sollte ich denn krank werden?"

Tick stellte den Raben in das Regal. „Na ja, dieses neue Virus scheint ja recht aggressiv zu sein."

Ich hatte mich bislang nicht damit beschäftigt. Das Weltgeschehen flog gerade an mir vorbei, ohne dass ich Kenntnis davon nahm. „Aber das ist doch weit weg."

„Weiß nicht, ich habe das Gefühl, es verbreitet sich ganz schön schnell."

Ich schob den Gedanken beiseite. Das Virus hatte nichts mit mir zu tun. „Also, ich müsste jetzt mal arbeiten."

„Alles klar, bin schon weg." Tick ging zur Tür und winkte mir wie ein kleines Mädchen.

Ich deutete auf den tanzenden Raben, der seine Heimat in dem Regal gefunden hatte. „Das ist kein

Zufallsprodukt, Tick. Das ist Kunst. Du musst an dich glauben." Sie winkte noch einmal und schloss die Tür. Ich richtete die Noten und begann mit meinen Stimmübungen. Ich hatte noch eine Woche und die würde ich nutzen. Jede einzelne Sekunde dieser einen Woche.

Montag, 3. Februar 2020

Pierre

Ich grüßte den Pförtner mit einem Nicken, das nicht erwidert wurde, lief den Flur entlang und stieß auf Alexej. „Hallo, was machst du denn so früh schon hier?", fragte ich verwundert.

„Ich dachte, du könntest etwas nervliche Unterstützung gebrauchen." Alexej bedachte mich mit einem anteilnehmenden Blick.

„Aha, und woher weißt du, dass ich jetzt … ja, was eigentlich?"

„Von Brit. Wir wohnen zusammen."

„Echt, mit der wohnst du zusammen? Gruselig."

Alexej lachte. „Brit ist ganz in Ordnung. Wäre es für dich okay, wenn ich mich in den Z-Raum setze?" Ich schaute auf die Wanduhr, es war kurz vor neun.

Von dem angeblichen Regiegenie würde ich mich jedenfalls kein zweites Mal anschreien lassen.

Alexej legte mir eine Hand auf die Schulter. „Wenn die Ratte wieder einen seiner Ausraster hat, rette ich dich."

Ein falsches Wort von dem Idioten von Regisseur und ich war weg. Andere Städte haben auch schöne Theater. „Ich kann mich schon selber retten."

Sein Blick ruhte eine Spur zu lange auf mir.

„Wenn du auf meinen Beistand verzichten willst und dich dem Typen gewachsen fühlst ... Aber okay, *ich* hab' nichts dagegen. Ob Morawski das auch so sieht, musst du mit ihm verhandeln."

Gemeinsam betraten wir die Bühne. Brit begrüßte uns mit einem fröhlichen *Guten Morgen*. Zu fröhlich, für meinen Geschmack. „Wo ist denn der große Meister?", fragte ich.

„Hab' ihn noch nicht gesehen."

Wir setzten uns gemeinsam auf den Bühnenrand. Im kalten Arbeitslicht verlor sogar der Zuschauerraum seinen Glanz. Ich schlang meine Arme um den Körper. „Vielleicht hat unser Superregisseur den Termin ja vergessen."

„Mach dir da mal keine allzu großen Hoffnungen", meinte Brit, als die Saaltür aufflog, Morawski energischen Schrittes auf uns zukam und Brit und Alexej fixierte. „Ihr lasst uns mal schön alleine!", polterte er.

Ich würde mir nichts von dem Arsch gefallen lassen! Absolut nichts!

Alexej schaute ihn an. „Ich wollte fragen, ob ich zusehen darf."

„Nein."

„Aber ..."

„Hinaus!"

Wortlos verließen Brit und Alexej den Saal.

Morawski gab mir ein Zeichen, woraufhin wir gemeinsam die Bühne betraten. Es wurde hell. Morawski baute sich vor mir auf. Ich machte mich auf eine Schlägerei gefasst und musste beim Gedanken daran grinsen. Als er mir eine Hand auf die Schulter legte, zuckte ich nicht mit der Wimper. Über uns knisterten die Scheinwerfer. Er war einen Kopf größer als ich und mindestens zwanzig Kilo schwerer. Ich sah ihm in die Augen, konnte aber keinerlei Aggression darin entdecken. Eher Belustigung.

„Pierre Wagner, du bekommst ein paar Einzelproben von mir", sagte er mit einem Ausdruck, der einem Lächeln ziemlich nah kam.

Ich lächelte nicht.

„Und weißt du auch, warum?" Seine Augen funkelten jetzt vor Lust.

„Keinen Schimmer", antwortete ich so gelassen wie möglich.

Das Funkeln steigerte sich. „Ganz einfach. Du wirst die Hauptrolle übernehmen. Es liegt ein Haufen Arbeit vor uns." Vergnügt klatschte er in die Hände. „Also los!"

Ich stand da wie festgetackert. Dann brachte ich ein klägliches „Was?" heraus.

„Du hast schon verstanden."

„Aber was ist denn mit Johannes?"

„Der muss bei Danton einspringen, da ist jemand krank geworden. Das ist alles schon geklärt. Und nun komm, lass uns anfangen."

Als ich vier Stunden später völlig fertig in die Kantine wankte, sah ich Coco an einem der Tische sitzen. Sie unterhielt sich mit jemandem. Zögernd trat ich auf sie zu. „Darf ich mich kurz setzen?"

Sie nickte nur. Der Mann stand auf. „Ich geh mal schnell 'nen Happen essen", murmelte er und verschwand.

„Was ich gestern Abend gesagt habe, tut mir leid, Coco. Ich hatte einen total beschissenen Tag und hab das an dir ausgelassen."

„Schon okay."

„Glaubst du mir?"

Sie blickte knapp an mir vorbei. „Vielleicht hattest du ja recht."

„Womit?"

„Dass ich hier nur wegen meines Namens sitze."

„Oh Mann, ich wollte dich wirklich nicht so verunsichern."

„Hast du aber - und das ist auch gut so. Der Typ da drüben", sie wies auf den Mann, der gerade an der Theke seinen Snack bezahlte, „wird mit mir arbeiten."

„Wer ist das?"

„Er heißt Kihun und ist Pianist. Wir arbeiten bis Probenbeginn sechs Stunden pro Tag zusammen. Ich habe großes Glück, dass er so viel Zeit hat. Muss ich natürlich bezahlen, aber das geht okay."

„Klingt gut."

„Ja, ich hatte überhaupt keine Hoffnung, dass ich so kurzfristig jemanden finde. Aber bei ihm ist irgendwas ausgefallen."

„Prima."

Jetzt sah sie mich endlich an. „Geht es dir denn wieder besser, Pierre?"

Ich lächelte. „Mir geht es super. Wie sagtest du ganz richtig: Wir zwei sind die zukünftigen Stars am Theaterhimmel."

Kaum war Coco gegangen, setzte Alexej sich zu mir.

„Na, wie ist es gelaufen mit Mister Oberarschloch?", fragte er.

„Okay." Ich konnte das glückliche Grinsen nicht ganz aus meinem Gesicht verbannen.

„Du siehst aus, als wäre was passiert?"

„Na ja, irgendwie schon."

Alexej blickte mich fragend an. Sollte ich ihn einweihen? Durfte ich das überhaupt? Es wollte einfach aus mir heraus. Ich hatte die Hauptrolle! ICH HATTE DIE HAUPTROLLE!

„Hallo, ihr zwei." Brit.

„Setz dich doch." Alexej rutschte ein Stück zur Seite.

Brit setzte sich, schob den Salzstreuer in die Mitte und legte ihre Hände auf den Tisch. Sie hatte hässliche Hände. „Und, wie war es?", fragte sie mich.

„Ganz okay." Mehr würde die von mir nicht erfahren.

Sie wandte sich an Alexej. „Ich wollte nur sagen, dass ich heute nicht kochen kann, Morawski braucht mich."

„Ach nee."

„Tut mir leid." Sie blickte auf die Wanduhr und stand wieder auf. „Ich muss." Sie wandte sich zum Gehen, drehte sich aber noch mal um. „Ach ja, die Dispo wurde geändert. Müsste schon online stehen oder jedenfalls aushängen."

Klar wurde die Dispo geändert. Ich nahm mein Handy und öffnete den internen Theaterzugang. Die neue Dispo stand noch nicht online. Da war immer noch Johannes als Hauptdarsteller genannt. Konnte ich es trotzdem schon verraten?

„Ich muss dann auch mal", meinte Alexej und stand auf. „Wir sehen uns?"

„Klar."

Im Weggehen strich er mir kurz über den Arm.

Ich hatte vier freie Stunden bis zur nächsten Probe, also nahm ich meine Jacke und begab mich zum Ausgang. Ein Spaziergang würde mir guttun. Auf dem Weg zur Pförtnerloge sah ich eine junge Frau, die gerade die neuen Dispopläne aufhängte. Ich verlangsamte meine Schritte. Die Frau ließ sich ja ewig Zeit. Ich blieb stehen und tat, als würden mich die Bilder ehemaliger Inszenierungen interessieren, die den Gang entlang an der Wand hingen. Als die Frau endlich fertig war und die Treppe hinaufeilte, konnte ich ans Schwarze Brett und den Probenplan lesen. Dort hing mein Stück: ´Draußen vor der Tür´: Hauptrolle: Johannes Daubner.

Montag, 3. März 2020

Coco

Joyce McCusker legte ihre Hand auf meinen Bauch. „Du musst die Spannung besser halten, sonst schaffst du die Partie niemals. Versuch es noch mal."

Ich begann zu singen, während das *Niemals* in meinen Ohren dröhnte.

Joyce hörte eine knappe Minute zu, bis sie ihre Hand hob und der Korrepetitor das Klavierspiel unterbrach. Zum wievielten Mal eigentlich?

„Du konzentrierst dich zu sehr auf die Technik."

Die Generalmusikdirektorin blickte mich fragend an. „Was empfindet Mimi, wenn sie Rodolfo zum ersten Mal trifft?"

Unsicher zuckte ich die Achseln. „Vielleicht Zuneigung? Interesse?"

„Solange dir das nicht absolut klar ist, brauchst du gar nicht zu singen beginnen", sagte Joyce mit ihrem harten schottischen Akzent. „Die Zeiten, in denen man einfach an die Rampe treten, die Arme ausbreiten und lossingen konnte, sind lange vorbei, Coco."

„Ich weiß."

„Du musst mehr gestalten, mehr spielen. Und zwar mit deinem Körper und deiner Stimme." Sie begann, meine Arie zu singen, es klang wundervoll. Ich hatte viel zu wenig gearbeitet, die Woche mit Kihun war ein Witz gewesen.

„Versuch es noch mal."

Ich stellte mich in Position.

„Steh nicht da wie festgewachsen. Denk daran, dass du nicht nur singst, sondern auch spielst." Joyce trat an meine Seite, legte ihre Hände auf meine Schultern und massierte sie sanft. „Du musst lockerer werden, Coco."

„Aber wie?", fragte ich und schämte mich meiner zittrigen Stimme. Ich würde jetzt nicht im Beisein der Anwesenden losheulen! Pauline, die die Musetta singen wird, schaute mich mitfühlend an. Na, danke. Mitleid war wirklich das Letzte, was ich jetzt brauchen konnte. „Okay, ich versuche es noch mal." Joyce blickte mir in die Augen. „Die Mimi ist eine schwere Rolle. Es kommt nicht oft vor, dass dafür eine Debütantin engagiert wird."

„Ich weiß."

„Unsere Wahl ist auf dich gefallen, weil ..." Sie sprach nicht weiter.

Mein Magen schnürte sich zusammen. „Weil?"

Sie lächelte. „Du warst beim Vorsingen die Beste, also überzeug uns jetzt auch." Sie gab dem Pianisten ein Zeichen. Ich begann zu singen und spürte sofort, wie kläglich ich mich anhörte im Vergleich zu Joyce, die nicht nur souverän gesungen, sondern auch all ihr Gefühl in die Arie gelegt hatte. Konnte ich diese Klasse erreichen? In vier Wochen sicher nicht. Und in vier Wochen war Premiere.

Joyce ließ mich die Arie zu Ende singen.

„Da wartet noch ein gutes Stück Arbeit auf uns, aber das wird schon", meinte sie anschließend. Ihr Gesichtsausdruck sagte etwas anderes. „Hoffen wir, dass uns dieses verdammte Virus keinen Strich durch die Rechnung macht."

„Ähm, Joyce, könnte ich vielleicht noch ein paar Einzelstunden bekommen?"

Sam

Ich kam gerade vom Technischen Leiter, um die fünfhundertste Fassung des Bühnenbildes zu besprechen, als mir Coco über den Weg lief.

„Hi, alles klar bei dir?" Ich gab ihr einen Kuss und strich ihr übers Haar, das sie offen trug. „Du siehst blass aus", sagte ich.

„War ´ne anstrengende Probe."

„Wollen wir zusammen Mittag essen?"

„Keine Zeit."

Es musste ungefähr vierzehn Uhr sein.

„Aber du hast doch jetzt Pause, oder?", fragte ich.

„Nur theoretisch. Ich muss die Zeit bis zur Abendprobe nutzen."

Mein Smartphone gab ein Signal, ich ignorierte es.

„Das sehe ich auch so. Und zwar, um erst mit mir zu essen und danach zuhause ein bisschen zu relaxen. Was meinst du?"

Sie sah mich leicht genervt an, aber vielleicht bildete ich mir das auch nur ein. „Ich muss arbeiten, Sam."

„Versteh ich nicht."

„In vier Wochen ist Premiere! Was gibt es daran nicht zu verstehen?"

Ich zog sie an mich. „Was ist wirklich los, Coco?"

„Lass das bitte." Sie schob mich weg und wollte gehen.

„Hast du einen anderen?", rief ich ihr hinterher und kam mir vor wie sechzehn.

Langsam drehte sie sich zurück zu mir. Eine Technikerin lief grüßend an uns vorbei.

„Hör mal, Sam", sagte Coco, als wir wieder alleine waren, „ich habe eine sehr schwere Rolle zu lernen. Ich brauche dafür jede Minute, okay?"

„Das verstehe ich ja, aber …"

„Und ich habe absolut keine Zeit für kleinkarierte Eifersüchteleien."

Das Gefühl, sechzehn zu sein, blieb bei mir, während sie mich ohne ein weiteres Wort stehen ließ.

Ich setzte mich an den Technikertisch in der Kantine, wo sich drei Männer, die ich vom Sehen her kannte, leise unterhielten.

„Die GMD scheint dagegen zu sein", sagte einer, der sich weit zurücksetzten musste, damit seine fette Wampe nicht mit der Tischkante kollidierte. Er aß etwas, das aussah, wie schon mal gegessen.

„Was ist das?", fragte ich ihn.

„Labskaus", sagte er kauend, „lecker."

Mir wurde übel. „Gibt es noch was anderes?"

„Keine Ahnung."

„Eintopf", meinte ein anderer Typ, der eine umgedrehte Basecap trug. Ich hatte Hunger, also ging ich zum Tresen, um mir etwas zu essen zu holen.

„Der Intendant ist wohl dafür", sagte einer der Männer, als ich mich zurück an den Tisch setzte. Der Eintopf schmeckte besser als befürchtet.

„Kann ich mir echt nicht vorstellen", entgegnete die Basecap.

„Wir werden sehen. Die Besprechung soll wohl schon in vollem Gange sein."

Ich blickte die Männer an. „Gibt es ein Problem?"

„Corona", brummte der Dicke und wischte sich mit dem Hemdsärmel den Mund ab.

„Corona was?"

„Die da oben überlegen, das Haus dicht zu machen."

Colin

Der Duft von Ingwer, Zwiebeln und Zitronengras hing in der Luft. Tick bereitete eines ihrer indischen Currys zu. Statt eines selbstgestrickten Pullovers trug sie heute die rote Bluse, die ich ihr mal geschenkt hatte. Die Farbe passte nicht ganz zu ihrem Haar, was mir beim Kauf leider nicht aufgefallen war.

„Das riecht toll."

Sie lächelte mir zu.

„Coco hat gesagt, dass sie gegen neun da sein kann. Hältst du so lange durch?"

Ich blickte auf die Kuckucksuhr, die wir von irgendwem zum Einzug bekommen hatten. Sie war unglaublich hässlich. Und trotzdem ließen wir sie hängen. Als ironisches Statement sozusagen.

Es war kurz nach acht. „Klar. Sind die anderen beim Essen auch dabei?"

„Pierre ist zuhause. Wo Sam ist, weiß ich nicht."

Ich beobachtete Tick, die mit einem Holzlöffel in der großen Pfanne rührte. Sie kam mir schmaler vor.

„Ich stelle den Reis auf, wenn Coco da ist. Dann können wir in einer viertel Stunde essen", sagte sie.

„Klingt nach ´nem Plan. Ansonsten alles okay bei dir?"

Sie zuckte mit den Schultern. „Diese Schreibblockade macht mich fertig. Ich sitze vorm Computer und starre die wenigen Zeilen an, die ich überhaupt aus mir rausquetschen kann. Zum Glück habe ich den Job im Café." Sie strich sich seufzend eine Locke aus der Stirn, die sofort an ihren alten Platz zurückfiel.

„Hoffen wir, dass die Politik das mit dem Lockdown nicht ernst meint", murmelte ich.

Tick hielt mit dem Rühren inne und blickte mich stirnrunzelnd an. „Du glaubst doch nicht wirklich, dass die das ganze Land runterfahren."

„In China haben sie es getan."

„Da herrscht aber auch ein anderes Regime." Sie öffnete eine Schranktür. „Wenn die Läden dichtgemacht werden, bekomme ich eine Lebenskrise. Und zwar eine mit Schmackes. Hast du den Kreuzkümmel gesehen?"

Ich beobachtete, wie Tick die Schränke durchwühlte. „Magst du ein Glas Wein?" fragte sie.

„Nein danke." Ich stand auf und ging zum Fenster, unter dem ein klappriges Weinregal stand, das in naher Zukunft vermutlich einfach zusammenbrechen würde. Auf der Fensterbank stand eine asiatische Winkekatze, ebenfalls ein Einzugsgeschenk. Unser Freundeskreis bestach durch einen wirklich schlechten Geschmack. Ich legte den Schalter um, die Katze begann zu winken. Regen trommelte gegen das Fenster.

Tick hantierte mit Ihrem Smartphone und kurz darauf erklang etwas Klassisches.

„Was ist das für Musik?", fragte ich.

„Grieg. Solveigs Lied."

„Klingt melancholisch."

Tick lächelte mir wieder zu. „Und ziemlich kitschig. Das brauche ich gerade."

Ich holte ein Glas aus dem Schrank. „Du brauchst Kitsch?"

„Ich brauche was fürs Herz. Gestern habe ich mir auf Netflix *Bridget Jones* angesehen, soweit ist es mit mir schon gekommen."

Die rote Bluse hatte sie seit unserer Trennung nicht mehr getragen. Ich schenkte mir ein Glas Wein ein und lehnte mich an den Schrank. Der zarte Duft ihres Parfüms vermischte sich mit dem köstlichen Aroma des Currys.

„Warum brauchst du denn was fürs Herz?"

Scheinbar befand sich in der Pfanne jede Menge Zeug, das unbedingt umgerührt werden wollte. Das dämliche Ding auf der Fensterbank winkte und winkte. Solveig hatte ihr Lied beendet. Tick rührte und rührte und vermied jeden Blickkontakt. „Tick?"

„Das riecht ja superlecker", erklang es von der Tür. Pierre! Verdammt!

Coco

Ich hatte keinen Appetit, setzte mich aber trotzdem zu meinen Mitbewohnern. „Wisst ihr, ob Sam da ist?", fragte ich in die Runde.

Colin stand am Fenster und schaute wie hypnotisiert auf ein hässliches Plastikding, das ihm zuwinkte. „Keine Ahnung, vermutlich nicht", meinte er abwesend.

Also stand ich noch mal auf, klopfte kurz an Sams Tür und schaute in sein Zimmer. Es war dunkel. Ich blickte auf mein Handy. Keine Nachricht.

Tick nahm meinen Teller.

„Für mich nur eine Kleinigkeit, bitte", sagte ich. Sie lud mir viel zu viel auf. Während des Essens war es seltsam still. Ich blickte in die Runde. „Ist irgendwas?"

„Colin glaubt, dass es einen Lockdown geben wird", sagte Tick verunsichert.

„Was denn für einen Lockdown?"

„Liest du keine Nachrichten?", fragte Colin.

„In letzter Zeit hatte ich echt anderes zu tun."

Pierre seufzte. „Mit etwas Pech wirst du bald gar nichts mehr zu tun haben."

„Sag mal, wovon redet ihr überhaupt?"

Was hatte Joyce heute Morgen über das Virus gesagt? Ich hatte gar nicht richtig hingehört.

„Vielleicht übertreibe ich ja und es ist alles halb so schlimm", meinte Colin. Er klang nicht sehr überzeugt. „Aber was hat das denn mit uns zu tun?", fragte Pierre.

„Wenn's hart kommt, dann machen die nicht nur Ticks schnuckeliges Café dicht, sondern auch die Geschäfte, Fitnessclubs, Frisöre und – Theater", stellte ich fest.

„So ein Quatsch." Das konnte doch nicht sein, in vier Wochen war Premiere! Mein Handy gab ein Signal, ich schaute auf das Display. Bevor ich die Nachricht lesen konnte, vibrierte auch Pierres Handy.

Stirnrunzelnd begann ich zu lesen, dann sah ich meine Freunde an. „Das ist eine Mitteilung vom Theater."

„Morgen früh um zehn gibt es eine Versammlung mit der kompletten Belegschaft", ergänzte Pierre.

Dienstag, 4. März 2020

Pierre

Ich trat auf Alexej zu, der gelangweilt an einer Säule lehnte. „Hey, weißt du, was los ist?", fragte ich ihn.

„Corona, nehme ich an." Er roch nach einem herben Rasierwasser.

Peter *Fucking* Morawski nickte mir von weitem zu und grinste, als ich ihn ignorierte. Am anderen Ende des Foyers sah ich Sam und Coco. Eine seltsame Unruhe waberte durchs Foyer, als Anderson, der Intendant, vors Mikro trat. Die Unruhe wich einer noch seltsameren Beklommenheit. Anderson blickte in die Runde, klopfte an das Mikro und sagte: „Liebe Kolleginnen und Kollegen." Er schien nach den richtigen Worten zu suchen und knabberte nervös an seiner Unterlippe.

„Es fällt mir nicht leicht, Ihnen zu verkünden, was ich leider zu verkünden habe." Jemand hustete in die kurze Pause, die er machte. „Wir haben gestern eine Anweisung des Ministeriums bekommen."

Ich hielt die Luft an.

„Leider müssen wir den Spielbetrieb bis auf Weiteres einstellen."

Ein ungläubiges Raunen ging durch die Menge, dann setzte aufgeregtes Gemurmel ein. Anderson hob die Hand. „Wir hatten noch nicht die Zeit, uns genau zu überlegen, was das für jedes einzelne Stück bedeutet. Vor allem für die anstehenden Premieren."

Oh Gott, meine Rolle. Das durfte nicht sein. Ich hatte Tage gebraucht, den üblen Scherz von Morawski zu verkraften und mich wieder auf die Nebenrolle zu konzentrieren. Jetzt fühlte ich mich ihr und vor allem ihm gewachsen. Ich wollte spielen!

„Die Proben im Sprechtheater können weiterlaufen und wenn wir Glück haben, muss keine Premiere verschoben werden." Ich stieß die Luft aus und atmete normal weiter.

„Leider sieht es mit dem Musiktheater nicht so gut aus."

Meine Blicke wanderten zu Coco, die ihre Arme um sich geschlungen hatte, als wäre ihr kalt.

„Das Ministerium prüft gerade, ob und wie geprobt werden darf. Bis auf weiteres müssen Bläser und Sänger aussetzen. Das hat mit den Aerosolen zu tun, habe ich mir sagen lassen."

Anderson schaute wieder in die Runde. „Ich weiß, das ist ein Schock, aber ich hoffe, dass wir schon bald wieder zum normalen Spielbetrieb zurück-kehren können. Bis dahin halten Sie sich bitte bereit. Wir informieren Sie über das interne Portal, sobald es Neuigkeiten gibt."

Alexej blickte mich an.

„Hast du noch Zeit für einen Kaffee?", fragte er. „Keine Ahnung, eher nicht." Morawski plauderte entspannt mit einem Musiker. „Oder vielleicht doch."

„Na, dann komm." Er griff nach meiner Hand und zog mich Richtung Kantine. Bevor wir uns an der Theke von der mürrischen Kantinenwirtin einen lauwarmen Kaffee einschenken ließen, zwinkerte er mir zu.

„Ich schätze, die Proben beginnen frühestens in zehn Minuten. Das muss man ja erstmal verkraften."

„Arme Coco", sagte ich.

„Das wird sich sicher bald klären. Die können uns ja nicht einfach allen die Existenzgrundlage entziehen. Ich meine, wir zwei sind fest angestellt. Aber was ist mit den ganzen Freien? Die bekommen doch jetzt vermutlich alle kein Geld mehr."

„Oh je, der arme Sam!"

Alexej nahm einen Schluck Kaffee und verzog angewidert das Gesicht, dann lächelte er mir zu.

„Wie geht es denn so mit Morawski?"

„Wer war das noch mal?"

„Nun sag schon."

„Der Mann ist krank. Ich versuche ihn zu ignorieren und, so gut es geht, meinen Job zu machen."

„Gefällt mir, dass du das so lässig siehst. Wir sollten unbedingt mal …"

´Die Proben zu *Dantons Tod* und *Draußen vor der Tür* beginnen in zehn Minuten. Wir bitten alle Darsteller, sich um 10.30 Uhr auf den jeweiligen Probebühnen einzufinden´, kam es aus dem Lautsprecher.

„ … was zusammen trinken."

„Machen wir doch gerade."

„Du weißt genau, was ich meine."

„Weiß ich das?"

Mein Herz machte einen seltsamen Hüpfer, als er mir in die Augen schaute. Eigentlich war er nicht mein Typ, auch wenn er durchaus süß sein konnte."

„Morawski hat übrigens *noch* einen üblen Trick in der Kiste", wechselte Alexej das Thema. „Der hat mal jemandem, der nur eine winzige Rolle hatte, weißgemacht, dass er die Hauptrolle übernehmen dürfe." Soso.

Alexej grinste. „Und der arme Kerl hat das übersprudelnd vor Freude in der Kantine erzählt. Da war das Gelächter hinterher groß."

Das ist mir ja immerhin erspart geblieben. „Ich muss dann mal. Wir sehen uns", meinte ich leichthin. „Wann?"

„Wir sehen uns." Ich lächelte und machte mich auf den Weg.

Donnerstag, 5. März 2020

Tick

Der Wind bläst Gedanken fort und hinterlässt leeren Raum. Genervt fuhr ich den Rechner runter. Was sollte das bringen, in der Hoffnung, dass irgendwann die große Inspiration winkend um die Ecke schaut stundenlang auf einen Satz zu starren? In der Küche traf ich auf Coco, die alleine am Tisch saß. „Hallo, bist du gar nicht im Theater?"

„Nein."

„Ich mache mir einen Tee, willst du auch?"

„Ja, danke." Sie klang bedrückt.

„Ist alles okay?"

„Nicht wirklich."

Ich stellte den Wasserkocher an und setzte mich zu ihr. „Was ist los?"

Sie begann zu weinen. Ich war überrascht, dass diese starke, stolze Frau überhaupt in der Lage war, so viel Verletzlichkeit zu offenbaren.

„Ich habe Berufsverbot."

„Berufsverbot?"

„Das Theater ist dicht, die Proben wurden unterbrochen."

„Was?" Dann hatte Colin doch nicht übertrieben.

„Weißt du, was noch alles geschlossen wurde?"

Sie zuckte mit den Schultern. Ich stand auf und goss das brodelnde Wasser in die Teekanne. Dann öffnete ich den Nachrichtensender auf meinem Handy. „Scheiße!"

Coco schaute mich fragend an.

„Es ist offenbar alles dicht."

„Pierre darf weiter proben und ich nicht, das ist doch total willkürlich", jammerte sie.

Ich stellte zwei Becher mit Tee auf den Tisch und setzte mich wieder. „Warum das denn?"

„Keine Ahnung, singen ist offenbar ansteckend, was weiß ich." Coco nahm ihre Tasse und pustete hinein.

„Dann ist mein Job im Café fürs Erste auch futsch."
Und an schreiben war nicht zu denken.

„Na ja, ist ja nur ein Kellnerjob", meinte Coco.

„Der mir zufällig meinen Lebensunterhalt sichert", entgegnete ich kühl.

„Oh, daran habe ich nicht gedacht. Tut mir leid, Tick."

Coco wirkte so niedergeschlagen, dass ich ihr nicht böse sein konnte. „Kannst du denn alleine weiter an deiner Rolle arbeiten?"

Sie blickte mich nachdenklich an, dann huschte ein zaghaftes Lächeln über ihr Gesicht. „Das schon. Ich muss ohnehin noch über meine Haltung nachdenken."

Ich trank einen Schluck Tee. „Was für eine Haltung?"

„Wer meine Bühnenfigur eigentlich ist? Was sie fühlt? Wie sie", Coco schaute mich an, „entschuldige das Wortspiel, tickt."

Ich musste lachen. „Wie sie tickt, aha."

„Genau, ich bin nicht nah genug dran an der Figur, hab sie noch nicht richtig erfasst."
Ich hörte Coco aufmerksam zu. Konnte es sein, dass es zwischen dem Einstudieren einer Rolle und dem Schreiben eines Textes eine Verbindung gab? Dass die Schwierigkeiten ähnliche waren? „Und wie willst du dich der Figur nähern?"

Coco blickte versonnen aus dem Fenster. Die Sonne brach durch die Wolken und warf ihr Licht auf eine Gartenbank, auf der die alte Katze unserer Nachbarin schlief. Dann blickte Coco mich an. In ihren Augen lag ein seltsamer Glanz. „Ich glaube, ich muss mich in Mimi verwandeln."

Sam

„Über die finanzielle Seite kann ich dir nichts sagen, das musst du mit der Verwaltung klären." Rainer mit ai zuckte gleichmütig mit den Schultern und wandte sich zum Gehen.

„Warte mal, du wirst mir doch sagen können, wie es mit dem Bühnenbild weitergeht", rief ich aus.

Rainer blickte auf seine Uhr. „Wir haben in einer Stunde ´ne Besprechung, danach weiß ich vielleicht mehr. Kannst ja am Nachmittag mal anrufen."

Damit ließ er mich stehen. Ohne die Kohle für das Bühnenbild wäre ich pleite. Die Anzahlung reichte gerade noch für eine Monatsmiete.

In der Hoffnung, Coco zu treffen, ging ich in die Kantine. Aber dort war sie nicht. Ihr Smartphone war auch ausgeschaltet. An einem Tisch saß Pauline, jene Sängerin, die die Musetta in Bohème sang. „Hi, weißt du zufällig, wo Coco ist?", fragte ich.

„Keine Ahnung, hab sie heute überhaupt noch nicht gesehen." Ich setzte mich zu ihr.

„Ich glaube, sie ist richtig erschüttert, dass die Premiere verschoben wurde", meinte ich.

Pauline fummelte den Teebeutel aus ihrem Becher und legte ihn auf die Untertasse. „Das sind wir wohl alle, oder?"

„Vielleicht dauert der Lockdown ja nur ein paar Tage."

„Kann ich mir nicht vorstellen, wenn man bedenkt, was in China abgeht." Sie trank einen Schluck Tee.

„Die Intendanz bespricht sich offenbar gerade."

„Hab ich auch gehört."

„Ich dachte, ich warte hier, vielleicht gibt es schon bald Neuigkeiten", meinte sie. Sie wirkte ebenso verwirrt wie Coco.

„Wie sind denn Eure Proben bislang gelaufen?", wollte ich wissen.

Pauline zog fragend eine Augenbraue hoch.

„Ich meine, ich war ja nur bei einer Stellprobe dabei. Läuft, ähm, lief alles nach Plan?"

„Warum fragst du?"

„Coco war in letzter Zeit ziemlich angespannt und ich habe mich gefragt, ob es vielleicht am Stück liegt."

„Nun, die Proben sind hart. Wir haben echt wenig Zeit."

„Verstehe."

„Und Coco …" Sie sprach nicht weiter.

„Ja?"

„Ach, nichts."

„Sag schon."

Pauline stand auf und zog sich ihren Rock zurecht. „Ich muss los." Ein kurzes Winken, dann war sie weg.

Ich überlegte, zur Verwaltungsdirektorin zu gehen, um die finanzielle Angelegenheit zu klären.

„Hey, Sam." Der Assistent vom technischen Leiter, dessen Namen ich mir einfach nicht merken kann, setzte sich zu mir. „Schöne Scheiße, was?"

„Kann man sagen." Ich blickte ihn an. „Weißt du, wann die musikalischen Proben weitergehen?"

„Keine Ahnung." Er drückte an einem eitrigen Pickel herum, der seine Stirn verunzierte. Ich senkte den Blick. „Die Werkstätten sind alle in heller Aufregung. Das Damoklesschwert *Kurzarbeit* pendelt über allem."

Ich schaute wieder an ihm empor. Der Pickel eiterte fröhlich vor sich hin. „Kurzarbeit?"

„Na ja, wenn jetzt nicht gespielt werden darf, haben ganz schön viele Leute nicht mehr genug Arbeit."

„Verstehe. Das gilt aber nicht nur für die Technik, oder? Ich meine, die Musiker, Sänger, Tänzer dürfen ja gerade auch nicht proben."

„Ja, es wird viele treffen. Leider." Er wirkte nicht so, als ob es ihm wirklich leid täte.

Tick

Ging ich zu distanziert an meine Texte heran? Was wäre die Alternative? Ich konnte ja schlecht über *mich* schreiben. Wie langweilig wäre das denn?

Ich blickte auf den einzigen Satz, der mir die letzten Wochen gelungen war. Den ich einen kurzen Augenblick sogar für einen genialen Anfang von

Irgendwas gehalten hatte. Nebenan, in Colins Zimmer, lief Musik. Irgendwas Klassisches, was eigentlich gar nicht seinem Geschmack entsprach. War das Solveigs Lied? Ich öffnete YouTube.

Überrascht stellte ich fest, dass es nicht nur die mir bekannte Instrumentalversion gab. Ich fand eine Interpretation von einer Anna Netrebko. Als ihre Stimme erklang, saß ich still da und hörte ihr verzaubert zu. Sekunden, nachdem ich den Ton lauter gestellt hatte, klopfte es. „Herein." Hoffentlich hatte ich niemanden gestört.

Coco kam ins Zimmer. „Du hörst Netrebko?"

„Du kennst die Sängerin?"

Sie schaute mich verblüfft an. „Jeder kennt sie."

„Ich bislang nicht. Aber es gefällt mir wahnsinnig gut."

Coco stellte sich mitten ins Zimmer, schloss die Augen und hörte zu.

„Das ist wundervoll", murmelte sie.

Google klärte mich derweil darüber auf, dass der Text von Henrik Ibsen stammte. „Es geht offenbar um eine Frau, die ihre verflossene Liebe besingt. Die darauf hofft, dass er zu ihr zurückkommt. Oder dass sie sich im Himmel wiedersehen. Ey, was für ein Kitsch!"

„Aber hör doch mal. Dieses Gefühl. Das ist unglaublich. Sie singt das nicht, sie fühlt es."

Wir hörten das Lied ein zweites Mal, wobei ich genau wie Coco die Augen schloss. Langsam begann ich zu verstehen. Ich hörte Verlust, Schmerz, Hoffnung.

„Das, was an Gefühl ganz tief in ihr schlummert, verwandelt sie in Musik." Coco blickte mich an. „Das will ich auch schaffen."

„Aber wie gelingt das?"

Sie überlegte einen Moment.

„Ich darf die Rolle der Mimi nicht einfach singen, ich muss mit ihr verschmelzen. Oder - in deinem Fall - du musst deine eigene Geschichte finden. Etwas, das du wirklich fühlen kannst."

Coco straffte die Schultern. Verblüfft sah ich dabei zu, wie die verzagte Frau vom Vormittag sich in die selbstbewusste Coco verwandelte, die mir anfangs so viel Respekt eingeflößt hatte.

„Ich gehe ins Clark", verkündete sie und lächelte mir zu. „Sag mal, woher kommt eigentlich der Name?"

„Welchen Namen meinst du?"

„Na, Kunsthaus Clark."

Ich lachte. „Ach, das habe ich mir mal als Scherz ausgedacht, weil Colin mit Nachnamen Clark heißt, und dann ist das kleine Häuschen den Namen einfach nicht wieder losgeworden."

Coco lächelte mir zu und verschwand.

Wieder allein, starrte ich auf den Bildschirm.

Der Wind bläst Gedanken fort und hinterlässt leeren Raum.

Der Satz hatte absolut nichts mit mir zu tun. Ich löschte die einsame Zeile. Die einzige, die ich in letzter Zeit zustande gebracht hatte. Dann begann ich zu schreiben:

Nun sind wir also vollzählig. Und ich unsicher, ob mir das gefällt oder eher nicht. Coco hat bei ihrer Vorstellung, die wir per Skype machen mussten, weil sie angeblich nicht noch einmal herkommen konnte, vor Selbstbewusstsein gestrotzt. Das genaue Gegenteil von mir, weshalb ich auch gegen sie gestimmt habe. Aber die Männer haben mich überredet, es mit ihr zu versuchen. Sogar Colin. Sie hätte sonst keine Bleibe. Ich habe mir vorgenommen, vorurteilsfrei auf sie zuzugehen. Dafür müsste sie allerdings mal häufiger ihr Zimmer verlassen ...

Colin

Auf dem Weg zur Küche lauschte ich an Ticks Tür. Es war still, trotzdem war ich sicher, dass sie da war. Wo sollte man auch hin? Wenn doch alles dicht war. Nach einem kurzen Zögern klopfte ich. „Geht gerade nicht!", hörte ich sie rufen. Schade. Ich goss mir ein Glas Wasser ein und ging zurück in mein Zimmer, das früher unser Schlafzimmer gewesen war. Obwohl mir nach fünf Stunden Arbeit der Kopf brummte, setzte ich die Kopfhörer auf und machte weiter. Sequenz für Sequenz hörte ich meine Komposition durch. Irgendwas fehlte. Ich dachte an unseren letzten gemeinsamen Sommer. Die große Ferien-wohnung mit Blick aufs Meer.

Eines frühen Morgens hatte Tick mich geweckt, weil die Sonne so spektakulär aus dem Wasser aufstieg. Eng umschlungen standen wir auf dem Balkon, vor Kälte zitternd. Tick war gerade mit ihrem Studium fertig geworden und eine verheißungsvolle Zukunft lag vor uns. Wann war der Zug Richtung Zukunft auf das falsche Gleis geraten? Ich rief mir das Bild des Sonnenaufgangs vor Augen und nahm mir die Komposition noch einmal vor. Hier ein bisschen Dur statt Moll, dort ein paar Streicher unterlegt, schon klang es weniger streng, bekam etwas von Aufbruch. Ich musste es Tick vorspielen. Noch einmal klopfte ich an ihre Tür.

„Jetzt nicht!"

„Tick, bitte."

„Dann komm halt rein."

Ich öffnete die Tür und blickte auf ihren Rücken. Sie saß am Laptop, ihre Finger flogen über die Tasten, als wären sie in einem wilden Tanz gefangen.

„Du schreibst?"

„Yep."

Sie blickte nicht einmal auf. Ich nahm ein Shirt vom Sessel, setzte mich und wurde Zeuge, wie etwas aus Ticks Kopf direkt in den Computer zu fließen schien. Sie befand sich in einer Art Rausch, nahm mich überhaupt nicht wahr! Fasziniert saß ich da, während es langsam dunkel wurde.

Als mein Magen knurrte, schaute Tick mich überrascht an. „Was machst du denn hier?"

„Ich habe geklopft. Du hast mich reingebeten. Ich habe mich gesetzt."

„Echt?"

„Echt. Scheinst einen Lauf zu haben."

„Aber hallo." Sie wirkte richtig glücklich.

„Das freut mich, Tick."

Sie lockerte die Schultern, dann speicherte sie den Text auf eine externe Festplatte und fuhr den Laptop runter. „Puh, hat das gutgetan. Endlich mal mehr als ein paar Sätze."

„Dann hast du dir jetzt was zu essen verdient."

Sie legte den Kopf schief. „Colins Soulfood?"

„Wenn du magst."

„Total gerne."

Mein Herz machte einen kleinen Hüpfer. „Darf ich dir vorher noch was zeigen?"

„Klar, was denn?"

Ich nahm ihre Hand, was sie zu meiner Freude geschehen ließ, und zog sie in mein Zimmer. „Ich nehme an einem Wettbewerb teil."

Tick setzte sich auf mein Bett.

„Es geht um den Soundtrack für einen Werbefilm. Eine skandinavische Bekleidungsfirma, die in erster Linie Outdoor-Klamotten herstellt, hat ihn ausgeschrieben." Ich startete den Track. Nach den ersten Tönen legte Tick den Kopf schief, wie so oft, wenn sie überlegte. Dann begann sie zu lächeln. Mein Herz schlug schneller. Nachdem der letzte Ton verklungen war, blieb es einen Augenblick still. Dann schaute Tick mich an. „Das ist toll."

„Wirklich?"

„Wirklich. Es erinnert mich an irgendwas, aber ich komme nicht drauf."

Ich musste grinsen. „Wenn ich den Wettbewerb gewinne, brauche ich mir für die nächsten Jahre keine Sorgen mehr zu machen."

„Wie das?"

„Die Werbung soll europaweit laufen, die Tantiemen wären beträchtlich."

„Und wie stehen deine Chancen?"

Ich lächelte ihr zu. „Sag du es mir."

Sie lächelte zurück. „Du gewinnst den Wettbewerb natürlich."

Dienstag, 10. März 2020

Coco

Ich war mitten im Stimmtraining, als die Tür aufging und Sam fragend in den Raum schaute. Er trug Jeans und Hoodie und grinste, als hätte er gerade etwas Verbotenes getan. Wie ein junges Hündchen, das man beim Naschen erwischt hat. Ich lächelte ihm zu, während mein Herz ein paar unsichere Hüpfer veranstaltete. Ich war verliebt, hatte aber permanent das Gefühl, etwas zwischen uns liefe nicht rund.

„Komm rein, ich wollte ohnehin gerade eine Pause machen", sagte ich.

Er trat ein und brachte einen Schwall kalter Luft mit herein. Dann nahm er mich in den Arm und küsste meinen Hals. „Wie geht es dir?", flüsterte er.

„Geht so."

„Schöne Scheiße, dieses Virus."

„Allerdings." Sam zog mich zum Sofa, wir legten uns darauf, ich meinen Kopf an seiner Schulter. Er roch nach Wald. „Wenn ich nur wüsste, wann es weitergeht mit den Proben."

„Das kann derzeit wohl niemand sagen." Etwas in seiner Stimme ließ mich aufhorchen. Ich schaute ihn an. „Was ist los, Sam?"

„Nichts, wieso?"

„Du wirkst, als würde dich etwas bedrücken."

„Alles okay bei mir."

Seufzend legte ich meinen Kopf zurück auf seine Schulter. „Ich werde einfach nicht schlau aus dir", sagte ich. Warum wusste ich so wenig über ihn? Wer war dieser Mann?

„Ich finde dich superschlau", sagte er anstelle einer Antwort.

Lächelnd boxte ich ihm in die Seite. „Du weißt ganz genau, was ich meine."

Er lachte schelmisch. „Keine Ahnung, ehrlich."

„Ich habe mir überlegt, noch einmal intensiv mit Kihun zu arbeiten", wechselte ich das Thema. „Solange wir nicht proben dürfen, hat er Zeit."

Sam hob eine Augenbraue. „Das ist doch sicher teuer, oder?"

„Schon, aber das lohnt sich auf jeden Fall. Wir starten gleich morgen. Jeden Tag fünf bis sechs Stunden, das bringt mich sicher ein ganzes Stück voran."

Sam schaute mich mit einem merkwürdigen Blick an. Ich küsste ihn auf die Nase. „Wenn ich, sagen wir mal, acht Stunden pro Tag arbeite, bleibt uns immer noch genug gemeinsame Zeit."

„Klar."

„Wie geht es denn jetzt eigentlich weiter mit dem Bühnenbild?"

Sam

Sie nahm sich einfach Privatstunden. Das waren Minimum fünfzig bis sechzig Euro, die sie jedes Mal hinblättern musste. Wenn Kihun überhaupt für so einen Hungerlohn arbeitete.

Und ich wusste seit drei Stunden, dass ich keine Kohle mehr hatte. Das Bühnenbild bekäme ich erst zur Premiere bezahlt, hatte mir die Verwaltungsdirektorin bedauernd mitgeteilt. *Schwierige Zeiten, wir müssen alle den Gürtel enger schnallen*, bla. Und wann die Premiere sein wird, steht völlig in den Sternen.

„Wie geht es denn jetzt eigentlich weiter mit dem Bühnenbild?", fragte Coco.

Ich erhob mich vom Sofa und lief zu dem Regal, auf dem Ticks Rabe stand. Der war ihr wirklich erstklassig gelungen. Jede noch so kleine Kerbe schien am richtigen Platz und trug dazu bei, den Vogel zu einem einmaligen Kunstwerk zu machen. Tick hatte bei einem Abendessen erzählt, dass sie einst mit sich gerungen habe, Bildhauerei oder Literatur zu studieren und sich für letzteres entschieden hatte.

Mein Smartphone gab ein Signal, ich warf einen kurzen Blick darauf und steckte es schnell wieder weg. Darum würde ich mich später kümmern. Ich blickte Coco an, die auf dem Sofa lag wie eine schläfrige Katze, und bekam ein Eins-A-Lächeln zustande. „Für das Bühnenbild habe ich jetzt jede Menge Zeit."

Meine Ausstellung konnte ich fürs Erste auch vergessen, die Galerie war dicht. Dabei hatte ich mich echt gefreut, als sie mich angerufen hatten, um zuzusagen. Zehn Aquarelle, die alle während meines Studiums entstanden waren, wollten sie ausstellen.

Aber da hätte ich ohnehin nur beim Verkauf eines Exponats etwas verdient.

Nachdenklich blickte ich Coco an. „Wirst du mit Kihun im Theater arbeiten?"

Sie nickte, „solange sie uns in einen Probenraum lassen. Oder bei Kihun zuhause. Der Flügel hier ist zu grottig, vielleicht lasse ich ihn mal stimmen."

Ich huschte zurück zum Sofa und strich ihr eine Haarsträhne aus dem Gesicht. „Dann übernehme ich in der Zeit das Kunsthaus. Ich könnte malen und eine weitere Ausstellung vorbereiten. Ginge das klar für dich?"

„Natürlich, klingt super."

„Vielleicht hat Tick ja Lust, noch ein paar schräge Vögel aus Holzstümpfen zu befreien." Ich überlegte einen Moment. „Und ich male dazu Tierbilder, vielleicht Affen." Ich schaute Coco an. „Tick und ich machen dann im Herbst eine gemeinsame Ausstellung – und du singst zur Vernissage."

„Vogel- und Affenlieder?", fragte Coco lachend.

„Gibt es denn welche?"

„Das war ein Scherz, Sam!"

Als Coco mich mit dem schönsten Lächeln der Welt anschaute, wurde mir leichter. Das konnte einfach nicht sein, dass ein Virus unser ganzes Leben auf den Kopf stellte. Gar ihre Karriere bedrohte. Dafür war das Scheißding viel zu klein! „Weißt du was wir zwei jetzt machen werden?"

Sie blickte mich fragend an.

„Wir gehen essen!"

„Aber die Restaurants sind doch geschlossen", entgegnete sie verwirrt.

„Erst ab morgen. Also bist du dabei? Ich lade dich ein."

Donnerstag, 12. März 2020

Coco

Joyce saß auf ihrem Dirigentenstuhl und blickte mich erwartungsvoll an. Groß, schlank, hellwach. Zwischen ihr und mir stand eine riesige Plexiglaswand. Der Flügel war viel zu weit entfernt und fast komplett mit Plexiglas verkleidet. Dahinter hockte der Korrepetitor, der in seinem schwarzen Rollkragenpullover und der gebückten Haltung aussah wie ein Habicht. Wie sollte ich so arbeiten?

Mit Menschen, von denen ich durch eine Scheibe getrennt war?

Joyce blickte auf und hob die Hand zum Einsatz. Ich stellte mich in Position. Der Pianist setzte ein, ich verpatzte meinen Einsatz.

„Kein Problem, wir versuchen es gleich noch mal." Joyce lächelte mir aufmunternd zu. Ich nickte beklommen. Der Pianist, der sich mir nicht vorgestellt hatte, spielte den ersten Ton. Ich setzte ein.

Sì. Mi chiamano Mimì,

ma il mio nome è Lucia.

La storia mia è breve.

A tela o a seta

ricamo in casa e fuori …

Joyce unterbrach und schaute mich an. „Du bist immer noch nicht in der Figur. Mimi ist schwer krank. Sie bittet in der Arie nur vordergründig um Feuer für eine Kerze. Sie spürt den eigenen Tod nahen und sucht nach Wärme, nach Gesellschaft, okay?"

Ich nickte.

„Rodolfo macht ihr Mut, allein dadurch, dass er ihr zuhört. Sie lebt auf - und das muss man auch hören."

Ich nickte erneut.

„Die Mimi ist eine der facettenreichsten Figuren, die Puccini je erschaffen hat."

Ich blickte zur Generalmusikdirektorin, die hinter der Plexiglasscheibe noch unnahbarer wirkte, als sie ohnehin war.

„Darf ich dich mal was fragen, Joyce?" Meine Stimme zitterte unsicher. Erwartungsvoll hob sie eine Augenbraue. „Warum habe ich die Rolle bekommen?"

Zwei Stunden später stand ich verblüfft vor der Kantine. Ein nachlässig an die Tür geklebter Zettel ließ mich wissen, dass sie bis auf weiteres geschlossen war. Ich hätte jetzt gerne einen Kaffee getrunken. Auch wenn der bittere, meist nur lauwarme Kantinenkaffee diesem Wunsch gar nicht gerecht hätte werden können. Ich strich mit dem Finger über das Papier.

Natürlich war die Kantine dicht. Alles in diesem Theater war auf ein Minimum runtergefahren. Proben konnten nur noch begrenzt stattfinden. Gesangsproben waren verboten, außer für solistische Studien. Und da war man durch Plexiglaswände voneinander getrennt, wie ich eben am eigenen Leib hatte erfahren müssen.

Für heute gab es nichts weiter zu tun, also ging ich zum Fahrradständer und schloss mein Rad auf.

Auf dem Weg nach Hause tönte Joyces Antwort in meinem Kopf.

Sie hatte eine Weile geschwiegen, während meine Knie weich und weicher geworden waren. Als die Stille kaum noch auszuhalten gewesen war, hatte sie mich ernst angesehen. „Ich weiß genau, was ich bei deinem Vorsingen gehört habe, Coco. Ich weiß aber auch, dass es jetzt nicht mehr da ist."

Zweites Bild

Freitag, 8. Mai 2020

Sam

Wir hatten die Fenster vom Kunsthaus Clark geöffnet und Boxen in die Fensterbänke gestellt. Es liefen Popsongs, die Colin für den Abend zusammengestellt hatte. Fliederduft waberte schwer durch den Garten. Es stand zwar noch in den Sternen, wann Bohème Premiere feiern könnte, aber immerhin wurde wieder geprobt und ich konnte das Bühnenbild weiterentwickeln. Und das war ein sehr guter Grund für eine Party, fanden wir.

Coco machte es zwar kirre, dass es noch keinen Premierentermin gab, aber die Proben mit Kihun hatten ihr wohl gutgetan. Sie stand an der Bar, die wir mithilfe leerer Bierkästen und Brettern zusammengezimmert hatten. Coco trug ein gelbes Sommerkleid, das wahnsinnig gut zu ihren dunklen Haaren passte. Die Füße nackt, ihre rotlackierten Nägel leuchteten im Gras. Sie sah so umwerfend aus, dass ich für einen Moment nicht glauben konnte, dass dieses Wesen wirklich zu mir gehörte.

Colin legte einen Arm um meine Schulter. „Fragst du dich gerade, womit du die Frau verdient hast, Weißbrot?" Er reichte mir ein Bier und wir prosteten uns zu. „Ich möchte dich was fragen, Sam."

Mir wurde mulmig. Bislang hatte er kein Wort darüber verloren, dass ich ihm zwei Monatsmieten schuldig geblieben war, und ich konnte mich einfach nicht dazu durchringen, mit ihm darüber zu reden.

Seine dunkle Stirn kräuselte sich, der leicht schiefe Mund wurde noch etwas schiefer. Ansonsten wirkte er entspannt wie immer. Er schien nach den richtigen Worten zu suchen. Dann nickte er in Richtung Apfelbaum, unter dem Tick mit einer Frau saß, die ich nicht kannte.

„Sie wollte immer einen Hund."

Ich atmete erleichtert aus. „Ähm, ja und?"

Er lächelte. „Ich wollte auf keinen Fall einen."

Ich hatte keine Ahnung, worauf das Gespräch hinauslaufen würde, war aber megaerleichtert, dass es nicht um Geld ging. „Ich versteh nicht?"

Colin rieb sich die Nase. „Ich überlege, ob ich Tick einen zum Geburtstag schenken sollte." Er prostete mir wieder zu. „Oder ist das eine blöde Idee?" Als ich mit den Schultern zuckte, fuhr er fort: „Natürlich müsstet ihr alle damit einverstanden sein."

„Mir wäre das egal." Ich zwinkerte. „Jedenfalls, solange ich nicht morgens um sechs mit der Töle Gassi gehen muss."

Colin schaute versonnen zu Tick. „Vielleicht einen Mops?"

„Ein Leben ohne Mops ist möglich, aber sinnlos."

Er zog lächelnd die Stirn kraus. „Woher hast du denn den Spruch?"

„Hat mal jemand gesagt, ich glaube, es war Loriot."

„Also findest du das eine gute Idee?"

Auch mein Blick wanderte zu Tick. „Wann hat sie denn Geburtstag?"

„In drei Wochen."

„Super, dann ist da ja spätestens die nächste Party fällig." Ich trank einen Schluck Bier. „Nee, warte mal, vorher ist ja noch Pierres Premiere. Wir werden aus dem Feiern gar nicht wieder rauskommen."

„Oder sollte ich ihr einen Gutschein schenken, damit sie sich den Hund selber aussuchen kann?"

Ich blickte in seine dunklen Augen. „Warum willst du ihr denn überhaupt einen Hund schenken?"

Colin trank ebenfalls einen Schluck, dann lächelte er verlegen. „Na ja, Tick ist in letzter Zeit wieder etwas …" Er wischte sich über die Stirn und schaute in den Himmel. Ein paar Vögel flogen von Baum zu Baum wie buntgeplusterte Federbälle.

„Ja?", fragte ich vorsichtig.

„… etwas näher bei mir. Und da dachte ich, ach, ich weiß es doch auch nicht."

„Da dachtest du, ein Hund würde euch noch näher zusammenbringen?"

Colin zuckte mit den Schultern. „Sowas in der Art, ja."

Ich wollte gerade etwas erwidern, als mir jemand von hinten auf die Schulter schlug. „Danke für die Einladung", sagte Rainer mit ai und hielt mir eine Flasche Wein hin. Ich konnte mich nicht erinnern, ihn eingeladen zu haben.

Tick

Es waren bestimmt fünfzig Leute im Garten und es wurden immer mehr. Die meisten kannte ich überhaupt nicht. Dabei hatten wir uns darauf geeinigt, wegen des Abstands nicht mehr als zwanzig Leute einzuladen. Ich schlenderte zu Pierre, der mit einem Glas Wein in der Hand auf einer der Bänke saß, die wir für den Abend aufgestellt hatten. „Weißt du, was das alles für Leute sind?", fragte ich.

Er zuckte unbekümmert mit den Schultern. „Keine Ahnung, aber da sind ganz schön viele aus dem Theater da."

„Hast du die eingeladen?"

„Nein, nicht direkt jedenfalls. Setz dich doch."

Also setzte ich mich mit einigem Abstand neben ihn. „Dann müssen wir Corona wohl für einen Abend vergessen", seufzte ich.

„Sieht ganz danach aus."

„Für so viele Leute reicht das Essen niemals."

Pierre stupste mich an. „Du nimmst das Leben viel zu schwer, Ticky."

„Quatsch. Überhaupt nicht."

„Oh doch. Vergiss das Essen. Heute feiern wir den Niedergang dieses verdammten Virus´." Er winkte einem Mann an der Bar zu, dem Colin soeben einen Drink mixte.

„Das Virus ist noch da, Pierre. Und was sollen wir machen, wenn das Essen ausgeht?"

„Ich würde sagen, dann ist es eben aus."

„Und die Getränke reichen mit Sicherheit auch nicht."

Pierre stellte sein Weinglas auf einen Baumstumpf und schaute mich an. Dann hob er den Zeigefinger wie ein Lehrer aus einem Sechzigerjahre-Schulbuch. „Du bleibst hier sitzen, bis ich wieder da bin, versprochen?"

Ich nickte und sah, wie er zu dem Mann an die Bar ging und ihn zur Begrüßung küsste. Dann gab er Colin ein Zeichen. Pierre und der Mann tuschelten vertraut miteinander.

Es war mild. Im Mai ist das in Norddeutschland noch nicht selbstverständlich. Auf der improvisierten Tanzfläche begannen einzelne Leute zu tanzen.

„Voilà!" Pierre stand wieder vor mir, in der Hand einen Aperol Spritz, neben sich den fremden Mann. „Tick, das ist Alexej", er reichte mir das Getränk, „und das trinkst du jetzt zur Entspannung."

„Ich bin tiefenentspannt", sagte ich, nahm das Glas und prostete den beiden lächelnd zu, „hallo Alexej."

„Hallo Tick. Tolle Party."

„Bist du mit dem Auto da?"

Alexej blickte mich irritiert an.

„Ich meine, dann könnten wir an der Tanke noch schnell ein paar Kisten Bier besorgen."

Pierre begann zu lachen. „Oh Mann, Ticky, du bist echt ´ne Granate."

Ich wurde rot, war ja klar.

Alexej legte einen Arm um Pierres Taille. „Ich bin Schauspieler, genau wie dieser hübsche Kerl hier. Bis wir uns mal ein Auto leisten können, vergehen noch

Jahre. Und dann auch nur, wenn wir uns für die hinterletzte alte Knattergurke entscheiden und sie uns teilen."

Pierre lachte wieder. „Wenn die Getränke ausgehen, trinken wir eben Wasser." Er griff nach meiner Hand, und zog mich zu sich empor. „Und jetzt lass uns tanzen."

Die Tanzfläche war mittlerweile voll. Colin hatte einen tollen Musikmix zusammengestellt. Ich entschied, Essen, Getränke und das Virus zu vergessen und begann mich zur Musik zu bewegen.

„Spielst du auch mit in *Draußen vor der Tür*?", rief ich gegen die Musik an. Alexej schüttelte den Kopf.

„Oh, mein Gott, redet nicht davon!", rief Pierre und legte theatralisch zwei Finger an die Schläfe. „Ihr verderbt mir den schönen Abend!"

Alexej zwinkerte mir zu. „Dabei kann er es überhaupt nicht mehr erwarten."

Pierre schlug nach ihm. „Du schlimmer Lügner, du!", säuselte er.

Ich musste lachen. Die zwei kleinen Schlückchen Aperol hatten mich tatsächlich entspannt. Grinsend blickte ich Pierre an. „Du hast ja noch zwei Wochen bis zur Premiere." Er verdrehte die Augen und täuschte eine Ohnmacht vor.

Colin

Ich blickte lächelnd zu Tick, die mit Pierre und seiner Flamme offensichtlich Spaß auf der Tanzfläche hatte. Ihre Locken wippten zum Takt der Musik auf und ab. Ein Träger ihres Tops war von der Schulter gerutscht. Sie wirkte entspannt wie lange nicht. Ob ein Hund überhaupt nötig war, um sie glücklich zu machen? Ich gab Sam ein Zeichen, mich hinter der Bar abzulösen und begab mich auf die Tanzfläche. Tick lächelte mir zu und winkte. Da ich wusste, dass nach diesem Song etwas Langsames folgen würde, tanzte ich in ihre Richtung. „Geht´s dir gut, Tick?"

„Mir geht´s super." Sie drehte sich einmal um die eigene Achse und zeigte mit dem Finger auf Pierre. „Genau wie unserem Oberhofschauspieler." Pierre wedelte sich Luft zu, als wäre ihm übel. Der langsame Song setzte ein und ich nahm Tick vorsichtig in den Arm. Sie legte den Kopf auf meine Schulter. Ihr Duft war mir immer noch so vertraut. Mein Herz begann zu wummern, als ich sie fester an mich zog, während Billie Eilish aus den Boxen säuselte. Ich liebte sie und ich wollte sie zurück, verdammt!

„Ab Montag kann ich wieder im Café arbeiten, dann zahle ich dir die Miete, die ich noch schuldig bin", sagte sie.

Wie romantisch. Ich strich ihr übers Haar. „Das ist nicht nötig."

Sie legte den Kopf schief und schaute mich fragend an, dann huschte ein Lächeln über ihr Gesicht. „Vermute ich etwa gerade das Richtige?"

Ich lächelte zurück und nickte.

Tick machte einen kleinen Hüpfer. „Colin, das ist sooooo cool! Herzlichen Glückwunsch."

„Danke."

Ich wollte sie wieder an mich ziehen, aber der Song war vorbei. Also tanzten wir getrennt weiter. Tick lachte glücklich und deutete mit dem Finger auf mich. „Du bist ein Genie, Colin Clark, das habe ich ja immer gesagt. Seit wann weißt du es?"

„Seit letzter Woche."

Ihre Augen wurden groß. „So lange schon? Warum haben wir das nicht gebührend gefeiert?"

Ja, warum eigentlich nicht? Ich zog sie wieder an mich. „Es ist so, Tick", sagte ich leise, „ich brauche mir wegen des Wettbewerbgewinns die nächsten Jahre keine finanziellen Sorgen mehr zu machen."

„Das ist doch toll!"

„Klar ist das toll, aber den anderen geht es finanziell gerade nicht so gut. Pierre und Coco bekommen nur Kurzarbeitsgeld, oder wie das heißt. Du musstest zwei Monate auf die Einnahmen im Café verzichten, da wollte ich nicht …"

„Ich zahl die Miete trotzdem nach."

„Das wirst du schön bleiben lassen." Warum konnten wir nicht einfach die ganze Nacht eng umschlungen weiter tanzen? Ich mit meinem Kopf in ihren Haaren, die zart nach Tanne dufteten.

Versuchsweise küsste ich ihr Haar.

Tick löste sich von mir, hielt aber weiter meine Hand, während sie sich zur Musik bewegte.

„Weißt du, wie es Sam finanziell geht?"
Ich zuckte mit den Schultern. „Nein, keine Ahnung."
Bitte, lass meine Hand nicht los!

Sie ließ meine Hand los und sah sich um. „Mann, wo kommen nur all die Leute her?"

Pierre

Vier Männer mit Armen wie Popeye nach einer gehörigen Portion Spinat trugen den Flügel in den Garten. Offenbar hatte sich unser Partytermin bis zu den Bühnenarbeitern rumgesprochen. Fragend richtete ich meinen Blick auf Colin. Der winkte unbekümmert ab.

„Bringen wir später wieder rein, Meister. Kannste dich drauf verlassen", rief einer mir zu.

„Aber hundert pro", bestätigte ein anderer.

Schön, aber was sollte das werden? Würde Coco etwa für uns singen? Ich sah mich um, konnte sie aber nirgends entdecken.

Jemand, der mir entfernt bekannt vorkam, baute sich vor mir auf. „Habt ihr Licht?"

„Was denn für Licht?"

„Na, Scheinwerfer, Kerle!"

Ich schüttelte den Kopf.

„Die wollen jetzt 'ne Show machen, tu dir das mal rein."

Ich schaute ihn an. „Wer die?"

Er zuckte die Schultern und war wieder verschwunden.

Alexej legte einen Arm um meine Hüften. „Was geht denn hier ab?"

„Keine Ahnung, hoffentlich nichts, was zu laut wird. Schließlich haben wir Nachbarn und es ist schon fast elf."

Wir standen da und sahen den Männern dabei zu, wie sie die Beine an den Flügel schraubten und ihn vorsichtig aufrichteten. Jemand zündete drum herum Fackeln an.

Alexej wies in eine Ecke des Gartens. „Guck mal, was Dorothea da macht."

Mir stockte der Atem. „Das ist bitte nicht das, wonach es aussieht."

„Ich fürchte doch."

Plötzlich stand Tick mit glühenden Wangen vor uns. „Pierre, du musst was machen, das läuft hier alles aus dem Ruder."

Ein ohrenbetäubender Knall ersparte mir eine Erwiderung. Ich schloss kurz die Augen. Dann schaute ich in den Himmel. Silberne Funken segelten auf uns herab.

Tick schlug die Hände vors Gesicht. „Oh Gott, die Nachbarn."

Ich rannte zu Dorothea, die ihr Feuerzeug gerade unter die nächste Zündschnur hielt. „Hör auf damit!"

Dorothea blickte auf. „Hallo Pierre, tolle Idee, oder? Hab ich noch von Silvester."

Ich schnappte mir das Feuerzeug. „Bist du irre?"

Dorothea rappelte sich auf und stand schwankend vor mir. „Sag mal, wie bist du denn drauf?"

„Pack das Zeug wieder ein, Doro."

„Aber ist doch Party, ey!"

Sie hatte ordentlich Schlagseite, deshalb half ich ihr, die restlichen Feuerwerkskörper in ihrem Rucksack zu verstauen. Als wir fertig waren, schlang sie mir die Arme um den Hals und begann zu heulen. „Ich dachte, dass ich euch eine Freude mache", schluchzte sie.

Ich schob sie von mir. „Die Freude kannst du uns ja an Silvester machen, okay?"

Als sie nickte, war ich einigermaßen sicher, dass sie nicht noch mehr von dem Zeug in die Luft jagen würde und ging zurück zu den anderen. Coco und Sam standen neben Alexej und redeten auf Tick ein, die mit hängenden Schultern dastand. Ich legte einen Arm um sie. „Was ist los, Ticky?"

„Die tun alle so, als ob es das Virus gar nicht gäbe", sagte sie verzweifelt.

Sie hatte ja recht, aber jetzt war es ohnehin zu spät, vernünftig zu sein. „Das Virus hat gar keinen Zutritt zu diesem Garten. Versprochen!"

Tick schaute mich verblüfft an, dann begann sie zu lachen. „Kann ich mich darauf verlassen?"

„Kannst du." Ich ließ sie los. „Wirst du für uns singen, Coco?"

Sams Handy gab ein Signal. Er blickte kurz drauf, während ich Coco beobachtete, die wiederum Sam beobachtete.

„Ich singe ganz sicher nicht."

„Aber wozu haben die den Flügel in den Garten getragen?"

Coco zuckte die Achseln, dann begann sie zu grinsen. Um den Flügel herum versammelten sich ein paar Leute. Ich kannte niemanden. „Wer ist das?", fragte ich.

„Die sind vom Extrachor", antwortete Coco. „Jetzt müssen wir ganz, ganz stark sein."

Sam legte lachend einen Arm um sie. „So schlimm?"

„Schlimmer."

„Man könnte den Eindruck bekommen, ihr hättet unsere Party im Theater am Schwarzen Brett angekündigt", meinte Tick.

Ein älterer Mann setzte sich an den Flügel und legte mit theatralischer Geste seine Finger auf die Tastatur.

„Gregor, der Große", spöttelte Coco. „Er kann nicht nur nicht singen, er kann auch kein Klavier spielen."

Er tat es trotzdem und der Chor setzte ein.

„Wenn die erstmal ´nen Ton getroffen haben, lassen die den so schnell nicht wieder los", seufzte Coco.

Sam gab ihr einen Kuss auf den Hals. „Sei nicht so hart mit deinen Kollegen."

„Ach, wie schön, es gibt Kunst", ertönte eine Frauenstimme neben mir. Eine Souffleuse, deren Namen ich nicht kannte, legte ihre Hand auf meine Schulter. Sie hatte schrill lila gefärbte Haare und trug eine Rüschenbluse, die direkt aus dem Fundus zu kommen schien. „Das ist eine schöne Party, mein Junge. Dabei wollte ich erst gar nicht kommen. Ich bin dafür doch viel zu alt, habe ich meinen Kindern gesagt. Aber die wollten davon nichts wissen. Ich solle mich mal wieder ordentlich amüsieren, haben sie gesagt. Deshalb bin ich hier", plapperte die personifizierte Operettenscheußlichkeit munter auf mich ein.

„Cool", stieß ich hervor und zwinkerte Alexej zu. Dann stupste ich Coco an. „Sag mal, der Typ dahinten mit dem Rotweinglas in der Hand ist doch dein Bühnenpartner in Bohème, oder?"

Sie nickte. „Er heißt Vladim und hat einen unaussprechlichen Nachnamen."

„Und findest du ihn immer noch so schlimm?"

Coco schaute mich verblüfft an. „Wieso sollte ich ihn schlimm finden?"

Ich zog die Schultern hoch. „Sagtest du nicht was von einem *Stock im Arsch*?"

„Ähm, nein."

„Doch, sagtest du. An unserem ersten Abend."

Coco lachte etwas gekünstelt. „Kann sein, ich erinnere mich nicht so genau."

„Und wie findest du ihn jetzt?"

Sie überlegte einen Augenblick. Dann seufzte sie. „Er ist großartig, viel besser als ich."

Der Chor formierte sich für ein zweites Stück, als ohrenbetäubender Motorenlärm ertönte. Mit offenem Munde standen wir da und sahen den Wagen über die Einfahrt in den Garten schießen. Der klapprige Mustang kam kurz vor dem Chor, deren Mitglieder erschrocken zur Seite wichen, zum Stehen. Der Motor erlosch. Ein Mann kletterte umständlich aus dem Wagen, stand schwankend da, breitete die Arme aus und rief: „Hab gehört, hier ist Party?"

Peter *Fucking* Morawski.

Samstag, 9. Mai 2020

Coco

Als ich wach wurde, ergoss sich ein, durch die Jalousien in Streifen geschnittener Sonnenschein über die Bettdecke. Draußen war es taghell. Ich hatte nicht darauf geachtet, wann ich ins Bett gegangen war. Konnte mich nur noch an eine chaotische Küche erinnern. An den verzweifelten Gesichtsausdruck von Tick.

Im Haus war alles still. Sam schlief noch. Leise stand ich auf und zog mich an. Dann öffnete ich ein Fenster, ging ins Bad und putzte die Zähne. Mein Spiegelbild fragte, ob ich mich dem Chaos der

Küche gewachsen sah? Sah ich nicht. Ich wollte einen Kaffee und meine Ruhe, aber die Schweinehündin auf meiner linken Schulter schlug vor, die Küche zu meiden und ohne Kaffee ins Clark zu verschwinden. Madame Realität zur Rechten hob den Finger zum Einspruch. Das Häuschen würde nicht besser aussehen als die Küche. Und um dorthin zu gelangen musste ich durch den Garten, der vermutlich am allerschlimmsten ausschaute. Also zunächst mal einen starken Kaffee trinken und dann die Partyreste beseitigen. Hoffentlich war ich nicht allzu lange alleine damit. Ich nickte meinem Spiegelbild aufmunternd zu.

Vor der Küche holte ich kurz Luft, dann öffnete ich die Tür. Der Raum sah aus wie frisch renoviert. Alles komplett sauber! Es roch nicht mal mehr nach abgestandenem Alkohol oder erkaltetem Fett. Erleichtert atmete ich aus. Vermutlich hatte Tick einfach nicht ohne zu putzen ins Bett gehen können. Auch der Garten war leidlich aufgeräumt, nur die Biergarnituren, die improvisierte Bar und ordentlich gestapelten Kisten standen herum. Ich öffnete die Schranktür, hinter der die Kaffeedose stand. Gestanden war, besser gesagt. Wo war das verflixte Ding?

„Falls du etwas zu essen suchst, vergiss es." Tick stand in abgewetzten Jeans und verblichenem Shirt im Türrahmen. Ihre Locken hatte sie nachlässig hochgebunden. Sie lächelte verschlafen. „Als gegen zwei das Bier alle war, sind sie über den Kaffee hergefallen. Dazu wurden Pfannkuchen gebacken und alles in die Pfanne geschmissen, was hier zu finden war." Ihr Lächeln wurde breiter. „Toll, dass du schon aufgeräumt hast", sagte ich dankbar.

„Ähm ..."

Sie blickte in den Kühlschrank und schüttelte den Kopf. „Dieses Theatervolk hat uns komplett die Haare vom Kopf gefressen. Ich fahre schnell zum Supermarkt und besorge das Nötigste fürs Frühstück, okay?"

„Soll ich mitkommen?"

„Nee, lass uns lieber vorsichtig sein. Das Virus ist ja nur auf Urlaub."

„Gut, dann bis später." Die Kuckucksuhr an der Wand schlug elf.

Ich sah Tick durch den Garten gehen, ihr Fahrrad aus dem Schuppen holen und losradeln.

Colin kam mit verquollenen Augen herein. „Morgen. Ganz schön spät geworden."

„Hi, Colin. Ich glaube, ich war eine der ersten, die im Bett lag."

Er strich sich über die Stirn. „Die letzten sind gegen vier gegangen."

„Okay." Mein Körper schrie nach Kaffee.

„Dann habe ich noch mit Pierre klar Schiff gemacht ..."

„Ihr wart das?"

„Ja", er lächelte verlegen, „sonst wären wir Gefahr gelaufen, dass Tick als erste auf ist und alles alleine erledigt. Wo ist Sam?"

„Schläft noch. Tick ist zum Supermarkt und holt Kaffee."

„Typisch. Darf ich dich mal was fragen, Coco?"

„Klar", antwortete ich, obwohl mir nicht nach einem Gespräch war.

Colin wand sich ein wenig. „Es ist so: Tick hat in drei Wochen Geburtstag …"

„Ach? Das wusste ich gar nicht." Ich setzte mich an den Küchentisch. Wie lange brauchte man von hier zum Supermarkt und zurück?

„Bevor Tick über etwas so Belangloses wie ihren eigenen Geburtstag spricht, muss viel passieren." Colin lächelte.

Ich nickte und wartete, worauf er hinauswollte.

„Wir könnten vielleicht eine Überraschungsparty für sie veranstalten", schlug er unsicher vor.

„Das klingt doch gut, da sind sicher alle dabei, mit mir kannst du auf jeden Fall rechnen."

„Das Problem ist, dass ich nicht weiß, wie Tick das finden würde."

„Aber du kennst sie doch am besten von uns allen."

„Keine Ahnung. Um ehrlich zu sein, ob sie sich freut oder es vielleicht sogar doof fände."

„Soll ich mal vorfühlen?", fragte mein unterkoffeiniertes Ich.

Colin wirkte erleichtert. „Würdest du das tun?"

„Warum nicht?" Ich schaute ihm in die Augen. „Du liebst sie, oder?" Sein Hals verdunkelte sich um eine Nuance. Ich hatte nicht gewusst, dass Menschen mit seiner Hautfarbe auch rot werden konnten. „Tut mir leid, wenn das zu indiskret war", ergänzte ich schnell, „ohne Kaffee bin ich nicht ich selber."

Colin setzte sich an den Tisch und legte seine Hände darauf. Es wirkte wie eine Kapitulation. „Ich weiß bis heute nicht, warum sie sich überhaupt getrennt hat. Wir waren doch ein Dreamteam."

Hoffentlich fing er jetzt nicht an zu weinen. „Aber sie muss dir doch einen Grund genannt haben?"

Colin seufzte. „Sie hat gemeint, dass sie mehr Freiheit braucht, um mit dem Schreiben weiterzukommen. Dass ich sie in ihrer Entwicklung hemmen würde."

Ich schaute aus dem Fenster. Hemmte Sam mich? Hinderte er mich daran, so gut zu sein, wie ich beim Vorsingen offenbar gewesen war? Konnte das die Lösung meines Problems sein?

„Und dann bekam sie eine Schreibkrise."

Ich blickte Colin verwundert an. „Ticks Schreibkrise kam erst nach eurer Trennung?"

„Soviel ich weiß, ja."

„Das ist komisch."

„Finde ich auch." Er stand auf und stellte die hässliche Winkekatze an.

„Morgen", erklang es grummelig aus dem Flur. Alexej schlüpfte in seine Sneakers, schaute in die Küche und war schneller verschwunden, als wir etwas erwidern konnten.

Colin grinste. „Cool, wie der gestern den Typen mit dem Auto aus dem Garten geschmissen hat."

Ich musste lachen. „Stimmt, das war der beste Augenblick des ganzen Abends. Ich habe Morawski noch nie so verdattert gesehen."

„Der Kerl hat vielleicht ein Gesicht gemacht, als Alexej ihn am Kragen gepackt und Richtung Ausgang gedreht hat. Dann ein trockenes ´Geschlossene Gesellschaft´, ein beherzter Schups und der Kerl hat sich in Bewegung gesetzt wie ein Duracell-Häschen, das jemand aufgezogen hat."

„Der war aber auch total breit. Vermutlich fragt er sich gerade, wo sein verdammtes Auto geblieben ist. Wo ist das eigentlich geblieben?", fragte ich.

„Hab ich gestern Nacht auf die Straße gefahren, der Schlüssel steckte noch."

„Dann wird er wohl eine Vermisstenanzeige aufgeben müssen. Ich glaube nämlich nicht, dass jemand vom Ensemble so freundlich sein wird, ihm einen Tipp zu geben."

„Geschieht ihm ganz recht. Nach allem, was ich von Pierre gehört habe, ist das ein echtes Arschloch." Colin blickte die winkende Katze an. „Sag mal, Coco, magst du eigentlich Hunde?"

Freitag, 15. Mai 2020

Tick

Da ich mit dem Schreiben nicht weiterkam, saß ich im Clark und schnitzte an einem neuen Vogel, als es klopfte. Coco blickte durch einen schmalen Türspalt. „Hey, Tick, darf ich reinkommen?"

„Klar."

„Du arbeitest wieder mit Holz?", stellte sie fest und setzte sich auf den Klavierhocker.

Ich legte den Stechbeitel beiseite. Vermutlich war ich ein wenig rot geworden, aber es wurde schon dunkel, sodass Coco das nicht bemerken würde. „Ja. Sam hat die Idee einer gemeinsamen Ausstellung. Mal sehen, ob was draus wird."

„Davon hat er mir erzählt, aber ich hatte es ehrlich gesagt nicht ernst genommen."

„Warum nicht?" Weil sie es mir nicht zutraute?

Coco klimperte ein wenig auf dem Flügel herum. „Na ja, Sam ist nicht sehr zielstrebig, wenn es um seine Karriere geht."

Ich musste lachen. „Du kannst nicht erwarten, dass alle Welt so ehrgeizig ist wie du."

„So ehrgeizig bin ich doch gar nicht, jedenfalls nicht mehr als du."

„Ich? Wie kommst du denn darauf?"

Ich nahm den Beitel wieder in die Hand und drehte ihn hin und her. Coco stand auf und betätigte den Lichtschalter. Der Kronleuchter verlieh dem Raum eine wohlige Atmosphäre. Sie sah mich fragend an. „Sag mal, gibt es hier was zu trinken?"

„Keine Ahnung, vielleicht ist noch Rotwein da."

Ich stand auf und ging zu dem Eckschränkchen, dass ich letzten Sommer goldlackiert hatte. Dort fand ich eine angefangene Flasche Wein, die ich Coco fragend hinhielt. Als sie nickte, nahm ich zwei

Kristallgläser vom Flohmarkt heraus und schenkte uns ein. „Ich weiß nicht, wie lange der schon offen ist."

Coco nahm einen kleinen Schluck. „Schmeckt ein bisschen staubig, aber ist schon okay", sagte sie und prostete mir zu. „Wo hast du eigentlich studiert, Tick?"

„In Hildesheim, wieso?"

„Nur so." Sie schaute schweigend in ihr Glas. Ich hatte das Gefühl, dass sie auf irgendwas Bestimmtes hinauswollte.

„Hast du denn deine Schreibblockade überwunden?"

„Ja, sieht ganz danach aus. Du hast mir einen echt guten Tipp gegeben."

„Ich?" Coco blickte mich überrascht an. „Was denn für einen Tipp?"

Ich schaute verlegen ins Glas. „Du hast gesagt, dass ich meine eigene Geschichte finden muss, oder so."

„Und die hast du gefunden?"

„Ich denke schon."

„Das freut mich. Sag mal, wie alt bist du eigentlich?"

Wie kam sie denn jetzt auf diesen Themenwechsel? Ich blickte sie an. „Siebenundzwanzig."

„Und wann wirst du achtundzwanzig?"

Aha, daher wehte der Wind. Ich nahm einen Schluck Wein. „Ich werde nicht feiern, das kannst du Colin ausrichten."

„Warum denn nicht?", fragte sie verblüfft.

Wieder schaute ich in mein Glas, als ob sich dort die Antwort finden ließe. „Weil ich es hasse, im Mittelpunkt zu stehen."

„Und was, wenn nur wir fünf feiern würden?"

Ich zuckte mit den Schultern. „Das könnten wir natürlich machen. Draußen ist es ja warm. Ich meine wegen des Abstands."

Coco lächelte mir zu. „Dann ist das also abgemacht?"

„Okay, ich backe Kuchen …"

Sie lachte. „Du machst überhaupt nichts, Tick, das überlässt du schön uns."

Ich nickte. „Wie geht es dir denn eigentlich, kommst du gut voran mit deinem Stück?"

Coco seufzte so schwer, dass ich sie besorgt ansah. „Ich finde es so frustrierend, dass Schauspiel erlaubt ist und Oper nicht."

„Das kann ich gut verstehen."

„Ich meine, ich freue mich natürlich für Pierre, aber ich will auch endlich auf der Bühne stehen."

„Gibt es denn eine Perspektive?"

Sie schüttelte frustriert den Kopf.

„Und wie geht es Sam?", versuchte ich das Thema in ungefährlichere Gefilde zu lenken.

„Im Augenblick schwirrt er irgendwo in der Weltgeschichte rum, keine Ahnung, wo."

„Er ist verreist und du weißt nicht, wohin?"

„So sieht es aus."

„Ist das nicht irgendwie komisch?"

Coco spielte wieder ein paar Takte auf dem Flügel, bevor sie antwortete. „Es ist wie immer."

„Wie immer? Wie meinst du das?"

„Sam spielt den großen Unbekannten. Anfangs fand ich das ja noch irgendwie interessant, aber so langsam geht mir diese Heimlichtuerei aufn Keks. Wir sind immerhin seit mehr als drei Monaten zusammen."

Sie wirkte echt genervt.

„Was kann an seiner Vergangenheit denn so schlimm sein, dass er ein solches Geheimnis daraus macht? Und warum kann er mir nicht einfach sagen, wohin er fährt, wenn er wegfährt?"

„Stell ihm doch mal genau diese Frage."

Coco blickte von ihrem Glas auf und zuckte resigniert die Schultern. „Ich bekäme ja doch keine Antwort."

Samstag, 16. Mai 2020

Sam

Das Häuschen war von wildem Wein überwuchert und wirkte in der Dämmerung wie die Kulisse einer Märchenverfilmung. Unter dem Giebel nistete Miss Grünschnabel, eine Amsel, die zu zetern begann, sobald man sich dem Gebäude näherte. Ihr Geschrei schlug regelmäßig die Eichhörnchen in die Flucht.

Ich blickte auf mein Smartphone. Eine neue Nachricht.

Die Rückreise war ermüdend gewesen und ich froh, nach der langen Busfahrt zumindest auf dem Fußweg nach Hause keine Maske tragen zu müssen. Kaum war ich in Hamburg in den Flixbus gestiegen, ploppte die erste WhatsApp von Leonie auf. Dabei hatten wir uns erst eine halbe Stunde vorher voneinander verabschiedet. Vier weitere Nachrichten begleiteten mich auf dem Weg zurück nach Oldenburg. Die letzte hatte ich nicht mehr beantwortet. Ich hatte sie nicht einmal gelesen. Und nun meldete Leonie sich schon wieder. Ich beschloss, mich morgen darum zu kümmern und fuhr das Smartphone runter.

Im Kunsthaus brannte Licht. Vorsichtig schlich ich mich heran, aber Miss Grünschnabel ließ sich nicht überlisten. Sie begann zu schimpfen und wurde lauter, je näher ich kam. Schnell schaute ich durchs Fenster. Am Flügel saß ein Mann. Coco stand dicht hinter ihm, ihre Hände auf seine Schultern gestützt. Über mir kreischte die Amsel. Ich eilte in mein Zimmer, schmiss die Tasche auf einen Stuhl und mich aufs Bett. Wer war der Mann? Ich fuhr mein Smartphone wieder hoch und schrieb Coco eine Nachricht. „Hey, bin wieder da. Wo bist du? Miss you."

Kurze Zeit später kam eine Antwort. Ich schaute aufs Display. Leonie. Coco hingegen meldete sich auch die nächste Stunde nicht.

Ich ging in die Küche, nahm mir ein Bier, setzte mich an den Tisch und starrte in den Garten. Hinter der Tanne blitzte der Lichtschein des Häuschens hervor wie ein Signal, das mich verhöhnen wollte. War der Typ noch da? Was machten die zwei dort? Ich stand auf und öffnete die Tür zum Garten, als hinter mir jemand *Hallo* sagte. Tick lächelte mich an. „Wieder zurück?"

„Ja."

Sie machte sich einen Tee und setzte sich. „Wo warst du eigentlich?"

„Wieso?"

„Ähm, sorry, ich wollte nicht neugierig sein. Es war mehr der Versuch eines Small Talks."

„Ach so. Ich war zuhause, musste ein paar Dinge regeln."

Aus dem Garten war Lachen zu hören. Es war zu dunkel, um etwas zu erkennen. Kurze Zeit später kam Coco in die Küche.

„Na", sagte sie und gab mir einen Kuss auf den Kopf. „Bist du wieder da?"

„Schon eine Weile. Hast du gearbeitet?"

Sie goss sich ein Glas Wasser ein und setzte sich. „Ja, mit Kihun."

„Hier?"

„Warum nicht?"

„Sagtest du nicht kürzlich, der Flügel sei zu grottig?"

Sie lachte unbekümmert. „Ist er auch, aber zur Not geht's. Und wie war es bei dir?"

„Ganz okay."

Tick stand auf. „Ich lass euch mal allein."

„Warum das denn?", gab sich Coco verwundert

„Bin müde. Ich hau mich hin und lese noch ein bisschen."

Coco zwinkerte Tick zu. „Guter Plan. Morgen Abend müssen wir schließlich wie Göttinnen aussehen."

„Ähm, was ist denn morgen?", fragte ich.

Tick blickte mich verblüfft an. „Mensch, Sam, du kannst doch unmöglich Pierres Premiere vergessen haben!"

„Oh, na klar, nee, habe ich natürlich nicht. Morgen, ach ja", stammelte ich.

Als wir alleine waren, nahm ich Cocos Hand. „Und, wie ist es gelaufen?"

„Was denn?"

„Die Arbeit mit deinem Pianisten."

„Gut, wenn man vom Flügel absieht." Coco blickte in den Flur und vergewisserte sich, dass Tick wirklich in ihrem Zimmer verschwunden war. „Hat Colin dich auch gefragt, ob ein Hund in der WG okay wäre?"

Mein Smartphone vibrierte auf dem Tisch. „Ich habe damit kein Problem, solange ich nicht mit dem Viech Gassi gehen muss."

Coco wies auf mein Smartphone. „Willst du die Nachricht nicht lesen?"

„Kann nichts Wichtiges sein."

Sie seufzte. „Ich habe gestern ein Tuch gesehen, das perfekt zu Ticks Haarfarbe passt. Ist allerdings nicht ganz billig. Siebzig Euro. Sollen wir ihr das gemeinsam schenken?"

Ich schluckte. „Ähm, die Idee finde ich gut, aber …"
„Aber?" Sie blickte mich mit ihren wunderschönen Augen fragend an. Ich nahm sie in den Arm. „Hab dich vermisst", flüsterte ich in ihr Haar.
„Ich dich auch", flüsterte sie zurück.
Mein Smartphone vibrierte erneut. Verdammt nochmal, Leonie!

Mittwoch, 20. Mai 2020

Pierre

Jemand klopfte zaghaft an die Tür. Ich war schon eine Weile wach, wollte aber das wohlige Gefühl, das mir vom gestrigen Abend geblieben war, noch nicht dem Alltag opfern. Meine erste wirkliche Premiere. Und nach allem, was ich von den Kollegen gehört hatte, war ich gar nicht schlecht gewesen.

Morawski hatte sich natürlich kein Lob abringen können, aber damit war auch nicht zu rechnen gewesen. Es klopfte noch einmal. Ich setzte mich auf. Du liebe Zeit, es war ja schon elf. „Ja?"
„Darf ich reinkommen?" Das war Tick.
„Klar."

Sie steckte den Kopf durch die Tür, ihr Handy in der Hand. „Tut mir leid, Pierre, aber wir halten es einfach nicht mehr aus."

„Was haltet ihr nicht mehr aus?"

Sie hielt ihr Handy in die Höhe. Ich hatte keinen blassen Schimmer, was los war.

„Die ersten Kritiken stehen online."

Sie war so aufgeregt, dass mein Herz seine Frequenz ebenfalls erhöhte. „Ja und?", fragte ich so gelassen wie möglich. Schließlich hatte ich nur eine Nebenrolle gespielt, die für Zeitungen wohl eher nicht von Interesse war.

Tick schaute aufs Display und las vor: „Sensationelle Aufführung am Oldenburgischen Staatstheater ... großartige schauspielerische Leistung ... bla bla bla ...", sie scrollte weiter, „ah, hier habe ich´s: Die eigentliche Überraschung des Abends aber war der junge Pierre Wagner, der alle anderen Ensemblemitglieder schauspielerisch weit überragte."

Meine Handflächen wurden feucht. „Du willst mich doch nur veralbern."

„Nein, will ich nicht. Das steht hier wirklich. Und das ist nur der Anfang." Tick strahlte mich an.

„Wie meinst du das denn?"

„Die Zeitungen überschlagen sich vor Begeisterung."

Sie hüpfte aufgeregt auf und ab wie ein kleines Kind. „Und nun steh endlich auf und komm in den Garten. Wir wollen mit dir feiern."

Nachdem sie mich wieder alleine gelassen hatte, schnappte ich mir mein Handy, bemühte Google und begann zu lesen.

Als ich eine halbe Stunde später nach einer schnellen Dusche in Shorts und T-Shirt in den Garten ging, wummerte mein Herz noch immer.

Meine Mitbewohner erwarteten mich unter dem Apfelbaum, um einen festlich gedeckten Frühstückstisch versammelt. Sie hatten die Blumen vom Vorabend in mehrere Vasen verteilt und auf den Tisch gestellt. Zwischen den Blumen stand eine Torte. Ich lächelte glücklich in die Runde, bevor ich mich setzte.

Coco blickte mich an. „Sogar die Süddeutsche erwähnt dich."

„Ich weiß."

„Das ist toll. Wir freuen uns alle für dich, Pierre."

„Danke, ich kann es noch gar nicht glauben."

„Wusstest du, dass das Stück zum Theatertreffen eingeladen wurde?"

„Seit gestern. Morawski wollte es uns erst nach der Premiere sagen."

Ich schaute Coco an. „Du wirst auch bald auf der Bühne stehen."

Sie zuckte die Achseln. „Keine Ahnung, wann sie das wieder erlauben werden."

Wir prosteten uns mit Kaffee zu. Dann fiel mein Blick auf die Torte und ich musste lachen. *Pierres Premierentorte*, stand in geschwungener Schrift darauf.

„Schokoladentorte mit Marzipan", meinte Tick lächelnd.

„Hast du die etwa gemacht?" Gerührt strahlte ich sie an.

„Yep."

Ich gab ihr einen Kuss. „Das ist total nett von dir." Dann schaute ich in die Runde. „Ich glaube, ich liebe euch alle." Sam stupste mich an. „Ich glaube, du hast ein bisschen zu viel Adrenalin geschnüffelt."

Ein Vogel trippelte über den Rasen auf uns zu, blieb stehen, legte den Kopf schief und sah mich an, als wolle er ebenfalls gratulieren. Es duftete nach Blumen, Wiese und blauem Himmel.

„Du musst aus der Sonne, Tick", meinte Colin und tauschte seinen Platz mit ihr, wobei er sanft über ihre leicht geröteten Schultern strich. Coco wirkte frustriert, was ich gut verstehen konnte. Es gab einfach keine klare Ansage, wann auf der Bühne wieder gesungen werden durfte. Dieses verfickte Virus.

„Sag mal, Coco, worum geht es eigentlich in La Bohème?"

Erstaunt schaute sie mich an. „Das weißt du nicht?"

„Ähm, nein."

Sam lehnte sich grinsend zurück, wobei er uns einen Blick auf seinen flachen, leicht gebräunten Bauch gewährte. „Das ist in drei Sätzen erzählt. Mimi liebt Rodolfo. Rodolfo liebt Mimi. Mimi stirbt."

Coco blickte ihn mit funkelnden Augen an. „Das ist nicht witzig!"

„Ach komm, viel mehr passiert doch nicht", meinte Sam.

Coco stand auf.

Sam schnappte sich ihre Hand. „Hey, nun sei doch nicht so empfindlich."

„Ich muss arbeiten."

„Es ist Sonntag."

„Na und?" Coco war sichtlich genervt.

Sam lächelte sie an. „Wir feiern gerade Pierres Erfolg."

Das war sicher nicht, was Coco jetzt hören wollte. „Schon gut, ich lese mir die Inhaltsangabe zur Oper nachher durch", sagte ich deshalb schnell.

Sam zog Coco auf seinen Schoß, was sie widerwillig geschehen ließ. „Es geht in Bohème um eine Gruppe junger Künstler ..." Er stutzte, dann schaute er Coco überrascht an. „Fast wie wir hier, oder?"

„Stimmt", sie biss ihm in die Nase, „nur dass hier niemand stirbt."

„Jedenfalls sind die alle bettelarm und Mimi erkrankt an Schwindsucht. Ihre Freunde geben buchstäblich das letzte Hemd, um Medizin für sie zu besorgen. Aber es hilft alles nichts, Mimi stirbt." Zufrieden blickte er Coco an.

„Die Oper wurde vor 125 Jahren in Italien uraufgeführt und fiel krachend durch", ergänzte Coco.

Colin schaute interessiert von seinem Brötchen empor, das er soeben mit Käse belegte. „Echt? Warum das denn?"

„Man empfand sie als vulgär. Ein Kritiker schrieb damals, dass La Bohème keine bedeutende Spur in der Musikgeschichte hinterlassen wird." Coco lachte. „Und heute ist es eine der meistgespielten Opern der Welt."

Sam strich ihr eine Haarsträhne aus dem Gesicht. „Ganz genau, und schon bald werden sie und ihre Hauptdarstellerin in Oldenburg gefeiert werden." Coco seufzte. „Hoffentlich."

Ich blickte in den blauen Himmel, dann wandte ich mich Coco zu. „Die können den Bühnengesang ja nicht ewig verbieten. Außerdem stand kürzlich in den Nachrichten, dass es schon bald Schnelltests geben soll."

Coco schaute mich mit einem Hoffnungsfunken in den Augen an. „Das könnte die Lösung sein. Alle testen sich vor dem Auftritt und dann kann gespielt werden."

Ich durfte heute bereits wieder auf die Bühne. Mein Herz machte einen kleinen, glücklichen Hüpfer.

Samstag, 30. Mai 2020

Coco

Mit einer gespielten Verbeugung öffnete Colin die Tür seines Cabrios und bat Tick Platz zu nehmen. Ich sah ihre roten Locken im Wind wehen, dann waren sie verschwunden. Ab jetzt hatten wir zwei Stunden Zeit. Pierre und Sam machten sich in der Küche zu schaffen, ich stellte die Tische auf, legte weiße Tücher darüber und schmückte alles mit

Kerzen und frischen Blumen. Die Musikanlage hatte Colin gestern schon heimlich installiert. Im Schuppen fand ich die Girlanden und Fackeln, die er vergangene Woche besorgt hatte, unter einer alten Decke versteckt. Nachdem ich die Fackeln im Garten verteilt hatte, ging ich in die Küche.

Sam rührte Teig, er hatte Mehl im Haar.

„Du kannst wirklich backen? Ich habe das eigentlich für Angeberei gehalten", neckte ich ihn.

Er schaute auf und grinste. „Ob ich backen kann, wird sich zeigen, wenn das hier wieder aus dem Ofen kommt."

„Was wird das denn?"

„Blitzkuchen, da kann eigentlich nicht viel schief gehen."

„Ich könnte mal Hilfe bei den Girlanden gebrauchen?"

„Gleich."

Ich lehnte mich an die Fensterbank und sah zu, wie Sam den Teig auf einem Backblech ausrollte, während Pierre, der sich aus einem Geschirrtuch eine improvisierte Schürze gebastelt hatte, Gemüse und Salat wusch.

„An euch beiden sind ja echte Küchenhelden verloren gegangen," rief ich aus.

„Mach dich nicht über uns lustig", warnte Pierre lachend und öffnete eine Flasche Wein.

„Hoffentlich machen wir keinen Fehler."

Sam schaute mich an. „Was für einen Fehler sollten wir denn machen?"

„Na ja, Tick wollte keine Party, das weißt du doch."

„Ach was, wenn erstmal alle da sind, wird sie sich freuen."

„Hoffentlich."

„Aber sicher", Sam zwinkerte mir zu, „komm, ich helfe dir mit den Girlanden."

Gegen achtzehn Uhr kam Kihun. Ich half ihm beim Aufbau des E-Pianos. Pierre ging mit einem Blatt Papier vor der Nase im Garten auf und ab und übte seinen Text. Sam feuerte den Grill an, während erste Gäste eintrafen. Ich nahm sie mit Ellenbogengruß in Empfang und platzierte sie so, dass alles den Hygienevorschriften entsprach, weil ich wusste, wie wichtig es für Tick war. Ihre sorgenvollen Blicke auf unserer Sommerparty hatten wir nicht vergessen. Ein älteres Paar mit einem riesigen Blumenstrauß betrat den Garten. Die Frau war gertenschlank, hatte die gleichen roten Locken wie Tick und trug Jeans, Sneakers und eine weiße Bluse, deren Ärmel hochgekrempelt waren. Der Mann war groß, gerade und hatte sehr breite Schultern. Er wirkte leicht furchteinflößend. Ich wusste, dass Ticks Mutter Psychotherapeutin war und ihr Vater als niedergelassener Arzt arbeitete. Nachdem ich sie begrüßt hatte, setzten sie sich an einen einzelnen Tisch und blickten erwartungsvoll in die Runde. Wenig später hörte ich Colins Wagen vorfahren. Wie vereinbart, hielt er so, dass Tick keinen Blick in den Garten erhaschen konnte. Ich flitzte hinein. Kaum war ich im Flur, ging die Haustür auf. Als Erstes erblickte ich ein Wollknäuel. Das Wollknäuel hob den Kopf, schaute mich mit schwarzen Knopfaugen an und gähnte. Tick hatte ein paar feuerrote Flecken am Hals und strahlte. „Darf ich vorstellen: Amadeo."

Amadeo legte seinen wuscheligen Kopf zurück in ihre Armbeuge und schlief weiter.

„Der ist ja zauberhaft."

Tick blickte mich an. „Das ist ein Portugiesischer Wasserhund, so einen haben die Obamas auch." Sie freute sich wie ein Kind.

„Wie schön, dass der kleine Kerl dich so glücklich macht. Aber jetzt musst du ihn mal kurz in Colins Obhut geben."

Tick schaute mich fragend an, während Colin ihr Amadeo abnahm.

Ich legte einen Finger auf meine Lippen, verband ihr mit einem Halstuch die Augen, was sie erstaunlicherweise ohne Gegenwehr geschehen ließ, und schob sie durch die Küche in den Garten.

Kaum tauchte ihr roter Haarschopf auf, begannen alle zu singen. „Happy Birthday to you …"

Tick riss sich das Tuch von den Augen und blickte erstaunt auf die Geburtstagsgesellschaft. Sam reichte ihr ein Glas Sekt - das Zeichen für die Anwesenden, das Glas zu erheben und Tick hochleben zu lassen. Dann kam Colin aus dem Haus und legte Amadeo zurück in Ticks Arme. Glücklich hob sie den Hund in die Höhe und drehte sich einmal um die eigene Achse. „Das ist Amadeo, unser neuer Mitbewohner", ließ sie die Gäste wissen.

Colin stellte sich neben mich. „Du hast das toll dekoriert, Coco, danke."

„Das habe ich für meine Freundin getan", antwortete ich und meinte es auch so. Gemeinsam standen wir da und beobachteten, wie Tick ihren Eltern einen Faustgruß gab und alle anderen mit einem Winken begrüßte. Sie trug ein grünes Sommerkleid und hatte sich dezent geschminkt. Mit dem kleinen schwarzweißen Hund im Arm hätte sie perfekt auf das Cover eines Landhausmagazins gepasst.

Colin ging zum Clark, um die Musik aufzudrehen, während ich Sam beobachtete, der barfuß am Grill stand und sich um Steaks und Würstchen kümmerte. Sein verwaschenes Shirt war ihm aus der Jeans gerutscht. Er wirkte lässig und entspannt, bis er sein Handy aus der Tasche zog und auf das Display blickte. Offenbar hatte er eine Nachricht bekommen, die ihm nicht gefiel. Seine Stirn legte sich in Falten. Ich schlenderte zu ihm. „Hey, soll ich dich mal ablösen?"

Er steckte das Handy schnell zurück in die Tasche. „Nö, das bekomme ich schon hin." Er zog mich an sich. „Aber du könntest hier bei mir bleiben." Schweigend standen wir da und blickten in den Garten. Das strahlend klare Licht des Tages wich langsam einer romantischen Abenddämmerung. „Alles könnte perfekt sein", seufzte ich.

„Alles *ist* perfekt", antwortete Sam, einen Arm um mich gelegt, mit dem anderen die Würstchen wendend. Er küsste meinen Hals.

„Nur beinahe", entgegnete ich.

„Dieses Mistvirus ist doch so gut wie weg."

Ich blickte ihm in die Augen. „Ich meine nicht das Virus, Sam."

Er legte den Kopf zur Seite und schaute mich fragend an.

Seufzend strich ich ihm eine Haarsträhne aus der Stirn. „Ich meine uns."

„Ich hätte gerne ein Würstchen, falls ich kurz stören darf." Ticks Vater stand lächelnd vor uns.

„Aber sicher." Sam legte ihm eine Bratwurst auf den Teller, ohne zu fragen, ob er eine vegane wolle. Man sah ihm an, dass er auf echtes Fleisch stand.

„Was ist mit uns?", fragte Sam, als wir wieder alleine waren. Ein lautes Kläffen verhinderte meine Antwort. Wie ein außer Rand und Band geratener Wischmopp flitzte Amadeo durch den Garten, Tick hinter ihm her. Lachend sahen wir zu, wie sie versuchte, ihn einzufangen.

„Na, das kann ja lustig werden mit dem kleinen Kerl", meinte ich.

„Was ist mit uns, Coco?"

Ich blickte Sam an. „Sag du es mir."

„Ich verstehe nicht, ich meine, wir sind zusammen. Es ist doch alles gut. Ist es doch, oder?", fragte er verunsichert.

Ich wollte ihm gerade antworten, als jemand energisch mit einem Löffel an ein Glas schlug. Ticks Mutter erhob sich und hielt eine Rede von bewundernswerter Rhetorik auf ihre Tochter. Es schien, als würde sie ständig Vorträge halten. Tick stand verlegen da, ihre Nase im Fell des kleinen Hundes versteckt, der aufgeregt sein neues Zuhause bestaunte. Das kurze Schweigen nach dem Applaus nutzte Pierre, um sein Rilke Gedicht vorzutragen, was von einem herzzerreißenden Hundegeheul begleitet wurde. Ich ging zu Kihun, der schon am Piano auf mich wartete. Die Gäste schauten erwartungsvoll zu uns herüber. Amadeo heulte ohne Unterlass weiter. Tick ließ ihn auf den Boden, der kleine Kerl flitzte davon und musste erst wieder eingefangen werden. Kaum lag er in Ticks Armen, begann das Heulen erneut. Als Tick ihm beruhigend über den Kopf strich, wurde er leiser. Also gab ich Kihun ein Zeichen. Ich hatte mich für Solveigs Lied entschieden, weil ich wusste, wie sehr Tick es mochte. Ich begann zu singen und sogleich verfiel der Garten in ergriffenes Schweigen. Selbst Amadeo stellte sein Geheul ein und schaute mich mit aufgestellten Ohren neugierig an. Sam hielt bewegungslos die Würstchenzange über dem Grill, als wäre er mit ihr verwachsen. Die Ergriffenheit, die sich über den Garten legte, berührte mich tief. Wie sehr ich doch die Premiere von Bohème herbeisehnte! Wie gerne ich Mimi wäre. Ich schaute lächelnd zu Tick, um deren Schultern sich das Tuch schmiegte, das Sam und ich ihr geschenkt hatten. Tränen liefen ihr über die Wangen, aber es schien ihr nicht peinlich zu sein. Sie war einfach glücklich.

Sam

Colin schlug mir auf die Schulter.

„Wachablösung."

Ich überließ ihm den Grill. „Das mit dem Hund war ein Volltreffer", sagte ich.

Er strahlte. „So glücklich habe ich Tick selten gesehen", meinte er. Dann deutete er auf Coco, die etwas abseits stand und sich mit Kihun unterhielt. „Die hat ja vielleicht eine Stimme, wow."

„Ja."

Colin blickte mich forschend an. „Alles okay mit euch?"

„Na ja, weiß nicht so recht."

„Wo liegt das Problem?"

Ich schaute in den Garten. Die Lampions wischten, vom Winde bewegt, farbige Schatten über die Tische. Dazu die Fackeln! Es war unfassbar kitschig.

„Sie macht immer so komische Andeutungen, ich weiß einfach nicht, was in ihr vorgeht."

„Was denn für Andeutungen?", fragte Colin.

„Manchmal glaube ich, dass ich nicht gut genug bin für sie. Also, ich meine, dass sie denkt, die große Coco Blum hat was Besseres verdient."

„Das glaubst du doch nicht im Ernst, Sam?"

Ich zuckte mit den Schultern. „Lass uns über was anderes reden, okay?"

Amadeo kam auf uns zugerast und drehte ein paar Runden um unsere Beine. „In meiner vorletzten WG hatte auch jemand 'nen Hund, der hat mal in mein Bett gekackt."

„Boah, ist das eklig", sagte Colin angewidert.

„Daraufhin bin ich ausgezogen."

„Verständlich. Amadeo ist schon stubenrein."

„Hoffentlich."

Colin blickte mich an. „Sprich doch bei Gelegenheit mal mit Tick über Geld."

„Ähm, warum?"

„Sie hat was von Künstlerhilfen erzählt, die man wegen Corona beantragen kann. Vielleicht kannst du auch davon profitieren."

Ich schaute knapp an ihm vorbei. „Colin, wegen der Miete …"

Er winkte ab. „Deshalb habe ich das nicht angesprochen, Sam. Die Miete ist völlig egal."

„Aber …"

Er deutete mit der Grillzange auf mich. „Hör zu. Wenn ich sage, die Miete ist völlig egal, dann ist die Miete völlig egal. Zahl einfach wieder, wenn du kannst. Du musst mir auch nichts nachzahlen."

„Aber …"

„Ende der Ansage, und jetzt geh feiern, ich kümmere mich um die toten Tiere." Er wendete ein paar Steaks und ich sah mich nach Coco um. Sie half Kihun, das E-Piano abzubauen.

„Soll ich euch helfen?"

Erschrocken drehte sie sich um, ein paar Kabel in der Hand. „Mensch, schleich dich doch nicht so an."

Ich öffnete meine Arme. „Sorry, ich wollte euch nicht erschrecken. Störe ich?"

Coco verdrehte die Augen. „Nein, du störst nicht. Aber helfen kannst du auch nicht, wir sind nämlich fertig."

Ich hatte das Gefühl, dass etwas zwischen uns immer mehr in Schieflage geriet. Und dass sich das nicht einfach wieder würde geraderücken lassen. Deshalb drehte ich mich um und ging.

Samstag, 6. Juni 2020

Tick

Amadeo lag in seinem Körbchen und schnarchte leise. Als es klopfte, hob er neugierig den Kopf. „Komm rein", rief ich.

Es war nicht Colin, wie ich erwartet hatte. Amadeo flitzte auf Sam zu, der dem Hund über den Kopf streichelte und auf dem einzigen Sessel in meinem Zimmer Platz nahm. „Hey, wie geht's?", fragte er.

„Gut."

Er wirkte verlegen. „Ich wollte dich was fragen, Tick."

„Nur los."

Amadeo sprang ihm auf den Schoß und mich durchfuhr eine leise Eifersucht. Wie albern.

„Colin hat mir erzählt, dass du etwas über eine Förderung für Künstler weißt, einen Corona-

Sondertopf oder sowas?" Sam schaute mich nicht an, sondern spielte mit dem Hund.

„Ja, da gibt es mehrere Programme. Ich habe ein Stipendium des Landes beantragt und ein paar Tage später war das Geld auf dem Konto."

Sam blickte neugierig auf. „So einfach?"

Ich nickte. „Wenn du willst, kann ich dir mit dem Antrag helfen, ich weiß ja jetzt, wie's geht."

„Würdest du das tun?"

„Na klar. Ist doch eine bescheuerte Situation für uns freischaffende Künstler. Keine Ausstellungen, keine Lesungen, keine Premieren. Die Angebote sind für uns gemacht, und die sollten wir auch nutzen."

„So hab ich das bislang noch gar nicht betrachtet."
Ich sah, dass er mit sich rang.

„Warum soll nur die Industrie von den Staatlichen Hilfen profitieren? Wir sind doch genauso betroffen von dem Virus."

Sam war intensiv mit Amadeo beschäftigt. „Ist das denn an irgendwelche Bedingungen geknüpft?", fragte er mehr den Hund als mich.

„Bei den meisten Hilfen darf man kein Geld mit anderen Jobs verdienen oder Hartz IV bekommen", sagte ich. Ich bemerkte, dass er bei *Hartz IV* zusammenzuckte. „Bei dem aktuellen Stipendium nicht. Da musst du nur bestätigen, dass du freischaffender Künstler bist und das Geld für ein Kunstprojekt verwenden wirst."

„Aber da muss man sich doch sicher bis auf die Unterhose ausziehen, oder?"

„Hab ich nicht so empfunden."

„Kannst ja mal den Link schicken, dann schaue ich es mir an?"

„Gerne." Ich hatte keine Ahnung, warum er sich nicht von mir helfen lassen wollte. „Wenn du nicht klarkommst, melde dich einfach."

„Danke, Tick." Er blickte mich lächelnd an. „Amadeo ist wirklich süß."

„Oder? Ich kann mir ein Leben ohne ihn schon gar nicht mehr vorstellen." Als hätte er mich verstanden, sprang der kleine Wuschelkopf von Sams Schoß und schoss auf mich zu.

„Schade, dass er nicht stillsitzen kann. Sonst würde ich ihn glatt zum Modell erklären", lachte Sam.

„Zeichne du mal schön deine Affen, während ich die Vögel schnitze. Wenn unsere erste gemeinsame Ausstellung gelaufen ist, ist der Kleine hier vielleicht schon etwas ruhiger unterwegs." Ich überlegte einen Moment. „Du könntest das Stipendium ja für die Ausstellung beantragen."

Sam nickte nachdenklich, sagte aber nichts.

Amadeo verzog sich zurück in sein Körbchen, offenbar hatte er beschlossen, dass es im Moment nichts Aufregendes mehr zu erleben gab. Sam blieb sitzen. Er wirkte irgendwie bedrückt. „Und sonst so?", fragte ich deshalb.

„Ach, weiß auch nicht, die Situation ist doch irgendwie Kacke."

„Du meinst Corona?"

„Auch." Sam zögerte einen Moment, dann seufzte er schwer. „Es ist wegen Coco."

„Was ist mir ihr?"

Er zuckte die Schultern. „Wenn ich das wüsste. Sie ist … irgendwie nicht offen zu mir."

Ich wollte mich eigentlich überhaupt nicht in diese Beziehung einmischen, hatte aber das Gefühl, irgendwas sagen zu müssen. „Was meinst du denn damit, dass sie nicht offen ist?"

Sam blickte mir in die Augen und ich erkannte echte Sorge. „Glaubst du, dass sie … also, dass sie mich irgendwie nicht gut genug findet?"

„Sam? Was redest du?", Amadeo hob den Kopf, deshalb senkte ich meine Stimme, „wenn sie dich nicht gut finden würde, wäre sie wohl kaum mit dir zusammen, oder?"

„Vielleicht bin ich ja nur ein … weiß auch nicht … Zwischendurchhappen?"

„Oh, come on, dass glaubst du doch nicht wirklich?"

„Keine Ahnung, ehrlich."

Ich hatte ihn noch nie so unsicher erlebt und überlegte, ob ich ihm von Cocos Ärger über seine Heimlichtuerei erzählen solle. Ich entschied mich dagegen, denn es ging mich schlicht nichts an. Das mussten die beiden schon alleine klären.

„Am besten scheint mir, ihr zwei redet mal Klartext miteinander", sagte ich deshalb.

„Gar nicht so einfach."

„Warum denn nicht?"

Amadeo hatte endgültig keine Lust mehr auf Körbchen, sprang auf, schien einen Moment zu überlegen, von wem er sich die nächste Ladung Streicheleinheiten abholen sollte und entschied sich für Sam. Der kraulte ihm die Ohren, was dem kleinen Kerl sichtlich gefiel. Nach einer Weile des Schweigens stand Sam auf, setzte Amadeo auf den Boden, zwinkerte mir zu und meinte: „Ich geh mal ein paar Affen malen."

Samstag, 20. Juni 2020

Coco

Joyce blickte mich aufmunternd an. „Das war gar nicht schlecht, Coco."

„Gar nicht schlecht klingt wie ein Todesurteil", antwortete ich frustriert. Ich hatte so viel mit Kihun gearbeitet und dafür eine Stange Geld geblecht. Und der Lohn? *Gar nicht schlecht.*

Joyce wandte sich an den Pianisten. „Wir beenden die Session für heute." Als er nickte und aufstand, wandte sie sich mir zu. „Hast du Lust, einen Kaffee trinken zu gehen?"

Hatte ich nicht, aber ich wollte sie nicht vor den Kopf stoßen, also nickte ich. Seit einem Monat waren die Geschäfte, Restaurants und Cafés wieder geöffnet. Natürlich musste man den nötigen Abstand einhalten, aber immerhin gab es wieder Leben in der Stadt.

Zehn Minuten später waren wir im *Onkel Otto*, dem kleinen Café, in dem Tick hin und wieder arbeitete.

Heute war sie zum Glück nicht da. Joyce bestellte sich an der Theke Kaffee und einen Schokomuffin, ich grünen Tee. Wir setzten uns in zwei bunte Sessel an einem Tisch in der Ecke. Eine Weile schwiegen wir und ich fragte mich, was ich hier eigentlich sollte. Würde Joyce mir sagen, dass sie die Rolle umbesetzen will? Falls ja, wie sollte ich darauf reagieren? Vermutlich würde ich einen Heulkrampf bekommen.

„Weißt du, was mir am Anfang meiner Karriere passiert ist?", fragte Joyce, während sie in ihrem Kaffee rührte.

„Ähm, nein?"

Sie blickte mir in die Augen. „Das war vor dreißig Jahren. Ich hatte mein erstes Engagement. Genau wie du jetzt." Sie schwieg wieder, was mich wahnsinnig machte. Worauf wollte sie hinaus?

„Wir standen kurz vor der Aufführung eines Liederabends. Ich war gut vorbereitet, fühlte mich sicher. Da kam der Dirigent. Zu *der* Zeit ein wahnsinnig erfolgreicher Mann, schaute mir in die Augen und sagte: „What the hell do you think you have to offer?"

Ich musste schlucken. „Und wie hast du darauf reagiert?"

„It felt like … es fühlte sich an, als wäre ein Fallbeil auf mich herabgestürzt. Ich war völlig am Boden." Sie lachte. „Und weißt du was? Das war das Beste, was mir in meiner ganzen Laufbahn passiert ist."

„Das versteh ich nicht."

„Tja, der Mann hatte recht."

Irgendwas in meinem Hals wurde sehr eng. Als hätte jemand eine Wollsocke hineingestopft. „Willst du damit sagen, dass ich ebenfalls nichts zu bieten habe? Künstlerisch, meine ich?" Ich konnte sie nicht ansehen.

Joyce legte sanft eine Hand auf mein Knie. „Wie würdest *du* reagieren, wenn ich dir das sagen würde?"

Mir stiegen Tränen in die Augen. „Genau wie du, schätze ich."

„Und dann?"

„Wie und dann?" Jetzt bloß nicht heulen!

Ihre Stimme wurde noch sanfter. „Ich sage dir, was du tun würdest. Du würdest zu deinen Eltern fahren und dir von ihnen bestätigen lassen, dass du ein ganz großes Talent bist."

„So ein Quatsch!"

Joyce legte den Kopf schief und lächelte.

„Du hältst mich also für eine Niete?", fragte ich trotzig.

„Das habe ich nicht gesagt."

Ihre sanfte Stimme ging mir total auf den Keks. „Was hast *du* denn getan damals? Ich meine, nachdem das Gefühl des Fallbeils sich verzogen hatte?"

„Härter gearbeitet als zuvor."

„Aber ich arbeite hart!"

„Ich will dich gar nicht demotivieren, Coco. Ich möchte nur, dass du etwas verstehst."

„Was denn?" Die Wut, die sich langsam in mir breitmachte, fühlte sich besser an, als die gerade noch empfundene Ohnmacht. Ich lasse mir nicht einfach sagen, dass ich schlecht bin, verdammt!

„Damals, als das Fallbeil sich verzogen hatte, wie du es ausdrückst, ist mir etwas klar geworden. Ich hatte nichts zu sagen. Absolut nichts! Ich habe mich ans Piano gestellt, wie ich es von meinen großen Vorbildern kannte, und sie imitiert."

Ich rührte schweigend in meiner Teetasse, obwohl es absolut keinen Grund dafür gab.

„Du brauchst als Sängerin drei Dinge. Musikalität …"

„Ach ja, und die habe ich etwa nicht?"

„… Technik und Originalität."

Ich blickte schweigend in meine Teetasse.

„Musikalität und Technik wird dir keiner absprechen, Coco."

Nun blickte ich doch empor. „Aber?"

„Aber ich spüre keinerlei Authentizität. Du spielst Dramatik, du fühlst sie nicht. Und das hat – ich bin mir bewusst, dass das eine sehr steile These ist - mit deiner Herkunft zu tun."

„Was? Wie kommst du denn darauf?", fragte ich erbost.

Joyce lächelte. „Was hast du mit zwölf gemacht?"

„Ähm, Gesangsstunden? Klavierunterricht? Geige?"

„Und weißt du, was ich mit zwölf gemacht habe?"

„Woher soll ich das wissen?" Worauf, verdammt, wollte sie eigentlich hinaus?

„Ich habe Zeitungen ausgetragen. Ich meine, ich habe *jeden Tag* Zeitungen ausgetragen. Stundenlang. Und das habe ich nicht getan, um mir irgendwann ein Fahrrad zu kaufen, sondern weil meine Familie sonst nicht genug Geld für Essen gehabt hätte."

Ich senkte den Kopf. „Das tut mir leid."

„Dafür besteht absolut kein Grund. Das hat mich zu der starken Persönlichkeit gemacht, die ich heute bin. Zu der Frau, die durch ein vernichtendes Urteil besser wird, nicht schlechter."

„Verstehe." Lange schwiegen wir. Dann schaute ich Joyce in die Augen. „Was kann ich tun, damit ich besser werde?"

„Nicht jeder ist dazu befähigt, ein Top Level zu erreichen. Kaum jemand schafft es in die Met."

„Ich schon!"

Sie lachte so schallend, dass es mir peinlich war.

„Vielleicht", schob ich deshalb hinterher.

„Deine Eltern haben versäumt, dir beizubringen, dass man auch scheitern kann. Scheitern kommt in deiner Gedankenwelt überhaupt nicht vor."

„Bin ich in deinen Augen denn gescheitert?" Ich wollte ihre Antwort nicht hören. Am liebsten hätte ich mir die Ohren zugehalten wie ein kleines Mädchen.

Joyce legte wieder eine Hand auf mein Knie. Ich hielt die Luft an. „Wenn es dir gelingt, deine ganz eigene Stimme zu finden, dann wird die Premiere richtig gut. Aber dafür musst du noch durch das eine oder andere Feuer gehen."

Bestandsaufnahme pro: Joyce würde mich nicht umbesetzen.

Bestandsaufnahme contra: Ich hatte etwas zu lernen, von dem ich noch keine Ahnung hatte.

Donnerstag, 20. August 2020

Sam

„Bist du schon aufgeregt?", fragte ich.

Tick blickte herüber. Sie hatte einen massiven Holzklotz vor sich, aus dem sich langsam ein Vogel herausschälte. Erstaunlich, in wie kurzer Zeit ihre Objekte entstanden. „Du etwa?"

Ich lächelte sie an. „Ein bisschen. Ist immerhin unsere erste Ausstellung."

Im Hintergrund lief leise Musik. „Was hören wir da eigentlich?", fragte ich.

„Satie."

„Gefällt mir." Die Musik passte zu der Stimmung im Raum. Das Wetter hatte sich in den letzten Tagen verändert. Man spürte mittlerweile den herannahenden Herbst, *Altweibersommer*. Ich deutete auf einen von Ticks Vögeln. „Was wirst du dafür verlangen?"

Sie seufzte schwer. „Das ist eine Frage, deren Beantwortung ich lieber dem Galeristen überlasse. Ich tue mich schwer damit, überhaupt Geld zu verlangen, schließlich hab ich kein Kunststudium absolviert."

„Na und? Deine Vögel sind einzigartig. Damit kannst du richtig Asche machen."

Tick schaute mich nachdenklich an. „Was würdest du denn verlangen, wenn sie von dir wären?"

„Zweitausend mindestens."

Sie begann laut zu lachen.

„Im Ernst?"

„Ja klar."

Ich nahm einen der kleineren Vögel in die Hand. „Für so einen. Die größeren würde ich teurer verkaufen."

„Sam! Wieso sollte jemand so viel Geld für einen blöden Holzvogel ausgeben? Ich bin völlig unbekannt. Ich bin ein Niemand." Tick hatte lodernde Flecken am Hals.

„Weil sie gut sind. Ganz einfach. Und sag nicht, dass du ein Niemand bist. In meinem Studienjahrgang gab es *Einige*, die weitaus weniger Talent hatten als du."

Tick legte ihre Werkzeuge beiseite und tigerte aufgeregt durch den Raum. Richtete hier ein Kissen, zupfte da an einer Decke. „Das ist doch Wahnsinn", murmelte sie dabei.

Ich musste lachen. „Im Studium wurde uns beigebracht, dass es überhaupt keinen Sinn ergibt, sich zu billig zu verkaufen. Da nimmt dich kein Schwein ernst. Außerdem sollten unsere Preise ja auch zueinander passen. Es ist immerhin unsere gemeinsame Ausstellung."

Sie blieb stehen und deutete auf das Bild, das auf der Staffelei stand. Der letzte Affe, den ich gemalt hatte. Er wirkte irgendwie überheblich. Ich war richtig stolz, wie gut mir sein Gesichtsausdruck gelungen war.

„Und was müsste ich für den da blechen?"

„Hm. Öl auf Leinwand. Sechzig mal vierzig." Ich tat, als dachte ich nach, dabei stand der Preis für mich längst fest. „Die Affen gehen ab tausendzweihundert an den geneigten Sammler."

Tick schnappte nach Luft. „Sam!"

„Was denn?" Ich hob eine Augenbraue und hoffte inständig, dass sie die Fragilität meines Selbstbewusstseins nicht bemerken würde. Im Studium hatte mir eine Freundin ein Bild für zweihundert Euro abgekauft. Ein Erfolg, der das komplette Fundament meiner Überheblichkeit bildete. „Die Leute konnten monatelang kein Geld ausgeben, weil alle Läden dicht waren und man nicht reisen konnte", fuhr ich fort. „Die Chance ist groß, dass ein reicher Pinkel zur Vernissage kommt und sich sagt ´Hoppla, so einen Affen´ oder ´so einen Vogel´, ich deutete auf Ticks Vögel, wollte ich schon immer haben´."

Tick setzte sich auf ihren Schemel zurück und schnitzte weiter. „Du willst mich verarschen."
Ich wollte gerade zu einer flammenden Rede über den Wert von Kunst ansetzen, auch um mich selber zu überzeugen, da klingelte mein Smartphone. Ich schaute aufs Display und drückte den Anruf weg. Leonie.

„Du kannst ruhig rangehen", meinte Tick, scheinbar in ihre Arbeit versunken.
„Nicht wichtig." Ich stellte mich vor die Staffelei, da klingelte es erneut. Ich fuhr das Smartphone runter.

Tick schaute zu mir rüber. „Heute Abend kocht Colin für uns, das weißt du, oder?"

„Ja klar."

„Da sollten wir die Vernissage noch mal durchsprechen. Also, ich meine, wann genau was passiert. Die Rede, Pierres Lesung. Du weißt schon."

„Yep."

„Wir können die anderen dann ja mal fragen, was sie von deiner Preispolitik halten."

Wir arbeiteten eine Weile schweigend. Satie war ebenfalls verstummt und Tick hatte keine neue Playlist gestartet. Ich räusperte mich. „Sag mal Tick ...?"

„Ja?"

„Ähm, was läuft da eigentlich mit dir und Colin?"

Von draußen war Hundegebell zu hören. „Oh, ich glaube, Amadeo ist von seinem Ausflug zurück." Tick lief zur Tür, öffnete sie und wurde fast umgeworfen, als der aufgeregte kleine Hund ungestüm an ihr hochsprang. Im Garten stand eine lächelnde Coco, die Leine in der Hand. Ich winkte ihr. Sie winkte zurück und kam herein, wobei sie über Tick und Amadeo steigen musste. Dann schaute sie sich mein aktuelles Werk an.

„Der sieht aus wie ein Macho", meinte sie stirnrunzelnd.

„Gut beobachtet", stimmte ich zu und legte meinen Arm um ihre Hüfte. „Gefällt er dir?"

Sie schmiegte sich an mich und küsste meinen Hals. „Nein."

„Ähm, du findest es misslungen?"

„Was es?", fragte sie lächelnd.

Ich deutete auf das Affenbild.

„Nein, das ist absolut nicht misslungen. Das ist sehr … eindrücklich. Wirklich gut geworden. Ich mag nur solche Typen nicht."

„Was denn für Typen?"

„Na, diese überheblichen Macho-Idioten."

„Coco! Das ist ein Affe!"

Sie stutzte, dann deutete sie lachend auf das Bild. „Das ist unglaublich."

„Was denn?", fragte ich verunsichert.

In unserem Rücken hörten wir Tick, die ausgiebig und wortreich mit ihrem Hund knuddelte. Amadeooooo! Amaaaaaadeo! Amamamamadeo!

Coco blickte mich verblüfft an. „Für einen Moment habe ich das nicht mehr gesehen."

„Ich verstehe nicht? Was nicht mehr gesehen?"

„Na, dass das kein Mensch sondern ein Affe ist. Wie ist dir das gelungen?"

Ich zuckte mit den Schultern. „Keine Ahnung."

Tick schnappte sich Amadeo und kam in den Raum. Gemeinsam beobachteten wir Coco, die das Bild betrachtete. Amadeo legte den Kopf schief, als würde er sich fragen, was denn die Frau vor dem Bild gerade machte.

Coco betrachtete Tick fragend. „Du kannst doch auch malen, oder?"

Tick nickte. Amadeo wand sich unruhig in ihrem Arm. „Könntest du den Affen nachmalen?"

„Nein, natürlich nicht. Das ist eindeutig Sams Handschrift." Coco nickte nachdenklich. Dann nahm sie einen von Ticks Vögeln in die Hand und schaute mich an. „Und du? Könntest du so einen

Vogel erschaffen?" Ich schüttelte den Kopf, völlig ahnungslos, worauf sie hinaus wollte. „Ich könnte natürlich einen Vogel schnitzen, aber niemals in dem Stil."

Coco strich Amadeo über den Kopf, was der kleine Kerl sichtlich genoss. „Ich glaube, ich habe gerade etwas Wichtiges verstanden." Damit verließ sie das Häuschen. Tick und ich blickten uns verwirrt an. Amadeo bellte.

Colin

Da ich nicht genau wusste, ob alle mitessen würden, produzierte ich eine Riesenladung Soße, wobei ich die Küche in ein Schlachtfeld verwandelte. Schade, dass es zu kalt war, um draußen zu essen. Ich suchte auf meinem iPhone nach passender Musik, setzte mir Kopfhörer auf und begann zu putzen. Zehn Minuten später kam Coco in die Küche und setzte sich auf die Bank. Ich stoppte die Musik. „Hey, magst du einen Wein?"

„Gerne", antwortete sie geistesabwesend.

Ich schenkte ihr ein Glas ein. „Alles in Ordnung?"

Coco nickte und nahm einen Schluck. Dann schaute sie mich nachdenklich an. „Sag mal, diese Musikclips, die du machst ..."

Ich setzte mich zu ihr. Der Tisch sollte mal wieder abgeschliffen und neu lackiert werden. „Ja?"

„Ist das Kunst?"

„Oho, das musst du jemand anderen fragen."

Sie lächelte. „Ich frage aber dich."

Verlegen stand ich auf, ging zur Fensterbank und stellte die Winkekatze an. „Es gibt Songs, die würde ich als Kunst bezeichnen. Aber vieles ist Kommerz. Und das verkauft sich definitiv besser."

„Das Haus gehört dir, oder?"

Verblüfft blickte ich sie an. „Ähm, nein."

Sie lächelte. „Doch."

Ich zuckte die Schultern. „Und wenn schon. Ist doch egal."

„Es ist total egal. Ich freue mich, dass du mit deiner Musik viel Geld verdienst."

Die Winkekatze winkte mir zu. Blöderweise kam ich mir dadurch verhöhnt vor. „Worauf willst du eigentlich hinaus, Coco?"

„Ich stand gerade vor einem Bild von Sam und da habe ich was Wichtiges begriffen."

Ich schaute sie verwundert an. „Was denn?"

„Joyce hat mir das eigentlich gesagt, aber …"

„Joyce?"

„Meine Dirigentin. Aber der Groschen ist jetzt erst gefallen. Ticks Vögel und Sams Bilder sind einzigartig."

„Klar sind sie das. Das sind Unikate."

„Schon, aber es ist mehr. Die beiden haben eine ganz eigene Handschrift. Und bislang dachte ich, es genügt, das Handwerk gut zu beherrschen. Aber damit lag ich total falsch."

„Womit lagst du total falsch?", fragte Pierre, der unvermittelt in der Tür stand.

Coco schaute ihn an. „Sag mal, wie hast du es eigentlich geschafft, bei deiner Premiere so großartig zu sein?"

Pierre setzte sich an den Tisch und goss sich ein Glas Wasser ein. „Wie meinst du das?"

„Na, du bist irgendwie … ich weiß nicht … über dich hinausgewachsen?"

Nachdenklich nahm Pierre einen Schluck. „Ich habe keine Ahnung, was genau geschehen ist, aber als ich nach den ganzen Gehässigkeiten von Fucking Morawski auf der Bühne stand, da wurde ich von unglaublichem Hass geflutet. Ich habe dem Kerl alle Furunkel dieser Welt an den Arsch gewünscht. Und offenbar ist es mir gelungen, diese negative Energie in etwas Positives zu wandeln. Ach, Kerle, das klingt furchtbar esoterisch."

Ich setzte mich zu Coco und Pierre an den Tisch. „Finde ich nicht, dass das esoterisch klingt. Sind es nicht immer die großen Gefühle, die Kunst entstehen lassen?"

Coco lachte. „Das heißt, ich bräuchte einen Typen wie Morawski, um wirklich gut zu werden?"

„Den kannste geschenkt haben", meinte Pierre trocken, während Tick und Sam lachend in die Küche kamen. Amadeo sprang aufgeregt zwischen ihnen herum. Tick sah erhitzt und glücklich aus. Ich lächelte ihr zu. „Hunger?"

„Und wie! Ich zieh mich nur schnell um."

Sam setzte sich neben Coco und bohrte seine Nase in ihren Hals. „Na, Königin?"

Sie schob ihn lachend von sich. „Na, du Affenmaler."

Ich kümmerte mich um das Essen, während ich mich fragte, ob die beiden ihr Glück nur spielten oder wirklich empfanden. Irgendwas wirkte immer aufgesetzt. Als Tick wenig später zurückkam, deutete sie auf Sam. „Dieser Wahnsinnige will mehr als tausend Euro für seine Bilder nehmen, was sagt ihr dazu?"

„Für alle zusammen?", fragte Pierre, während er den Tisch deckte.

„Das musst du schon pro Bild hinblättern", entgegnete Sam cool.

Tick lachte etwas zu schrill. „Und ich soll für meine Vögel noch mehr verlangen. Was ich natürlich nicht tun werde!"

„Wirst du doch!", sagte Sam lachend.

„Werd ich nicht!"

Ich blickte Tick an. „Vielleicht hat Sam Recht. Du kannst deine Kunst ja nicht einfach verschleudern."

„Aber ich kann doch unmöglich zweitausend Euro für so einen dämlichen Vogel verlangen?"

Ich zuckte mit den Schultern, stellte die Töpfe auf den Tisch, goss mir Wein nach und hob mein Glas. „Auf eure Vernissage!"

„Besser du verkaufst einen Vogel für zweitausend Euro als vier für fünfhundert", meinte Coco, die wie immer nur eine Winzigkeit aß.

„Sehe ich auch so", stimmte Sam ihr zu.

Tick stand auf und ging zur Fensterbank. „Mann, diese Katze macht mich wahnsinnig", sagte sie und stellte die Winkekatze aus. „Außerdem haben wir ja jetzt Amadeo, da muss dieses goldene Ding nicht mehr für uns winken." Amadeo hob neugierig den Kopf als sein Name fiel.

„Wie geht es eigentlich mit deinen Geschichten voran?", wechselte Pierre das Thema. Tick wollte für die Vernissage ein paar kurze Tiergeschichten schreiben, die Pierre vortragen würde.

„Erinnere mich nicht daran", seufzte Tick und setzte sich wieder. „Die sind alle so sexy wie ´ne Din-A4-Kladde."

Pierre wuschelte ihr lachend durchs Haar.

„Du übertreibst mal wieder, Ticky. Alles, was ich bisher von dir gelesen habe, ist ganz wunderbar."

„Erzähl´s deiner Oma."

Ich sah Tick an, dass sie verunsichert war. Wie so oft, wenn es um ihr Können ging. Deshalb lächelte ich ihr aufmunternd zu. „Du hast ja noch ein paar Wochen, um an deinen Geschichten zu feilen. Und ich bin sicher, sie werden genauso genial wie deine Vögel."

Dienstag, 1. September 2020

Coco

Der Galerist, der so hieß, wie die Galerie, nämlich Becker, lispelte sich durch seine Begrüßungsrede, die durch einen verblüffenden Mangel an Originalität bestach. Dem Redner selbst schien das nicht aufzufallen. Sein Bauch, zu dick, als dass die Anzugweste ihn zu verbergen in der Lage gewesen wäre, wippte auf und ab, wenn er über seine eigenen Bonmots lachte. Als einziger lachte! Ich blickte in die Runde. Bemüht interessiert wirkende Gesichter lauschten dem Vortragenden, der einfach kein Ende fand. Tick stand schüchtern in einer Ecke. Sie trug ein grünes Kleid, flache Schuhe und ihre roten Haare waren mit einem grünen Tuch hochgebunden. Sie sah toll aus.

Sam, der in der ersten Reihe stand, trug zur Jeans ebenfalls ein grünes Hemd. Vielleicht hatten die zwei sich abgesprochen.

Sams Bilder hingen an allen vier Wänden, Ticks Vögel standen in einem separaten Galerieraum auf weißen Stelen. Drei sogar im Schaufenster. Pierre stand etwas abseits und studierte seine Texte. Neben ihm Colin. Es waren bestimmt dreißig Leute in der kleinen Galerie. Mit Ausnahme des Redners trugen alle Masken. Die Türen und Fenster waren offen.

Als der Galerist seine Rede beendet hatte, bekamen wir ein Glas Sekt und die Möglichkeit, uns umzuschauen. Ich schlängelte mich durch die Menschenmenge zu Sam, stieß mit ihm an und gab ihm einen Kuss.

„Alles Gute für die Ausstellung. Auf dass all deine Bilder einen Käufer finden."

Er lächelte mir zu. „Bei den Preisen wäre ich schon froh, *ein* Bild zu verkaufen."

Sein Handy gab ein Signal als eine ältere Dame ihre Hand auf seine Schulter legte. „Mein Name ist Stephanus. Darf ich kurz stören, junger Mann?"

Sam nickte und legte sein Handy auf den Tisch, ohne es weiter zu beachten. Die Frau, ich schätzte sie auf sechzig, und dafür war sie definitiv zu schrill gekleidet, zog ihn mit sich fort.

„Die ist offenbar wichtig", meinte Tick, die unvermittelt neben mir aufgetaucht war.

Ich blickte sie fragend an. „Wer ist wichtig?"

Sie deutete auf Sam, der der Frau mit dem schrillen Outfit eines seiner Bilder erklärte. „Eine Sammlerin. Der Galerist war ganz aufgeregt, als er uns erzählte, dass sie kommen würde."

„Aha."

Tick lächelte schüchtern. „Dieser Becker hatte mal einen Lehrstuhl in Bildender Kunst. Hamburg, glaube ich. Deshalb ist er immer noch gut vernetzt, auch wenn er schon lange nicht mehr lehrt. Aber wenn es stimmt, was er sagt, sind heute ein paar einflussreiche Leute da."

„Das ist doch toll für dich und Sam."

„Ja. Mal sehen, was das alles bringen wird", sinnierte Tick und ich hörte die Zweifel in ihrer Stimme. Sams Handy auf dem Tisch vibrierte erneut. Ich nahm es und blickte auf das Display. *Vermiss dich so sehr, Leonie*, las ich, bevor der Bildschirm wieder schwarz wurde. Mit dem tiefen Schock, der mir durch den Körper fuhr, hatte ich nicht gerechnet. Sam hat eine andere! Das hatte ich doch irgendwie geahnt, oder nicht?

„Alles okay?", fragte Tick. Ich konnte nur nicken.

„Meine Damen und Herren, darf ich noch einmal um Ihre Aufmerksamkeit bitten!", rief der Galerist und schlug mit einem Füller an sein Sektglas. Zur Salzsäule erstarrt stand ich da und hörte durch einen dichten Nebel, wie er das Publikum darüber aufklärte, dass Tick auch als Schriftstellerin tätig sei. Tick trippelte neben mir verlegen von einem Fuß auf den anderen.

Pierre lotste die Menschen in den Galerieraum, in dem Ticks Vögel standen, stellte sich in die Mitte, nahm seine Maske ab und begann mit der ersten Tiergeschichte. In meinem Kopf rauschte das Blut, während das Publikum sich vor Lachen krümmte. Ich schaute zu Sam, der entspannt dastand und sich gut zu amüsieren schien. Als sich unsere Blicke trafen, blickte ich schnell zu Boden.

Er hatte eine andere!

Pierre erntete tosenden Applaus, bevor er mit Ticks zweiter Geschichte fortfuhr.

Sam hatte eine andere!

Benommen drehte ich mich um und schleppte mich, oder das, was von mir übrig geblieben war, zum Ausgang. Vor der Galerie holte ich tief Luft, bevor ich mich auf den Weg nach Hause machte.

Sam

„Weißt du, wo Coco ist?"

Colin schaute mich an. Etwas in seinem Blick ließ mich frieren.

„Was ist?", fragte ich.

„Sie ist gegangen." Er legte mir eine Hand auf die Schulter.

„Was? Warum das denn? Hat sie was gesagt?"

Colin schüttelte den Kopf. Ich wollte gerade nachhaken, als Frau Stephanus sich vor mir aufbaute.

„Also, Sam", sagte sie, „es hat mich außerordentlich gefreut, Ihre Bekanntschaft gemacht zu haben. Ich werde mich in den nächsten Tagen bei dem verehrten Kollegen Becker melden."

Ich nickte, während sie mir euphorisch die Hand schüttelte, bevor sie die Galerie verließ.

„Das ist eine Sammlerin, oder?", fragte Colin.

„Ja. Weißt du, warum Coco gegangen ist?"

„Nee, echt keine Ahnung."

„Sie hat nichts gesagt?"

„Nicht zu mir jedenfalls. Hab sie nur hinausgehen sehen", meinte Colin schulterzuckend.

Ich blickte mich um. Tick stand vor einem ihrer Vögel und redete mit einem Mann, den ich nicht kannte. Becker sammelte Sektgläser ein. Pierre war nirgends zu sehen.

„Das ist seltsam, ich rufe sie mal an", murmelte ich nervös. Mein Handy war nicht in der Hosentasche, was noch seltsamer war. Dann erinnerte ich mich, es auf den Tisch gelegt zu haben. Dort lag es noch immer. Ich rief Coco an, aber es ging nur die Mailbox an. Ich sprach nicht drauf. Sie würde ja sehen, dass ich es versucht hatte, und zurückrufen. Vielleicht war ihr nicht wohl gewesen mit den vielen Menschen.

Die Galerie leerte sich jetzt schnell und da war Pierre. Ich lief auf ihn zu. „Sag mal, weißt du, warum Coco gegangen ist?"

Überrascht blickte er mich an. „Nein, keine Ahnung."

Ich klopfte ihm auf die Schulter. „Deine Lesung war klasse. Die Leute haben gebrüllt vor Lachen."

„Tja, waren ja auch super Texte", meinte er und lächelte Tick an, die soeben zu uns trat. Ihr Hals war knallrot. „Puh, der Typ, mit dem ich gerade geredet habe, will tatsächlich einen Vogel kaufen, stellt euch das mal vor. Bei dem Preis!"

Colin legte seinen Arm um ihre Schulter. „Das ist großartig, Tick, und sehr verdient."

Tick wandte sich an Pierre. „Danke, dass du meine Texte gelesen hast."

„Immer gern, Ticky."

Ich blickte Tick an. „Sag mal, weißt du, warum Coco gegangen ist?"

Falls das überhaupt möglich war, wurde ihr Hals noch roter. Wortlos schüttelte sie den Kopf.

Mich beschlich ein komisches Gefühl. Irgendetwas stimmte nicht. Ganz und gar nicht, um genau zu sein.

Ich wandte mich an meine Freunde „Wollen wir nach Hause gehen und da noch ein wenig feiern?" Alle nickten.

Tick

Der Busfahrer fuhr wie eine gesengte Sau. Zum Glück waren wir vier allein im Bus und wurden fröhlich hin und her geschaukelt. Ich stupste Pierre in die Seite. „Der Kerl, der einen Vogel von mir kaufen will, hat durchblicken lassen, dass er dich engagieren möchte."

Pierre zog erstaunt eine Augenbraue hoch. „Wofür denn?"

„Für eine Lesung, wenn ich das richtig verstanden habe. Ich glaube, der hat richtig Asche. Sonst würde der doch nicht so viel Geld für ´nen blöden Vogel hinblättern."

Colin lachte. „Wann wirst du eigentlich verstehen, dass du wirklich gute Kunst machst, Tick?"

„Nie", meinte ich lachend.

Colin zwinkerte mir zu. „Scheint mir auch so. Vielleicht ist das einfach ein vorausschauender Sammler, der erkannt hat, dass deine Objekte schon bald nicht mehr bezahlbar sein werden."

„Ja klar", antwortete ich. Aber etwas in mir überschlug sich kurz vor Glück. Die Vernissage war wirklich gut gelaufen. Es war ja nicht nur der eine Verkauf. Mehrere Leute hatten sich interessiert gezeigt. „Wie ist es denn eigentlich für dich gelaufen, Sam?", fragte ich.

Er blickte nicht von seinem Handy auf. „Not so bad", murmelte er.

„Diese verrückte Alte, deretwegen Becker so aufgedreht war, hat mit dir gesprochen, oder?"

Nun schaute Sam auf. „Ja, sie will sich bei Becker melden." Sein Blick fiel zurück aufs Handy.

„Um was zu tun?", hakte ich nach.

Seufzend steckte er das Handy in die Tasche. „Sie will vielleicht ein Bild kaufen und mich einer Galerie in Frankfurt empfehlen."

„Wow! Und das erzählst du uns so en passant? Das ist ja großartig, Sam." Ich freute mich wirklich für ihn.

„Ja." Er konnte sich offenbar nicht darüber freuen.

Ich musste an die Situation in der Galerie zurückdenken. Coco, die auf Sams Handy geschaut hatte, während jegliche Farbe aus ihrem Gesicht gewichen war. Irgendwas hatte sie zutiefst erschüttert und es war ihr kaum gelungen, ihre Gefühle zu verbergen. Aber das konnte ich Sam unmöglich erzählen. Das mussten die beiden schon untereinander klären.

„Coco ist ganz sicher zuhause. Wo soll sie auch sonst sein?", mutmaßte ich deshalb lahm.

„Sicher." Er blickte mir in die Augen. „Aber warum ist sie einfach gegangen?"

Ich zuckte mit den Schultern. Das Glücksgefühl, das sich tief in mir eingenistet hatte, wollte ich mir auf keinen Fall verderben lassen.

Sam

Tick hatte ja recht, ich sollte mir ein Loch in den Bauch freuen. Eine wichtige Kunstmäzenin mochte meine Bilder. Allein, dass sie aus Frankfurt angereist war, kam einem Wunder gleich. Was Besseres konnte mir doch gar nicht passieren. Und auch für Tick war es super gelaufen. Dennoch legte sich ein düsterer Schleier über mich, der mich in die Tiefe zu ziehen drohte. Warum war Coco ohne ein Wort gegangen? Wollte sie mich nicht mehr? Hatte ich ihr zu wenig zu bieten und war ihr das während der Vernissage klar geworden? Der kleine Sam mit seinen kleinen Affenbildern. War ich der großen Coco Blum peinlich?

Dieser Gedanke kreiste in mir, während die anderen munter plauderten und lachten. Draußen legte sich eine unheilvolle Dunkelheit über die Stadt. Als wir am Theater vorbeifuhren, kam mir das altehrwürdige Gebäude abweisend vor. *Du kleiner Wicht gehörst hier nicht rein*, schien es mir zuzurufen.

Ich hatte fast das Gefühl, als würde eine über-dimensionale Zunge aus dem Fenster gestreckt werden, schüttelte dieses Bild jedoch wieder ab und versuchte, mich auf meine Freunde zu konzentrieren.

„Zweitausend Euro für einen Holzvogel", rief Tick aufgeregt. „Der Typ hat doch einen Knall!"

„Oder Geschmack", entgegnete Colin lächelnd.

Das Gespräch drehte sich im Kreis und im Kreis und im Kreis. Eine Rose ist eine Rose ist eine Rose, ging es mir durch den Kopf. Keine Ahnung, warum. Was, wenn ich Coco zuhause nicht antreffen würde? Wenn ich nicht mit ihr würde reden können? Was sollte ich dann tun? Die Polizei verständigen? Wohl kaum. Ihre Eltern anrufen? Die Nummer wäre vermutlich rauszubekommen. Aber was sollte ich denen sagen? Entschuldigen Sie, ihre volljährige, mündige Tochter hat sich seit zwei Stunden nicht bei mir gemeldet?

Als wir aus dem Bus stiegen, wummerte mein Herz einen sehr merkwürdigen Takt. Sobald wir um die Ecke gebogen wären, würde ich sehen, ob in ihrem Zimmer Licht brannte. Der Takt meines Herzens machte einige Ausfallschritte, während wir uns der Ecke näherten. Meine Freunde scherzten und lachten. Noch zehn Schritte, dann könnte ich unser Haus sehen. Fünf. Drei. Null. Das Haus lag völlig im Dunkeln. Wo war Coco?

Colin

Ich spürte Sams langsamer werdende Schritte und drosselte mein Tempo ebenfalls. „Alles okay, Sam?"
„Wo ist sie?"

Ich legte meinen Arm um ihn, während Pierre und Tick sich diskret ein paar Schritte von uns entfernt hielten. „Hattet ihr Streit?"

„Nein, überhaupt nicht."

„Vielleicht ist ihr unwohl geworden."

„Dann wäre sie doch jetzt zuhause, oder?"

Ich musste zugeben, dass ich die Situation auch sehr merkwürdig fand. „Kann es sein, dass sie noch einen Termin hatte?"

„Was denn für einen Termin? Es ist doch alles dicht."

„Auch wieder wahr."

Ich wusste nicht, wie ich meinem Freund helfen konnte, aber Sam brauchte definitiv einen positiven Kick.

„Kunsthaus Clark!", rief ich.

„Hä?"

„Könnte doch sein, dass sie einfach noch arbeiten wollte."

Sam blieb stehen und blickte mir in die Augen. „Colin, warum hätte sie die Vernissage denn für eine Probe verlassen sollen, ohne jemandem von uns etwas zu sagen?"

Ich konnte nur die Schultern zucken. Bedrückt gingen wir weiter. Für Tick tat es mir leid. Die Vernissage war ein so großer Erfolg gewesen. Wir sollten jetzt alle ausgelassen feiern und stattdessen trotteten wir die Straße entlang wie eine Faschings-gesellschaft am Morgen nach dem großen Umzug. Verkatert, müde, ernüchtert.

„Komm, Sam, lass uns den Erfolg feiern. Ich kann mir vorstellen, dass dir nicht danach zumute ist, aber wir wollen Tick doch die Freude nicht verderben!", sagte ich leise, als wir vor unserem Haus standen. Er nickte und straffte die Schultern, als würde er mit etwas Schwerem konfrontiert werden.

Am Morgen hatte ich mit Tick ein paar Snacks vorbereitet, die wir jetzt auf dem Küchentisch ausbreiteten. Pierre, dem meist die Rolle des Tischdeckers zufiel, weil er nicht kochte, machte sich ans Werk.

Tick wollte sich was Bequemeres anziehen und entschwand in ihr Zimmer. Sam ließ sich seufzend auf einen Stuhl fallen. Ich ging zum Fenster, wo eine kleine Musikanlage stand und stöpselte mein iPhone an. Im Häuschen war ein sanfter Lichtschein zu erkennen.

„Coco ist im Clark", sagte ich und blickte Sam an. „Zumindest brennt dort Licht."

Sam sprang auf. „Tatsächlich. Ich gehe mal zu ihr."

Coco

In der Küche ging das Licht an. Sie waren also wieder da. Ich hatte keinen Plan, wie ich Sam begegnen sollte. Ihn zur Rede stellen? Ihn ignorieren? Wie lange würde ich das durchhalten können? Mein Herz begann zu hämmern, als die Tür zum Garten aufging und Sam im Lichtschein des Türrahmens erschien. Schnell lief ich zum Flügel, setzte mich und spielte ein paar Takte. Ich blickte nicht auf, als nach einem zaghaften Klopfen die Tür aufging. In meinem Nacken spürte ich, dass Sam den

Raum betrat. Wie, zur Hölle, sollte ich mich verhalten? Er hatte eine andere! Leonie, die ihn vermisste.

Ich setzte mich noch gerader hin, als ich ohnehin schon saß, und verbannte jegliches Gefühl für Sam in die hinterste Ecke meines Herzens. Er würde mich nicht weinen sehen!

Aus dem Augenwinkel sah ich, dass er sich auf das Sofa setzte und mich anschaute. Ich blickte stur auf die Noten und spielte weiter.

„Was ist los, Coco?" Seine Stimme klang brüchig.

Ich hielt mit dem Klavierspiel inne und schaute ihn kühl an. „Was soll los sein?"

„Warum bist du einfach abgehauen?" Sein Blick war unsicher, traurig. Die Melancholie, die sich manchmal über ihn legte, war jetzt fast greifbar, aber ich würde mich davon nicht berühren lassen. Sam betrog mich, und ich hatte nicht vor, mir das bieten zu lassen.

„Ich musste noch arbeiten", antwortete ich deshalb.

Für einen Moment saßen wir schweigend da. Ich hielt meinen Blick stur auf die Noten gerichtet, während ich spürte, dass Sams Blick auf mir lag. Als ich es nicht länger aushielt, schaute ich auf. „Darf ich jetzt bitte weiterarbeiten?"

Er wich zurück, als hätte ich ihn geschlagen. An dir ist ein guter Schauspieler verloren gegangen, mein Freund.

„Hab ich irgendwas falsch gemacht, Coco?"

„Nicht doch." Ich spielte ein paar Takte.

„Rede mit mir!", flehte er.

Die verbannten Gefühle in der hintersten Ecke meines Herzens forderten ihr Recht. Ich gewährte es ihnen nicht. Kalt blickte ich Sam an. „Kannst du dich erinnern, was ich dir bei unserer ersten Begegnung gesagt habe? Im letzten Winter?"

Er antwortete nicht.

„Dass eine Beziehung zwischen uns keine gute Idee ist."

Ich sah, dass ihm die Tränen in die Augen stiegen. Du bist ein verdammt guter Schauspieler, lieber Sam!

Die Gefühle in der hintersten Ecke meines Herzens rüttelten mich. Ich ignorierte sie. Stattdessen begann ich erneut zu spielen.

„Coco!"

Verdammt schwere Noten, da musste man sich schon sehr konzentrieren.

„Coco?"

Dieser verflixte Lauf.

Nach einer Weile stand Sam auf. Ich spielte weiter, während ich hörte, wie er die Tür langsam hinter sich schloss. Ungefähr eine Minute hielt ich noch durch, dann löschte ich alle Lichter, warf mich aufs Sofa und weinte, wie ich noch nie zuvor geweint hatte.

Colin

„Du musst deine Tiergeschichten unbedingt einem Verlag anbieten", meinte Pierre, während er sich ein Stückchen Baguette mit Lachs in den Mund schob. Natürlich wusste ich, was jetzt kommen würde. Meine Blicke huschten zu Tick, die an ihrem Weinglas nippte. Gespannt wartete ich auf eine Reaktion.

„Ja klar, die Verlage warten nur darauf, meine Kurzgeschichten zu veröffentlichen", höhnte sie. Seufzend blickte ich sie an. „Du hast doch die Reaktion des Publikums gesehen. Die Leute haben sich totgelacht."

„Wegen Pierre."

„Oh, come on, Tick. Du hast die Texte geschrieben. Und sie haben den Leuten supergut gefallen. Das ist natürlich auch Pierre zu verdanken, aber in erster Linie dir!" Ich schaute ihr in die Augen. „Du solltest es jedenfalls versuchen."

Nachdenklich streichelte sie Amadeo, der zu ihr auf die Bank gesprungen war und uns anschaute, als hätte er mindestens drei Tage nichts zu fressen bekommen.

„Dieser Typ, der so verrückt ist, mehrere tausend Euro für einen bescheuerten Holzvogel hinzublättern, scheint irgendwas mit Literatur zu machen." Tick blickte zu Pierre. „Deshalb will er dich engagieren."

„Das könnte deine Chance sein, Ticky. Weißt du, was der genau macht?", fragte Pierre, steckte sich einen weiteren Lachshappen in den Mund und spülte mit Bier nach.

Tick stand auf, ging in ihr Zimmer und kehrte kurze Zeit später mit einer Visitenkarte zurück. Amadeo begrüßte sie, als käme sie von einer jahrelangen Reise zurück.

„Alexander von Thun", las sie. „Literatur, Events and more."

Bei *and more* zuckte ich kurz zusammen. Das war sowas von Neunziger. Ich schnappte mir mein Tablet und fütterte es mit dem Namen des Fremden. „Mal schauen, was die gute Tante Google über den Vogelliebhaber zu erzählen hat."

Das war ganz schön viel. Ich präzisierte die Suche. „Sieh einer an", murmelte ich.

„Was denn?", fragte Tick mit leichter Aufregung in der Stimme.

Ich blickte sie an. „Der Typ, der so verrückt ist, mehrere tausend Euro für einen Holzvogel hinzublättern, ist Literaturagent."

Sie wirkte erstaunt, während sich ihr Hals rötlich färbte. Wie sehr ich sie noch immer liebte!

„Hör mal, Tick, der Tag heute war etwas sehr Großes für dich. Ich hoffe, das ist dir so sonnenklar, wie es mir ist."

Sie legte fragend den Kopf schief. Für eine Sekunde erinnerte das an Amadeo. „Du hast jemanden getroffen, der deine Kunst mag und außerdem in der Literatur tätig ist. Das ist deine große Chance. Dieser Tag kann dein ganzes weiteres Leben verändern.“

„Colin! Du klingst total eso!“, rief sie. Ich konnte sehen, dass es in ihr arbeitete.

„Finde ich überhaupt nicht“, mischte Pierre sich ein, „Colin hat völlig recht, du musst in der Kunst jede Gelegenheit ergreifen, die sich dir bietet.“ Er lächelte verschmitzt. „Und wenn dabei ein kleines Stückchen Ruhm für mich abfällt, umso besser. Stell dir vor, der Mann kann dich tatsächlich an einen Verlag vermitteln. Vielleicht wollen die ja ein Hörbuch mit deinen Geschichten rausbringen, die ich aufsprechen könnte.“

Es klingelte.

„Das ist sicher Alexej, ich lass euch dann mal alleine“, meinte er, lächelte und verschwand.

Tick blickte mich an. „Der spinnt doch.“

Ich nahm ihre Hand. „In einem hat Pierre auf jeden Fall recht. Du musst die Gelegenheit nutzen. Versprich mir das!“

Sie stand auf und tigerte durch die Küche. Am Fenster blieb sie stehen.

„Im Clark ist es dunkel, seltsam. Wo sind Coco und Sam?“

Ich stand ebenfalls auf und stellte mich hinter sie. Vorsichtig legte ich meine Hände auf ihre Hüften und sie lehnte sich seufzend an meine Brust. „Das ist alles so irreal.“ seufzte sie.

„Was ist irreal?“, fragte ich leise.

„Dieser Tag. Die Vernissage. Ich dachte, alle lachen sich kaputt über die Preise.“

„Haben sie aber nicht."

„Nein, die haben tatsächlich so getan, als wären meine Vögel das wert."

„Dann sind sie das wohl auch", flüsterte ich in ihr Haar.

„Aber das ist doch …"

Ich küsste ihren Nacken. „Du bist offenbar die Einzige, die nicht wahrhaben will, dass sie eine große Künstlerin ist." Ich flüsterte noch immer.

Tick antwortete nicht. Ich zog sie enger an mich. „Genauso, wie du nicht bemerkst, wie sehr ich dich noch immer liebe.

Keine Ahnung, mit was für einer Reaktion ich gerechnet hatte. Dass sie mich wegstoßen, genervt seufzen, mit Amadeo Gassi gehen würde? Was auch immer. Nicht aber damit, dass sie sich zu mir umdrehen und mich küssen würde. Doch genau das geschah.

„Kommst du noch mit in mein Zimmer", fragte sie später. Ich konnte nur glücklich nicken.

Drittes Bild

Mittwoch, 2. September 2020

Sam

als ich erwachte, schmerzte mein Hals. Seltsam, ich war doch nie krank! Dann durchfuhr mich die Erinnerung wie ein zerstörerisches, gehässiges Monster. Coco hatte mich abserviert! Bevor ich es verhindern konnte, stiegen mir Tränen in die Augen.

Ich fühlte mich gerädert, sei ich unter die Straßenbahn geraten. Coco hatte mich abserviert. Ich war ihrer offenbar nicht würdig. Was sollte ich jetzt tun? Ich konnte unmöglich weiter hier wohnen. Ein Umzug war finanziell aber auch nicht drin. Mal ganz davon abgesehen, dass ich erstmal was finden müsste. Ich könnte zurück nach Hamburg gehen. Leonie würde sich freuen. Ich könnte nach Neuseeland auswandern. Oder in die Mongolei. Im Wald als Eremit unter einer Baumwurzel hausen.

Alles besser, als ihr hier ständig zu begegnen.

Unfähig mich zu bewegen, blieb ich liegen, während die Tränen flossen und flossen. Damit die anderen mich nicht schluchzen hörten, drückte ich mir ein Kissen auf den Mund. *Ich will sie nicht verlieren! Ich will sie nicht verlieren! Ich will sie nicht verlieren!* tönte es in meinem Inneren. Ich heulte und heulte. Woher nur die ganze Flüssigkeit kam? Mein Hals schmerzte jetzt stärker. Der Kopf dröhnte, heiß war mir auch.

Hatte ich Fieber? Konnte Liebeskummer eine so krasse körperliche Reaktion hervorrufen? Ich brauchte was zu trinken, konnte aber einfach nicht aufstehen. Bleischwer lag ich da, während sich ein Schmerz in meinem Inneren einnistete, wie ich ihn nie zuvor erlebt hatte.

Irgendwann, keine Ahnung wieviel Zeit vergangen war, stand ich mühsam auf und schleppte mich ins Bad. Als ich mit meinem Spiegelbild konfrontiert wurde, hoffte ich, niemandem begegnet zu sein. Schon gar nicht Coco. Die Augen verquollen, die Haare wirr, das Gesicht von unschönen roten Flecken verunziert. Ich sah aus, als hätte ich drei Tage durchgesoffen. Gierig trank ich Unmengen von Wasser aus der Leitung, bevor ich mich unter die Dusche stellte. Warum schmerzte mein Körper so?

Ich fühlte nach meinem Puls, doch der kam mir normal vor. Meine Stirn jedoch glühte. Ich wollte nicht in die Küche gehen, also nahm ich ein Zahnputzglas, füllte es mit kaltem Leitungswasser und schlich gequält zurück in mein Zimmer, wo ich mich erschöpft aufs Bett fallen ließ. Die Dusche hatte mich komplett erledigt. Das war kein Liebeskummer, das war eine Krankheit, die mich über Nacht angefallen hatte. Hoffentlich nicht dieses verdammte Corona.

Ich hatte keine Ahnung, wieviel Zeit vergangen war, als es an der Türe klopfte. Mühsam drehte ich den Kopf und schaute auf die Uhr. Es war schon wieder Abend. Ich hatte den ganzen Tag verschlafen. Zum Glück fühlte ich mich etwas besser. Meine

Stirn war nicht mehr heiß. Es klopfte wieder, dieses Mal forscher. Ich reagierte nicht. Wenn das Coco war, wollte ich sie auf keinen Fall sehen. Besser gesagt, sie sollte *mich* nicht sehen. Nicht in dem Zustand, in dem ich mich befand. Die Tür ging auf, ich schloss die Augen wie ein kleiner Junge, der glaubt, sich dadurch unsichtbar machen zu können.

„Was ist los, Weißbrot?" Es war Colin.

Ich rappelte mich hoch, stopfte mir ein Kissen in den Rücken und schaute ihn an. „Mich hat eine Erkältung erwischt. Hab sie aber offenbar schon wieder überstanden. Manchmal hilft es, einfach zu schlafen." Ich fühlte mich tatsächlich besser, jedenfalls körperlich.

„Okay. Mist. Kann ich dir irgendwas bringen?"

„Wasser wäre toll", ich grinste ihn schief an. „Und wenn du das Fenster aufmachen könntest? Es stinkt hier vermutlich wie im Pumakäfig."

Kurze Zeit später kehrte Colin mit einer Flasche Wasser und einem Glas zurück. „Soll ich dir was zu essen machen?"

Allein der Gedanke an Essen verursachte mir Übelkeit. „Nein, vielen Dank, ich würde sowieso nichts runterkriegen."

Colin setzte sich in den Sessel und blickte mich forschend an. „Sonst ist alles okay?"

Wieder stiegen mir Tränen in die Augen, verdammte Kacke. Schweigend trank ich einen Schluck Wasser.

„Sam?"

„Nein, es ist nicht alles okay. Coco hat mich abserviert." Früher oder später würden es ja sowieso alle erfahren.

„Was? Warum das denn?" Er schien ehrlich erstaunt.

„Na, warum wohl? Die große Coco Blum. War doch nur eine Frage der Zeit, bis ihr klar werden würde, dass ich nicht ihre Kragenweite bin."

„Das glaubst du doch nicht wirklich, Sam?"

Ich trank einen weiteren Schluck Wasser. „Was denn sonst?"

„Keine Ahnung, hattet Ihr Streit?"

„Kein bisschen. Deswegen liegt die Sache auf der Hand. Sie erlebt mich bei der Vernissage. Den kleinen Sam mit seinen albernen Affenbildern. Und ihr wird klar, dass sie schnellsten einen Schlussstrich ziehen muss."

„Das kann ich einfach nicht glauben."

„Ist aber so."

„Hat sie das so gesagt?"

„Ein anderer Grund fällt mir absolut nicht ein, Colin."

„Soll ich mal mit ihr reden?"

„Auf keinen Fall!"

Donnerstag, 3. September 2020

Tick

Eine dunkle Hand lag auf meinem Gesicht und neben mir schnarchte jemand. Vorsichtig, um ihn nicht zu wecken, schob ich Colins Hand zur Seite, drehte mich um und blickte in sein schlafendes Gesicht. Das war bereits der zweite Morgen, an dem ich neben ihm erwachte. Es fühlte sich fast an wie damals, als wir noch ein Paar waren. Wollte ich das überhaupt? Würde ein Neuanfang funktionieren? Zusammen in einer WG wohnend? Keine Ahnung. Als er unruhig wurde, drehte ich mich schnell auf die andere Seite. Wenig später spürte ich, wie Colin sich an mich kuschelte und verschlafen etwas in mein Haar murmelte, was ich nicht verstand. Ich genoss seine Wärme, seinen Atem in meinem Nacken, seinen Duft. Es fühlte sich geborgen an.

„Hast du gut geschlafen?", murmelte ich.

„Hm, sehr gut."

Aus der Küche war Geklapper zu hören. Die anderen waren schon auf. Irgendwer wird Amadeo in den Garten gelassen haben. Ich drehte mich um und gab Colin einen Kuss. „Sollen wir aufstehen?"

Er lächelte. „Nein, sollen wir nicht." Dann zog er mich an sich.

Später, als ich duschen ging, begegnete mir Coco auf dem Flur. „Morgen", sagte ich.

Sie blickte mich verwirrt an. „Oh, hallo."

„Alles klar bei dir?"

Sie nickte und verschwand eilig in ihrem Zimmer.

Wie immer duschte ich so lange, bis meine Haut sich aufgeweicht anfühlte. Ich liebte das Gefühl, das heißes Wasser auf meiner Haut auslöste, auch wenn mich hin und wieder das schlechte Gewissen wegen der Verschwendung plagte.

Als ich mich abtrocknete, hörte ich Colin in der Küche singen. Er machte Frühstück. Vielleicht wären die anderen ja auch dabei. Mir fiel erst jetzt auf, dass ich Sam seit der Vernissage noch nicht wieder gesehen hatte. Ich drehte den Heizkörper runter, öffnete das Fenster und genoss die frische Luft des Herbstmorgens. Irgendwo zwitscherte eine Amsel. Vielleicht der Nachwuchs von Miss Grünschnabel.

Colin hatte Tee aufgegossen und den Tisch gedeckt. Ich setzte mich ihm gegenüber. Fragend schaute ich mich um.

„Wo sind die anderen? Ist doch die übliche Zeit", sagte ich.

„Ich glaube, Pierre ist gar nicht zuhause. Vermutlich hat er bei Alexej übernachtet", meinte Colin und schnappte sich ein Aufbackbrötchen.

Ich nahm mir auch eines. Es war so heiß, dass ich es kaum aufschneiden konnte.

„Coco ist mir vorhin begegnet. Sie ist wohl in ihrem Zimmer. Aber was ist mit Sam?"

Colin seufzte. „Ich fürchte, wir haben ein Problem."

„Was denn für ein Problem?"

Er stand auf. „Bin gleich zurück." Ich hörte, wie er in den Flur ging und an Sams Tür klopfte. Nachdem es still blieb, kam er zurück.

„Wir müssen uns um Sam kümmern."

„Wieso, was ist denn los?"

„Coco hat sich von ihm getrennt", seufzte Colin.

Ich zog die Luft ein. „Das ist nicht wahr, oder?"

„Leider doch. Keine Ahnung, warum. Ich weiß nur, dass es ihn fertig macht. Er wirkte gestern richtig krank. Wollte nichts essen und hat kaum geredet."

„Aber warum denn nur? Die beiden wirkten auf mich in letzter Zeit eigentlich ganz glücklich."

Colin schaute mich nachdenklich an. „Du kennst Coco besser als ich. Glaubst du, dass sie sich - ich weiß nicht, wie ich es formulieren soll - für was Besseres hält?"

„Wie kommst du denn darauf?"

„Sam hat sowas angedeutet."

Ich nahm mir ein zweites Brötchen, das sich fad anfühlte. Insgeheim strich ich Aufbackbrötchen von meiner inneren Einkaufsliste. Na ja, sie kommt aus einer berühmten Familie. Aber ich fand sie eigentlich immer ganz normal. Du nicht?"

Colin strich mir lächelnd über die Wange. „Ich habe keine Ahnung, was in der Opernwelt normal ist."

„Findest du sie denn abgehoben?" Bislang dachte ich, dass Coco alle Männer umhaut. Deshalb war ich gespannt auf seine Antwort.

Er sah mich an. „Mein Fall wäre sie jedenfalls nicht."

Ich nahm seine Hand und schaute ihm in die Augen. „Da bin ich froh."

Er küsste meine Handinnenfläche. „Du weiß doch genau, dass es für mich nur *eine* Frau gibt."

Freitag, 4. September 2020

Colin

Nach dem Frühstück war Tick zu ihren Eltern gefahren und ich hatte ein bisschen komponiert, konnte mich aber nicht konzentrieren. Zu vieles war in diesem Haus in Bewegung. Ich wusste nicht, wie ernst Tick es mit mir meinte, hatte keine Ahnung, was in Coco vor sich ging und machte mir Sorgen um Sam. Er war mir gestern wie das personalisierte Elend vorgekommen.

Also klopfte ich bei ihm.

„Ja?", hörte ich ihn zaghaft rufen.

Ich öffnete die Tür und blickte ins Zimmer. Sam lag im Bett. „Darf ich reinkommen?"

Er nickte schwach.

Ich legte meine Hand auf seine Stirn. Sie war kühl. „Wie geht´s, Weißbrot?"

„Geht so."

„Willst du nicht mal wieder aufstehen?"

Er bekam einen Hustenanfall. „Nein", keuchte er.

Ich entfernte mich ein paar Schritte. „Das klingt überhaupt nicht gut, Sam. Ich rufe Ticks Dad an und frage, was wir tun sollen."

Sam setzte sich auf. „Quatsch, das ist nur wegen Coco."

„Der Husten? Nicht dein Ernst." Ich nahm mein Handy und wählte Ticks Nummer. Sie war sofort dran. Nachdem ich ihr die Situation geschildert hatte, sprach sie mit ihrem Vater und rief ein paar Minuten später zurück. „Wir kommen. Sam soll im Bett bleiben und sich von Euch fernhalten."

„Alles klar, danke." Ich machte noch ein paar Schritte Richtung Tür. „Ticks Dad kommt und schaut nach dir. Bis dahin bleib einfach liegen. Brauchst du noch was zu trinken?"

Bevor ich Minuten später mit zwei Flaschen Wasser sein Zimmer betrat, setzte ich meine Maske auf. Sam blickte mich überrascht an. „Du glaubst doch nicht etwa, dass ich infiziert bin?"

„Natürlich nicht, Weißbrot. Aber sicher ist sicher", sagte ich mit mehr Zuversicht in der Stimme, als ich tatsächlich verspürte.

Dann setzte ich mich in die Küche und wartete. Amadeo lag leise schnarchend in seinem Körbchen.

Als zehn Minuten später ein Wagen vor dem Haus hielt, öffnete ich die Tür. Ticks Dad trug eine OP-Maske, ein Gesichtsschild und Latexhandschuhe. Er begrüßte mich aus sicherer Distanz und verschwand mit seinem Arztkoffer in Sams Zimmer. Tick blickte mich beunruhigt an. Tröstend nahm ich sie in den Arm. „Das ist nur eine einfache Erkältung", versuchte ich sie zu beruhigen.

„Hoffentlich. Ich habe nämlich absolut keine Lust auf Quarantäne", seufzte sie.

„Ich auch nicht."

Amadeo wachte auf und begrüßte uns so stürmisch, dass Tick ihn in den Garten brachte. Kurz darauf kam ihr Dad in die Küche. Seine Stirn hatte sich in Falten gelegt. „Der Antigen-Test ist positiv", sagte er, und als Tick ihn schockiert anschaute, ergänzte er schnell: „Das muss nichts heißen, die Dinger sind nicht sicher. Ich habe einen PCR-Test gemacht, den ich gleich ins Labor bringe. Sobald ich das Ergebnis habe, wissen wir mehr. Bis dahin müsst ihr unbedingt zuhause bleiben. Und macht eine Liste der Leute, denen ihr in den letzten fünf Tagen begegnet seid."

„Oh Gott, die Vernissage", meinte Tick. „Da waren total viele Leute."

„Aber alle haben ihre Adresse dagelassen, wir müssen nur den Galeristen anrufen", beschwichtigte ich.

Ticks Dad begab sich eilig zur Ausgangstür. „Ich schaue zu, dass ich so schnell wie möglich ein Ergebnis habe. Bis dahin macht mal noch nichts."

Vier Stunden lang saßen wir in der Küche und warteten, dann rief er endlich an.

Coco

Als es an der Tür klopfte, zog ich mir ein Kissen über die Ohren. Ich war überhaupt nicht da.

„Coco, ich muss dich sprechen", hörte ich Tick rufen. Ich antwortete nicht. Ihr Klopfen wurde energischer. Lasst mich doch alle in Ruhe, verdammt!

Die Tür ging auf, ich nahm das Kissen vom Gesicht und blickte Tick an, die mit Maske vorm Mund und Latex an den Händen in meiner Zimmertür stand. „Was ist denn mit dir los?", fragte ich verblüfft.

„Sam ist infiziert, wir müssen uns alle testen lassen. Mein Vater ist gleich da."

Ich sprang auf. „Machst du Witze?"

„Kein Scherz, leider." Tick winkte mir hilflos zu und schloss die Tür von außen. Erschüttert ließ ich mich auf mein Bett sinken. Das durfte nicht wahr sein. Das durfte einfach nicht wahr sein! Verdammt! Verdammt! Verdammt!

Als sich die Information etwas gesetzt hatte, dachte ich an Sam. Wie es ihm wohl ging? Manchen machte das Virus ja kaum Probleme. Und dass Sam infiziert war, hieß nicht, dass wir anderen es auch waren. Allerdings würden wir in Quarantäne müssen. Zum Glück waren Theaterferien. Bis zum Probenbeginn blieben noch drei Wochen. Ich kramte in einer Schublade nach einer Maske, zog sie an und ging in den Flur. Aus der Küche waren

Stimmen zu hören. Ob Sam dort war? Ich lauschte, konnte aber nur Tick und Colin hören.

Auf Zehenspitzen schlich in zu Sams Zimmertür und legte mein Ohr an das Türblatt. Alles still. Die Küchentür ging auf, erschrocken machte ich einen Schritt zurück. Zu spät, Colin hatte mich beim Lauschen erwischt. Er lächelte verlegen. „Es geht ihm nicht sehr schlecht, sagt Ticks Dad. Kein Fieber, nur ein bisschen Husten."

Ich nickte beklommen.

Colin blickte mich an. „Ich wollte Sam gerade fragen, ob er was essen möchte. Willst du das übernehmen?"

Ich schüttelte den Kopf, ging zurück in mein Zimmer, setzte mich in den Sessel und wartete ab, während sich die düstersten Szenarien in meinem Kopf aufbauten.

Eine halbe Stunde war vielleicht vergangen, als es an der Tür klopfte und Tick hereinschaute. „Mein Vater ist jetzt da und macht die Abstriche."

Abstriche! Das klang nach ekliger Geschlechtskrankheit. Ich nickte, zog meine Maske an, ging in die Küche und erschrak fast zu Tode. Ticks Vater sah aus wie ein Marsmensch. Er trug einen Ganzkörper-Overall aus Plastik, OP-Handschuhe, natürlich einen Mundschutz, dazu noch ein Gesichtsvisier. Bilder aus Ebola-Gebieten kamen mir in den Sinn. Er war gerade dabei, Colin mit Spatel und Tupfer im Rachen herumzufummeln. Ich bekam schon beim Zuschauen einen Würgereiz. „Wie geht es Sam?", fragte ich niemanden bestimmtes.

„Sieht so aus, als hätte er eine leichte Form, aber ganz genau werden wir das erst in ein paar Tagen wissen", antwortete der Mars-Doc, während er, einem Alchemisten gleich, Lösungen in merkwürdige Gefäße tröpfelte. „Wer will als nächstes?"

Ich blickte zu Tick, die unsicher zurückschaute. Dann seufzte sie resigniert, ging zu ihrem Vater und ließ die Prozedur über sich ergehen. Ich schaute lieber weg.

„Ich habe das Gesundheitsamt informiert", berichtete der Doktor, „die kümmern sich um die Galeriebesucher. Wo ist denn euer anderer Mitbewohner?"

Colin blickte mich erschrocken an. „Mensch! Pierre! DEN habe ich total vergessen. Ich ruf gleich an."

Pierre war mir im Moment egal. Ich wollte diesen bescheuerten Test hinter mich bringen und ich wollte nicht infiziert sein. „Wie lange dauert es, bis wir das Ergebnis bekommen?", fragte ich, bevor Ticks Vater mir den Tupfer in den Hals stieß, und ich mich fast erbrach.

„Ich fahre gleich ins Labor, aber heute wird das nichts mehr. Vielleicht morgen." Lächelnd reichte er mir eine hässliche, blaue OP-Maske.

„Dein glitzernder Samtmundschutz sieht zwar originell aus, behindert aber die Atmung. Solltest du als Sängerin drauf achten."

„Wieso nur vielleicht?", fragte Tick.

„Samstag", war die nüchterne Antwort.

„Heißt das, dass es sein kann, dass wir das ganze Wochenende warten müssen?" Ich konnte es nicht fassen.

Der Mars-Doktor hatte seine alchemistischen Tätigkeiten beendet und blickte in die Runde. „Ihr verlasst das Haus nicht. Bestenfalls geht ihr euch auch hier aus dem Weg. Tick, mach bitte eine Einkaufsliste. Mama wird alles für euch besorgen, was ihr übers Wochenende benötigt."

Tick nickte. Ich sah, wie sehr ihr die Situation zusetzte. Sie war so sensibel. Zum Glück war *ich* robust wie eine bayrische Bergbäuerin. Ich würde nicht krank werden. Der Doktor bedachte uns mit einem ernsten Blick. Pierre sollte so schnell wie möglich hierherkommen. Sobald er da ist, ruft ihr mich an. Dann mache ich auch mit ihm einen Test. Alles klar?"

Wir nickten beklommen. Jeder in seine eigene düstere Gedankenwelt versunken.

Samstag, 5. September 2020

Sam

Als ich erwachte, hatte sich etwas verändert. Irritiert setzte ich mich auf und blickte aus dem Fenster. Die Sonne schwamm groß und rot in einem tiefblauen Himmel. Mein zweiter Blick galt der Uhr. Mann, ich hatte vierzehn Stunden durchgeschlafen, und davor den ganzen Tag im Bett gelegen und vor mich hingedämmert. Meine Mundhöhle fühlte sich an wie mit Pergament ausgekleidet. Hastig trank ich ein paar Schlucke Wasser und ließ mich zurück in die Kissen fallen. Ich hatte wirres Zeug geträumt. Ein Bühnenbild, das mitten in der Vorstellung zusammenbrach. Coco, die wütend ein paar Zeichnungen zerriss. Zugemüllte Häuser, chaotische Küchen, verdreckte Klos. Leonie, die tobte und schrie. Irgendwas mit meiner Mutter, das ich nicht mehr zu fassen bekam.

Ich brauchte dringend eine Dusche, frische Luft und Bewegung, also stand ich auf. Bereits nach ein paar Schritten musste ich mich jedoch wieder setzen. Mein Kreislauf war total im Arsch.

Das Smartphone gab ein Signal. Es lag auf dem kleinen Tisch neben dem Bett. Vorsichtig erhob ich mich um es zu holen. Fünfzehn neue Nachrichten und sieben ungelesene Mails. Vermutlich alle von Leonie. Da mein Kreislauf noch um etwas Erholung flehte, öffnete ich den Messenger. Die meisten Nachrichten waren tatsächlich von Leonie. Zwei nicht. Eine war von Coco. Sie hatte mir gestern abend geschrieben.

Ich öffnete zunächst die andere Nachricht. Sie kam von einem Herrn Becker. Ich musste kurz überlegen, wer das war. Natürlich! Der Galerist. Drei Bilder verkauft. Jetzt erstmal dicht wegen Corona.

Hieß *drei Bilder verkauft* etwa, dass er drei Bilder *von mir* verkauft hatte? Das war nicht möglich. Ich schrieb zurück und bat um nähere Infos. Dann zögerte ich lange, bevor ich Cocos Nachricht öffnete. Als ich es endlich tat, flatterte etwas in meinem Magen auf und ab wie ein in Gefangenschaft geratener Kolibri. Ihre Nachricht war knapp. „Wie geht es dir?"

Scheiße geht es mir! Du hast mich verlassen, blöde Kuh!

Bevor ich auch nur überlegen konnte, ob und was ich ihr antworten sollte, erreichte mich eine weitere Nachricht. Becker präzisierte, dass er drei Bilder von *mir* verkauft habe. Für sechstausend Riesen! Er würde die Kohle nach Abzug seiner Provision in den nächsten Tagen auf mein Konto überweisen. Dem aufgeregten Kolibri in meinem Magen gesellte sich ein zweiter hinzu. Die beiden führten einen irren Tanz auf.

Dank Ticks Rat hatte ich für meine Affenbilder ein Stipendium des Landes beantragt, das zu meiner großen Überraschung bewilligt worden war. Und jetzt das. Sobald die Kohle auf meinem Konto wäre, würde ich die Mietschulden bei Colin begleichen. Und ich musste Coco endlich meinen Anteil an Ticks Geburtstagsgeschenk geben. Sie hatte mich nie danach gefragt. Vermutlich waren das Peanuts für sie.

Die zwei Kolibris in meinem Inneren legten eine Pause ein. Jedenfalls war es mit den drückenden Geldsorgen fürs Erste vorbei. Ich war reich!

Einen Moment saß ich im Sessel und genoss die Erleichterung. Dann bahnte sich eine dunkle Wolke ihren Weg in meine Psyche, und das alles beherrschende Thema war zurück: Coco hatte mich abserviert. Ich war ihrer nicht würdig. Der kleine Sam mit seinen Affenbildern war der großen Coco Blum peinlich. Aber weil sie nicht als absolut selbstsüchtige Person dastehen wollte, hatte sie sich zu einer WhatsApp durchgerungen. Vielleicht hat Tick sie ermuntert, sich bei mir zu melden. Die Kolibris machten den Abflug, die dunkle Wolke blieb.

Ich weiß nicht, wie lange ich einfach nur dagesessen war, bevor mein Magen so laut knurrte, dass ich erschrak. Mein Hals tat nicht mehr weh. Gehustet hatte ich auch nicht, seit ich wachgeworden war. Ich stand vorsichtig auf und ging ein paar Schritte durchs Zimmer. Dann öffnete ich das Fenster und hielt mein Gesicht in die Sonne. Die Wärme tat gut. Zunächst brauchte ich unbedingt eine Dusche. Also suchte ich frische Klamotten zusammen, horchte an der Tür, um sicher zu sein, dass sich niemand im Flur befand, und huschte ins Bad.

Ein unrasierter, hohlwangiger Typ blickte mir aus dem Spiegel entgegen. Ich stellte mich auf die Waage und erschrak. Fast vier Kilo abgenommen. In der kurzen Zeit!

Nach Rasur und Dusche schlüpfte ich in meine Sachen, zögerte kurz an der Badezimmertür, machte sie auf und lief energischen Schrittes in die Küche.

Sie war leer. Erleichtert nahm ich mir Brot, Butter, Käse und Milch und setzte mich an den Tisch. Doch die Erleichterung hielt nicht lange an, denn kurze Zeit später stand Coco in der Tür.

Tick

Nachdem ich das Telefonat beendet hatte, blieb ich eine Weile reglos auf meinem Bett sitzen. Dann schrieb ich Colin eine Nachricht. Kurze Zeit später stand er mit fragendem Blick in meinem Zimmer.

„Wir sind nicht infiziert", sagte ich erleichtert.

„Dein Dad hat die Ergebnisse?"

Ich nickte. „Alle clean bis auf Sam …", ich zögerte einen Moment, „… und Coco."

Colin setzte sich neben mich. „Coco ist positiv?"

„Ja, leider. Mein Vater hat gerade angerufen. Sie darf Kontakt zu Sam haben, aber wir anderen müssen uns mindestens eine Woche von den beiden fernhalten."

Colin lachte bitter. „Das ist ja der Treppenwitz der Geschichte. Ich meine, die zwei haben sich gerade getrennt!"

„Wir müssen es Coco sagen. Ich weiß nur nicht wie." Ich nahm Colins Hand. „Können wir das gemeinsam machen?"

„Klar. Es tut mit total leid für sie, aber ich muss ehrlich sagen, dass ich froh bin, dass es *uns* nicht erwischt hat."

„Ich auch." Für eine Weile lehnte ich mich an seine Schulter und wir hingen unseren Gedanken nach. Dann rafften wir uns auf, zogen die Masken über und gingen zu Coco. Auf mein Klopfen reagierte sie nicht. Also öffnete ich vorsichtig die Tür. Das Zimmer war leer. „Sie ist nicht da."

„Na, weit kann sie ja nicht sein, wir sind schließlich in Quarantäne", meinte Colin und machte sich auf den Weg zur Küche. Ich folgte ihm und sah Coco im Türrahmen stehen. Am Tisch saß Sam. Die angespannte Atmosphäre war bis in den Flur zu spüren. Mit sicherem Abstand blieben Colin und ich stehen und machten uns bemerkbar.

Coco drehte sich zu uns um. Sie war blass und wirkte verwirrt.

„Kannst du dich bitte setzen, Coco", sagte ich.

„Hä? Warum sollte ich?"

Als ich ihr stumm in die Augen schaute, wich sie bis zum Küchentisch zurück und ließ sich so weit von Sam entfernt wie möglich auf einen Stuhl fallen. Colin und ich gingen näher an die Tür. Hilflos nahm ich seine Hand. Colin straffte die Schultern und übernahm es, die schlechte Nachricht zu über-bringen. „Ticks Dad hat gerade angerufen." Coco und Sam blickten uns erwartungsvoll an.

„Es tut uns leid", er sah zu Coco, „du bist leider auch infiziert."

„Scheiße!", flüsterte sie mit Blick auf Sam.

„Alles halb so schlimm. Ich hatte ein paar Stunden Fieber, einen Tag Husten und das war´s", meinte er aufmunternd.

Cocos Blick wanderte wieder zu uns. „Was ist mit euch?"

„Wir sind negativ, Pierre auch."

Sie schlug mit der flachen Hand auf den Tisch. „Das ist total ungerecht!"

Ich überlegte, wie ich die nächste Nachricht verpacken sollte und entschloss mich, es einfach so zu sagen, wie es war. „Mein Vater sagt, dass Pierre, Colin und ich uns von euch fernhalten müssen. Ihr beiden dürft aber Kontakt haben." Sam saß bedröppelt vor einem Käsebrot, das unangetastet vor ihm lag. „Ich meine, wenn ihr wollt", fügte ich hinzu.

Coco

Tick und Colin standen Hand in Hand in der Küchentür. „Es kann doch auch sein, dass man gar keine Symptome bekommt, oder?", sagte ich.

Tick nickte. „Mein Vater hat gesagt, dass es vermutlich viele gibt, die nicht mal wissen, dass sie infiziert waren."

„Ich fühle mich nämlich total gesund."

Colin zwinkerte mir zu. „Dann gehen wir einfach davon aus, dass das so bleiben wird." Er zog Tick mit sich fort und ich war mit Sam allein. Seine Präsenz verursachte mir fast körperlichen Schmerz. Er wirkte so zerbrechlich. Ich wollte ihn berühren, ihn in den Arm nehmen, küssen. Mein Blick fiel auf das Brot, das unangetastet vor ihm stand. „Hast du keinen Appetit?"

„Nein."

„Ich hab gehört, dass man seinen Geschmackssinn verliert."

„Ist bei mir nicht so."

„Hm."

Er stand wortlos auf und verließ den Raum. Ich saß da und haderte mit meinem Schicksal. Reichte es nicht, dass die Beziehung zu Sam im Arsch war, bevor sie richtig begonnen hatte? Dass der Mann, dem ich so gerne mein Herz geschenkt hätte, eine andere liebte? Reichte es nicht, dass es mir so dreckig ging, wie nie zuvor in meinem Leben? Musste ich jetzt auch noch diese verkackte Virusscheiße durchmachen? Mein Gedankenkarussell wurde unterbrochen, als Sam zurück in die Küche kam und Geld auf den Tisch legte. Ich blickte fragend zu ihm empor.

„Mein Anteil am Halstuch für Tick, ich hatte vergessen, es dir zu geben."

„Danke."

„Außerdem sind noch ein paar deiner Klamotten in meinem Zimmer, ich leg sie dir vor die Tür."

Ich schwieg. Er wandte sich zum Gehen. „Sam?"

„Ja?" Er drehte sich nochmals um.

Warum betrügst du mich? Warum bin ich dir nicht genug? wollte ich schreien. Aber ich saß einfach nur da wie gelähmt.

„Was denn?"

Ich blickte ihm in die Augen. „Wie geht es dir?"

Mit hängenden Schultern stand er da und sah mich eine Weile schweigend an. Dann zuckte er die Achseln. „Ich bin überm Berg."

„Hast du …?" *Hast du mich schon vergessen?* wollte ich fragen, aber ich brachte es nicht über die Lippen.

„Was habe ich?"

„Hast du … Probleme mit deiner Stimme?"

Dienstag, 8. September 2020

Tick

Wir waren seit vier Tagen in Quarantäne und ich schrieb meinen Roman wie im Rausch. Ich arbeitete gerade an der Szene meiner Geburtstagsparty, als mein Handy klingelte. Ich ignorierte es jedoch.

Coco hat sich für Solveigs Lied entschieden, weil sie weiß, wie sehr ich es mag. Als sie zu singen beginnt, wird es im Garten totenstill. Sam hält bewegungslos die Würstchenzange über dem Grill, als wäre er mit ihr verwachsen. Einige Gäste sitzen mit offenem Mund am Tisch. Es gibt viele Menschen, die noch nie eine ausgebildete Opernstimme gehört haben. Die Ergriffenheit, die sich über den Garten legt, berührt mich tief. Coco schaut lächelnd zu mir her. Das Tuch, das Sam und Coco mir geschenkt haben, schmiegt sich um meine Schulter. Tränen laufen mir über die Wangen, aber es ist mir nicht

peinlich. Ich bin glücklich. Fühle einfaches, pures,
unverfälschtes Glück ...

Diese ausgelassene Sommerstimmung war noch so präsent in mir, und dennoch schien sich die Party in einem anderen Leben abgespielt zu haben. Zu Coco hielt ich per WhatsApp Kontakt. Es ging ihr wohl ganz gut, obwohl sie leider doch Symptome hatte. Sie langweilte sich zu Tode in ihrem Zimmer. Am meisten schien ihr der Gesang zu fehlen, sie wollte aber ihre Stimme schonen. Sam versorgte sie mit Essen und Getränken. Er selber war über den Berg, hatte mein Vater gesagt. Wir mussten uns trotzdem weiter von ihm fernhalten. Mein Handy klingelte erneut. Ich blickte aufs Display, die Nummer war mir nicht bekannt. „Hallo?"

„Guten Abend, hier Thun."

Den Namen hatte ich schon mal gehört, aber selbst im hintersten Winkel meines Gehirns fand ich nichts, was mir weiterhalf. „Ja?", fragte ich deshalb.

„Wir hatten bei der Vernissage das Vergnügen. Ich habe einen Ihrer Vögel erworben."

„Ach ja, ich erinnere mich." Er hatte wirklich einen Vogel gekauft!

„Könnten Sie mir freundlicherweise mit der Telefonnummer des jungen Mannes weiterhelfen, der während der Vernissage seine Geschichten vorgetragen hat."

„Pierre?"

„Wenn das sein Name ist."

Ich überlegte eine Sekunde. War die große Chance, von der Colin gesprochen hatte, gekommen? „Die Geschichten sind nicht von Pierre, er hat sie nur rezitiert."

„Dann würde ich den jungen Mann gerne nach dem Autor fragen."

Mein Herz begann zu wummern. „Die Stories habe *ich* geschrieben."

Für einen Augenblick blieb es still in der Leitung, dann hörte ich ihn Luft holen. „Das ist erstaunlich."

„Wieso?"

„Nun, Frauen fehlt es in der Literatur meist an der nötigen Tiefe."

Was für eine Frechheit! Ich wollte schon auflegen, als er fortfuhr: „aber Ihnen offenbar nicht. Ganz und gar bemerkenswert."

Ich schwieg.

Der Mann räusperte sich. „Darf ich Sie nach Ihrem Background fragen?"

Ich hatte eigentlich keine Lust an einer Fortführung des Gesprächs, antwortete aber dennoch. „Ich habe Literarisches Schreiben studiert."

„Bei diesen neumodischen Studiengängen kommt ja meist nichts Gescheites heraus."

Ich legte auf. Was für ein arroganter Idiot. Als es kurz darauf erneut klingelte, ging ich trotzdem ran. „Ja?"

„Thun. Wir wurden gerade unterbrochen. Darf ich fragen, woran Sie aktuell arbeiten, junge Frau?"

Durfte er das? „Aktuell schreibe ich einen Roman."

„Interessant. Genre?"

„Keine Ahnung."

Er lachte, was ihn einen Hauch sympathischer machte. „Worum geht es in ihrem Roman?"

Nach kurzem Zögern berichtete ich, dass ich über unsere WG schrieb.

„Ach, herrje."

Ich legte auf. Wenn der Idiot noch einmal anrief, würde ich nicht rangehen! Aber als es kurze Zeit später klingelte, tat ich es dennoch.

„Thun. Die Leitung scheint nicht stabil."

Ich schwieg.

Wieder räusperte er sich. „Darf ich fragen, wie weit Sie mit Ihrem Roman sind?"

Eigentlich wollte ich überhaupt nicht mit dem Typen sprechen, aber wenn das wirklich meine große Chance war, durfte ich sie nicht ungenutzt lassen.

„Darf ich fragen, warum Sie einen meiner Vögel gekauft haben?", entgegnete ich.

Er lachte erneut. „Er gefiel mir. Ihr Kunstwerk steht nun im Empfang meiner Agentur."

Kunstwerk! „Ich habe ungefähr dreihundert Seiten", sagte ich schnell.

„Das ist nicht wenig", sinnierte der Mann mit dem Namen Thun. Wenn ich mich recht erinnerte, war da auch noch ein *von* im Spiel.

„Auf wieviel Seiten haben Sie das Manuskript angelegt?"

„Keine Ahnung."

„Mögen Sie mir etwas über den Inhalt erzählen?"

Nein! Ich tat es dann doch. Nachdem ich geendet hatte, blieb es einen Moment still in der Leitung. Dann wieder dieses Räuspern, das mir schon vertraut vorkam. „Und wie wird Ihre Geschichte enden?", fragte Thun.

Ich gab ihm die ehrlichste Antwort, die ich geben konnte. „Keine Ahnung."

Donnerstag, 10. September 2020

Sam

Ich blickte auf die nasse Wiese im Garten. Die Zweige des Apfelbaums hingen schwer herunter vom vielen Regen. Sie wirkten auf mich wie traurige Geister. Seufzend nahm ich das Tablett mit der Suppe und trug es zu Coco. Nach einem kurzen Klopfen trat ich ein und stellte erschrocken fest, dass sie noch im Bett lag. Dabei war es schon Mittag. Die letzten Tage hatte ich sie immer im Sessel oder am Schreibtisch angetroffen. „Hey, geht es dir nicht gut?", fragte ich und stellte das Tablett auf den Tisch.

„Nur ein bisschen schlapp."

Ich trat etwas näher ran und legte meine Hand auf ihre Stirn. Es war die erste Berührung überhaupt, seitdem sie mich abserviert hatte. Am liebsten wäre ich für immer so stehen geblieben. „Fieber hast du jedenfalls nicht." Ich ließ meine Hand einfach auf ihrer Stirn liegen. Für einen Moment blieb Coco regungslos, dann stopfte sie sich ein Kissen in den Rücken und richtete sich auf. Ich nahm meine Hand weg, blieb aber in ihrer Nähe stehen. Ihren Duft hatte ich noch klar in Erinnerung. Ein warmer, sanfter, zarter Duft. Gott, ich liebte sie so sehr.

„Mann, das ist ja vielleicht ein dämliches Virus. Hast du dich auch so antriebslos gefühlt?", fragte sie träge.

„Ja, aber das vergeht. Ich habe eine Suppe gekocht. Soll ich sie dir ans Bett bringen?"

„Keinen Appetit."

Ich strich ihr sanft über die Wange. „Du solltest was essen."

„Mag nicht."

Es gab keinen Grund für mich, weiter in ihrem Zimmer zu bleiben. Aber ich wollte nicht gehen. Ich brauchte ihre Nähe. Also setzte ich mich vorsichtig auf die Bettkante und schaute sie an. „Kann ich noch was für dich tun, Coco?"

Sie schüttelte den Kopf. Ich blieb einfach sitzen. Fragend hob sie eine Augenbraue.

„Ich … ähm … hol dir noch eine Flasche Wasser."

Zögernd stand ich auf, wobei ich ihr kurz über die Hand strich.

„Es ist noch genug Wasser da. Nur für alle Fälle."

Als ich wenig später wiederkehrte, hatte sie die Augen geschlossen. Wie gerne hätte ich mich einfach zu ihr gelegt. Ich stellte die Flasche neben ihr Bett.

„Geht es dir wirklich okay? Oder soll Ticks Vater nach dir sehen?", fragte ich besorgt.

Sie öffnete die Augen. „Das ist nicht nötig. Danke, Sam. Sag mal …"

„Ja?"

„Wie ist denn eigentlich die Situation draußen? Ich bekomme gar nichts mehr mit."

„Den anderen geht es gut, sie hat es nicht erwischt."

„Und im Theater?"

„Alle sind in Panik, dass es einen weiteren Lockdown geben könnte. Die Zahlen schnellen wieder hoch."

„Dann wird nicht geprobt?"

„Nicht in der Oper."

„Das ist gut.". Erschöpft schloss sie die Augen.

Ich setzte mich auf die Bettkante und nahm ihre Hand, während sie einschlief. Lange blieb ich einfach sitzen, während Coco von wilden Träumen gequält zu werden schien. Hin und wieder legte ich ihr eine Hand auf die Stirn, um sie zu beruhigen. „Rodolfo", hörte ich sie wispern. „Ich komme zu dir."

Als das Zimmer endgültig im Dunkeln lag, stand ich leise auf, legte ein Tuch über die Stehlampe und machte sie an. Coco wurde wach und schien überrascht, mich zu sehen. Verschlafen richtete sie sich auf. „Was machst du denn hier?"

Ich lächelte verlegen. „Du warst so unruhig. Deshalb bin ich bei dir geblieben."

Wieder hob sie fragend eine Augenbraue, sagte aber nichts. Stattdessen nahm sie einen Schluck Wasser.

„Soll ich dir die Suppe noch mal aufwärmen?"

„Ich kann nichts essen, aber danke."

Zögernd setzte ich mich auf die Bettkante. „Soll ich nicht doch Ticks Dad anrufen?"

Sie schüttelte schwach den Kopf.

Ich fand einfach keinen Grund mehr, in ihrem Zimmer zu bleiben. Also stand ich auf und ging zur Tür.

„Sam?"

Ich wandte mich noch einmal um. „Ja?"

„Danke."

Colin

„Ich bin eine komplette Idiotin!" Tick sah mich so verzweifelt an, dass ich ein Lachen nicht unterdrücken konnte. „Lach nicht!", sagte sie.

Ich goss Tee ein und setzte mich an den Küchentisch. „Was ist denn überhaupt los?"

„Ich habe mich in eine Sackgasse geschrieben."

„Mit deinem Roman?"

„Ja." Tick tat Zucker in den Tee und rührte wie besessen darin herum.

„Erzähl, wo hakt es?"

Sie blickte mir in die Augen. „Es hakt nicht, Colin. Es ist vorbei. Ich kann das ganze Ding in die Tonne treten."

„Das ist doch Quatsch, Maus." Seit unserer Trennung hatte ich sie nicht mehr *Maus* genannt.

Der Name schien ihr nichts auszumachen, vielleicht fiel er ihr auch gar nicht auf. „Du hast eine Krise, wie sie für Künstler total normal ist. Die letzten Wochen lief es doch super, oder?"

Sie lachte bitter. „Ja klar, weil ich es für eine geniale Idee hielt, die Geschichte unserer WG zu erzählen."

„Das ist doch auch eine gute Idee."

Tick hielt mit dem Rühren inne und schaute mich an. „Ach ja, und wie soll ich je wissen, wann die Geschichte zu Ende ist? Soll ich etwa weiterschreiben, bis alle ausgezogen sind? Oder tot?"

„Wer ist tot?", fragte Pierre, der in ziemlich ungepflegten Klamotten in die Küche schlurfte.

Corona macht die Menschen schlampig. Guckt ja keiner, kann ich auch 'ne Jogginghose tragen. Ich blickte ihn an. „Setz dich und sag unserer überaus begabten Schriftstellerin, dass ihre Krise nur eine vorübergehende ist."

Pierre nahm Platz. Zum Glück roch er nicht so, wie er aussah. Im Gegenteil! Er schien frisch geduscht.

„Du hast nicht zufällig Lust, deine „Nudeln Spezial" zu machen?", fragte er mich.

„Ähm …"

„Sorry, ich hab nur so einen Bock auf was Warmes. Und meine nichtexistierenden Kochkünste sind legendär. Raus kann ich ja auch nicht

„Ich koch gleich was", rief Tick aus.

„Das könnte ich auch machen", bot ich an. „Aber zunächst klären wir dein Problem, das aus meiner Sicht gar keines ist."

Pierre blickte zu Tick. „Wo liegt denn das Problem?"

„Ich arbeite an einem Roman. Arbeitete, besser gesagt."

„Ich weiß, aber warum *arbeitete*?" Pierre zog die Stirn in Falten.

„Weil ich über uns schreibe ... geschrieben habe."

„Wer uns?"

„Na, unsere Wohngemeinschaft."

„What?", rief Pierre mit gespieltem Entsetzen, „dann wird ja die ganze Welt erfahren, dass ich mit Alexej ins Bett gehe. Kerle, Kerle, Kerle."

„Wird sie nicht, das Projekt hat sich erledigt."

„Wie viele Seiten hast du denn geschrieben?", fragte Pierre.

„Rund dreihundert."

„So viel? Da kannst du doch jetzt nicht einfach aufhören!"

„Meine Rede", sagte ich, stand auf und machte mich daran, einen Topf Nudeln zu kochen.

„Könnt Ihr euch an den Typen erinnern, der einen Vogel von mir kaufen wollte?"

„Dieser Schnösel auf der Vernissage?", fragte ich.

„Der hat mich vor ein paar Tagen angerufen."

Ich drehte mich vom Herd zum Tisch und schaute Tick fragend an, doch sie zuckte nur mit den Achseln.

„Und was wollte er", hakte ich nach.

Tick lachte, aber es klang nicht glücklich. „Der Kerl hat tatsächlich einen Vogel gekauft. Er hat es *Kunstwerk* genannt."

„Womit er vollkommen recht hat", sagte ich.

Überrascht schaute Pierre auf. „Hatte der nicht irgendwas mit Literatur zu tun?"

Tick rutschte auf ihrem Stuhl hin und her. „Schon, aber der Kerl ist der Obermacho." Sie erwiderte Pierres Blick. „Ich glaube, wenn *du* die Tiergeschichten geschrieben hättest, würde er sie einem Verlag anbieten."

„Und weil *du* sie geschrieben hast, tut er das nicht? Das glaubst du doch nicht wirklich? Wir leben im einundzwanzigsten Jahrhundert!"

„Das haben aber noch nicht alle begriffen, vor allem die Männer nicht", seufzte Tick. „Aber egal, jedenfalls will er unbedingt Exposé und Leseprobe meines Romans."

„Das ist doch großartig!", rief ich, wischte mir die Hände ab und setzte mich zurück an den Tisch. Pierre würde noch etwas hungern müssen.

Tick wirkte nach wie vor unsicher. „Aber woher soll ich denn jemals wissen, ob der Roman zu Ende ist?"

Pierre schaute in das Glas Wein, das er sich eingeschenkt hatte. „Kannst du den Schlusspunkt nicht einfach bestimmen?"

„Wie soll das denn gehen?"

Unser Mitbewohner hob die Schultern. „Keine Ahnung. Ich schreibe ja nicht."

Ich blickte Tick in die Augen. „Die Idee finde ich gar nicht schlecht, Maus. Du könntest doch einfach sagen, die Geschichte findet ihr Ende, wenn Coco wieder gesund ist. Oder wenn sie das erste Mal auf der Bühne steht oder etwas in der Art."

„Hm." Tick dachte nach. Ich nahm ihre Hand. „Das ist ja nur ein Konstrukt. Wenn du an dem Punkt bist und das Gefühl hast, da muss noch was kommen, dann schreibst du weiter. Wenn nicht – Finale Ultimo!"

„Vielleicht", meinte sie wenig überzeugt.

Pierre blickte mir in die Augen. „Ich hab da mal ne Frage, Colin."

„Bin schon am Herd", sagte ich eifrig und erhob mich. Er zog mich zurück auf den Stuhl und schaute erst mich und dann Tick fragend an. „Was ist jetzt eigentlich mit euch beiden?"

Tick wurde knallrot.

Pierre lehnte sich lächelnd zurück. „Mir könnt ihr es anvertrauen, ich werde schweigen wie ein Grab."

„Ähm …" Ich hatte keine Ahnung, was ich ihm antworten sollte. Tick sah auch nicht so aus, als hätte sie eine Antwort parat.

Pierres Lächeln wurde breiter. „Ihr verbringt die Nächte zusammen."

„Na und?", entgegnete ich, „geht´s dich was an?"

Er hob seine Handflächen nach außen. „Wir wohnen zusammen, schon vergessen? Also, ich sollte wissen dürfen, was hier läuft, oder?"

„Ich mach uns jetzt mal Nudeln", schob ich dem Thema einen Riegel vor, stand auf und ging zum Herd. Amadeo wurde wach und wuselte zwischen unseren Beinen herum. Tick nahm ihn auf den Schoß.

„Wenn der Mann am Herd schon nicht reden will, dann kläre du mich auf, Ticky", bat Pierre.

Ich hatte den beiden den Rücken gekehrt und tat, als suche ich nach irgendwelchen Gewürzen. Lange blieb es still. „Das bedeutet …", sagte Tick - Ich hielt den Atem an - „… dass wir wieder ein Paar sind." Ich drehte mich langsam um und grinste die beiden breit an.

„Na, dann ist der Fisch ja geputzt", sagte Pierre trocken.

Coco

„Sam?"

Er drehte sich um. „Ja?"

Bleib bei mir, hätte ich gerne gesagt. *Halt für immer meine Hand.* Aber ein anderer Gedanke drängte sich dazwischen und vernichtete jeden Wunsch nach Nähe erbarmungslos. Leonie!

„Danke", sagte ich und er schloss leise die Tür hinter sich.

Fünf Jahre ist es jetzt her. Voller Vorfreude war ich in den Semesterferien nach Hause gefahren. Doch statt einer fröhlichen Mutter, die mich wie sonst am Gartentor begrüßte, lag die Einfahrt verlassen da. Dabei hatte ich ihr meine genaue Ankunftszeit geschrieben. Zögernd ging ich die Kieseinfahrt entlang. Steine knirschten unheilvoll unter meinen Schuhen, als wollten sie mich auf etwas Böses vorbereiten. Die Hortensien, die seit jeher wie

Hüter des Hauses in Terrakottatöpfen vor der Tür standen, ließen die Köpfe hängen.

Nachdem ich die Tür aufgeschlossen und meine Sachen abgestellt hatte, hörte ich ein Geräusch. Es kam aus der Küche. „Mama?", rief ich, „ich bin da!" Keine Antwort. Mit klopfendem Herzen betrat ich den Raum. Am Küchentisch saß meine Mutter. Zusammengesunken, den Kopf in den Händen, nachlässig gekleidet. So hatte ich sie noch nie gesehen. Sofort war mir klar, dass etwas Schlimmes passiert sein musste. „Mama?", meine Stimme klang fremd. „Was ist los?"

Sie blickte nicht einmal auf. Ich schlang meine Arme um sie. „Ist was mit Papa?" *Bitte, lieber Gott, mach, dass es meinem Vater gut geht*, betete ich. Meine Mutter schwieg. Ich schüttelte sie. „Sprich mit mir! Was ist passiert?"

„Setz dich, Coco."

Ich setzte mich ihr gegenüber und blickte sie an. Meine schöne, stolze Mutter war nur noch ein Schatten ihrer Selbst. „Was ist los?", fragte ich erneut. Da blickte sie endlich auf. Die Augen rotgeweint, das Gesicht fleckig, das Haar wirr.

„Ist er tot?" Meine Stimme zitterte genauso unkontrolliert wie mein ganzer Körper. Ich dachte an einen Autounfall oder Herzinfarkt.

Meine Mutter sah mich mit leerem Blick an. „Was?"

„Papa? Ist er tot?" Ich konnte nicht mehr atmen.

„Niemand ist tot."

Erleichtert stieß ich die Luft aus. „Mein Gott, was für ein Glück."

„Ich wünschte, er wäre es."

„Mama! Was ist denn nur los?"

Und dann erzählte sie es mir. Mein Vater hatte eine Geliebte, schon seit längerer Zeit. Und diese Frau – natürlich blutjung, wie Mama verächtlich anmerkte – war schwanger. Hochschwanger, um genau zu sein.

Mein Vater verließ uns damals nicht. Er entschied sich, nach einem Ultimatum meiner Mutter für uns.

Ich habe einen Halbbruder, den ich nicht kenne. Angeblich hat mein Vater keinen Kontakt mehr zu der Frau und seinem Sohn, was ich aber nicht glaube. Natürlich wusste die komplette Opernszene Bescheid. Ich werde ihm nie verzeihen, was er meiner Mutter angetan hat. Damals habe ich mir geschworen, dass mich kein Mann jemals so verletzen wird. Und daran werde ich mich halten, bis ich sterbe.

Erschöpft sank ich in die Kissen. Meist gelang es mir ganz gut, diese Zeit zu vergessen. Aber hier - krank in diesem Zimmer liegend - drängten die Geister der Vergangenheit zurück ans Licht. Und ich war zu schwach, ihnen Paroli zu bieten.

Freitag, 11. September 2020

Colin

Ich strich Tick die Locken aus dem Gesicht und küsste ihre Stirn. Draußen prasselte der Regen einen Takt an die Scheibe, den nur er verstand. Kurz nach dem Aufwachen fand ich Tick am schönsten. Entspannt wie ein junges Kätzchen. Man war versucht, ihr eine Schale Milch hinzustellen.

„Guten Morgen", sagte sie lächelnd.

„Hallo, Maus." Ich kuschelte mich an sie und sog ihren Duft ein. „Uns geht es so gut."

„Ja", seufzte sie. „Im Gegensatz zu Coco und Sam."

„Die sind auch bald wieder gesund."

Tick zog die Stirn kraus. „Aber trotzdem unglücklich."

„Meinst du, die kommen wieder zusammen?", fragte ich. Alles andere wäre echt schwierig. Sowohl für die beiden, als auch für uns.

„Keine Ahnung, ich weiß ja nicht mal, was zu ihrer Trennung geführt hat."

Ich zog Tick enger an mich. „Genau wie ich nicht weiß, was damals zu *unserer* Trennung geführt hat."

Tick schwieg. „Weißt du es noch, Maus?", fragte ich nach einer Weile.

Sie sah mir in die Augen. „Ich weiß nur, dass irgendwas fehlte."

„Und jetzt fehlt es nicht mehr?" Ich hatte Angst vor ihrer Antwort.

Wieder schwieg sie lange, dann sah sie mich grinsend an. „Irgendwann hatte ich das Gefühl, wir leben hier wie ein altes Ehepaar. Mit Kuckucksuhr und Winkekatze."

Ich musste lachen. „Ich schmeiße den Scheiß raus, sobald ich aufgestanden bin, versprochen."

Sie lachte ebenfalls. „Mir gefällt das Leben, so wie es jetzt ist. Mit Pierre, der mir anfangs echt auf den Keks gegangen ist - weißt du noch, sein Beerdigungsunternehmer? - mit Coco, die ich furchteinflößend fand und mit Sam, der so ist wie du."

Ich setzte mich auf. „Sam ist wie ich? Das ist nicht dein Ernst!"

Sie lächelte. „Ihr zwei seid euch sehr ähnlich. Nur dass er eben ein Weißbrot ist."

„Ach ja, und was bin ich dann?"

„Tja, lass mich nachdenken. Ein Schwarzbrot?" Sie grinste frech. „Diese leckeren Schaumküsse, die man nicht mehr so nennen darf, wie man sie in meiner Kindheit nannte, würden allerdings noch besser passen. Soooo süüüüüüß!"

Ich kitzelte sie durch. „Du bist ziemlich frech, Maus!" Sie kicherte, bekam einen Hustenanfall und trank einen Schluck Wasser. Dann sah sie mich mit ernsterem Gesichtsausdruck an. „Ich glaube, dieses Haus brauchte einfach mehr Menschen. Es war zu groß für uns zwei. Es fühlte sich - unbewohnt."

Ich strich ihr sanft über die Wange. „Das Haus fühlte sich unbewohnt?"

„Ganz genau." Energisch stand sie auf und schnappte sich ihre Klamotten. „Und nun hat es fünf Leute und einen Hund. Genau richtig für ein Haus." Sie zwinkerte mir zu. „Obwohl …"

Tick stand in Slip und Micky-Mouse-Shirt an der Tür, die Hand schon auf der Klinke.

„Obwohl was?", fragte ich.

Sie legte ein Ohr an die Wand und tat, als höre sie dem Haus dabei zu, wie es ihr eine Geschichte erzählte. Dann zwinkerte sie mir wieder zu. „Eindeutig!"

„Was denn?"

Sie lächelte. „Dem Haus fehlen noch ein paar Kinder." Damit war sie aus der Tür.

Ich lehnte mich zurück in die Kissen und musste schmunzeln. Darauf lief das also hinaus. Nun ja, warum eigentlich nicht?

Pierre

Irritiert blieb ich in der Küchentür stehen. Colin schmiss wahllos Zeugs in eine Umzugskiste. „Ziehst du aus?"

Bitte nicht auch das noch! Die Spannungen zwischen Coco und Sam waren schon mehr, als einer Wohngemeinschaft zugemutet werden sollte. Und Corona kam ja noch als Bonustrack obendrauf.

Colin lächelte mich an. „Keine Angst, ich räume nur auf."

Erleichtert ging ich zur Kaffeemaschine. „Soll ich gleich eine ganze Kanne kochen?"

„Sehr gute Idee."

„Willst du das etwa wegschmeißen?" Ich deutete auf das goldene Ding, das zu manchen Zeiten winkte und zu anderen nicht. Bislang hatte ich nicht rausgefunden, wann es winken durfte.

„Yep." Er schmiss es in hohem Bogen Richtung Karton, ich fing es auf. „Nehm ich."

Colin sah mich mit hochgezogenen Augenbrauen an. „Nicht dein Ernst?"

„Ich mag es."

„Aber es verschwindet aus der Küche."

„Klaro. Alexej hat bald Geburtstag", ich hielt das Goldding in die Luft, „und jetzt hab ich ein Geschenk für ihn. Wie geht es Tick?" Ich goss Wasser in die Kaffeemaschine. Bei der Menge des Kaffees war ich immer etwas unsicher. Noch einen Löffel. Besser zu stark als zu schwach.

„Die duscht." Colin schaute mich an. „Und es geht ihr gut. Danke, Pierre."

„Ähm, wofür?" Ich setzte mich auf den blauen Stuhl. Irgendwie war mir die Farbe am sympathischsten. Den gelben versuchte ich zu vermeiden. Er hatte was aggromäßiges.

Colin machte sich an der Kuckucksuhr zu schaffen. „Du hast für Klarheit gesorgt. Zwischen Tick und mir."

Kaffeeduft erfüllte den Raum, die Maschine blubberte entspannt vor sich hin. Irgendwie erinnerte mich das Geräusch an die Küche meiner Kindheit. „Sag mal, Colin …"

„Ja?"

„Kann ich die Kuckucksuhr auch haben?"

Colin blickte mich erstaunt an, dann schüttelte er grinsend den Kopf. „Schwabe durch und durch", meinte er lachend.

Mein Handy klingelte. Ich wechselte ein paar Worte, dann wandte ich mich wieder Colin zu. „Sam fragt, ob er in die Küche kommen darf. Es ist jetzt eine Woche her. Er müsste sich eigentlich noch einen Tag von uns fernhalten …"

„Klar, das Weißbrot soll ruhig kommen."

Wenig später betrat Sam die Küche. Er wirkte schmal.

„Guten Morgen", sagte ich und blickte ihn aufmunternd an. Sam hob nur die Hand zum Gruß und setzte sich auf den gelben Stuhl. „Gibt es schon Kaffee?"

„Läuft grad durch. Wie geht's?" Ich war nicht sicher, ob ich die Antwort hören wollte.

„Geht so." Er sah aus dem Fenster. „Was für ein Scheißwetter."

Ich folgte seinem Blick. Das Wasser schoss in Bächen aus der Regenrinne. Ich fand es irgendwie gemütlich.

Colin wusch sich die Hände und setzte sich zu uns. Nachdenklich blickte er Sam an. „Sag mal, was ist eigentlich los mit dir und Coco?"

Sam wirkte erstaunt. „Wieso?"

„Sag du es mir, Weißbrot."

Sam zuckte mit den Schultern. „Sie ist krank, ich versorge sie." Er schaute aus dem Fenster. „Sonst darf ja niemand zu ihr."

Ich füllte drei Becher mit Kaffee und stellte sie samt Milch und Zucker auf den Tisch. Das würde jetzt ein Gespräch unter Männern werden, das starker, koffeinhaltiger Unterstützung bedurfte.

Colin nahm einen Schluck. „Du weißt genau, dass ich das nicht gemeint habe", sagte er sanft.

Ich hatte das Gefühl, dass Sam jeden Moment in Tränen ausbrechen könnte. Also legte ich ihm eine Hand auf die Schulter. „Warum seid ihr nicht mehr zusammen, Sammy? Was ist bei der Vernissage passiert?"

Er wischte sich über die Augen, aber noch hielt er durch. „Es ist überhaupt nichts passiert, das ist es ja gerade."

Colin blickte ihn erstaunt an. „Coco hat dir nicht gesagt, warum sie abgehauen ist?"

Sam schüttelte den Kopf. Nun lief ihm doch eine Träne über die Wange. „Ich nehme an, ihr ist klar geworden, was für ein Wicht ich bin."

„What?" Ich schaute ihn erstaunt an. „Sammy! Wie um Himmels Willen kommst du denn auf *den* Blödsinn?"

Sam rutschte verlegen auf dem Stuhl hin und her. Er hätte sich auf den roten setzen sollen. Dann blickte er mich traurig an. „Es gibt keine andere Erklärung, Pierre. Zwischen uns war alles okay.

Dann gehen wir auf die Vernissage, Coco erlebt mich mit meinen lächerlichen Affenbildern, und ihr wird klar, dass ich nicht ihre Kragenweite bin. Und das war´s."

„Nie im Leben!", meinte Tick, die mit feuchten Haaren in der Küchentür stand.

Coco

Es klopfte und ich wusste, dass es nur Sam sein konnte. Also richtete ich mich auf und strich mir das Haar aus dem Gesicht, bevor ich *Herein* rief. Ich hatte die Nacht durchgeschlafen und sogar ein bisschen Hunger. Das wertete ich als Zeichen, über dem Berg zu sein. Sam steckte seinen Kopf durch die Tür. „Darf ich reinkommen?"

„Klar, komm nur." Ich versuchte mich an einem Lächeln. „Allerdings sollte deine erste Handlung das Öffnen des Fensters sein, sonst erstickst du." Sam stellte ein Tablett auf den Tisch und öffnete das Fenster. Draußen prasselte der Regen auf den Gartentisch. „Es regnet", sagte ich wenig originell.

„Schon die ganze Nacht." Er brachte mir das Tablett ans Bett. „Ich habe dir Ingwertee gemacht und ein Müsli."

„Danke." Ich trank einen Schluck Tee. Beinahe hätte ich mich an dem viel zu heißen Getränk verbrüht.

„Wie geht es dir heute?", fragte er.

„Besser."

„Das freut mich. Darf ich mich kurz setzen?"

Als ich nickte, holte Sam sich einen Stuhl ans Bett, setzte sich und saß schweigend da.

„Wie geht es den anderen?", fragte ich nach einer Weile.

Er blickte mir nicht in die Augen. „Pierre hat Angst, dass es einen zweiten Lockdown gibt. Aber das glaube ich nicht."

Ich schaute auf mein Handy. „Mensch, nächste Woche ist ja schon Spielzeitbeginn."

„Ja."

„Hoffentlich bin ich bis dahin wieder fit."

„Sicher." Er nestelte an einem Faden herum, der sich an seiner Jeans gelöst hatte.

„Ich habe eine ganze Woche verpasst. Vielleicht kann ich morgen mit einem leichten Stimmtraining beginnen."

„Bestimmt." Der Faden schien Sams volle Aufmerksamkeit zu beanspruchen.

„Ist noch was, Sam?", fragte ich nach einer Weile kühl.

Da schaute er mich endlich an. Dieser melancholische Blick, mit dem er mich um den Finger hatte wickeln können, traf mich noch immer bis ins Mark.

„Ja, es ist noch was", sagte er leise.

Ich versuchte, so cool wie möglich zu wirken, konnte aber nicht verhindern, dass mein Herz wie wild zu klopfen begann. Würde er mir jetzt beichten, dass es eine andere gab? Und wie sollte ich darauf reagieren?

Sam schaute mich an und suchte nach den richtigen Worten. Mein Mund wurde trocken, schnell trank ich einen Schluck Tee. Er hatte jetzt die richtige Temperatur.

„Wa- warum hast du die Ver- Vernissage verlassen, Coco?" fragte Sam nach einer Weile stotternd. Was sollte ich darauf antworten? Ich entschied mich für die Wahrheit. Irgendwann musste es ja ohnehin raus. „Wegen Leonie", erwiderte ich und beobachtete, wie er erschrocken zusammenzuckte. Erwischt, mein Freund! „Die dich so sehr vermisst", fügte ich höhnisch hinzu.

Ich lag im Bett, trank Tee, tat, als würde mich die Situation völlig kalt lassen, und beobachtete Sam, der jetzt wieder zu Boden blickte. Seine Schultern zuckten. Sollte er ruhig heulen, Mitleid konnte er von mir nicht erwarten. Er presste sich die Hand vor den Mund, das Zucken der Schultern nahm zu. Was für ein Schauspieler.

Dann blickte er mich endlich an. Und begann schallend zu lachen.

Sam

Es war eine Übersprungreaktion. Ich konnte einfach nicht aufhören zu lachen. Mann, wie sollte ich aus *der* Nummer wieder rauskommen? Immerhin war Coco krank und nun musste sie das Gefühl bekommen, ich würde sie auslachen. Doch ich konnte mich einfach nicht beruhigen. Ich lachte und lachte, während Cocos Gesicht sich immer mehr verfinsterte. Deshalb stand ich auf und ging in ihrem Zimmer auf und ab, holte ein paarmal tief Luft, was mich tatsächlich wieder runter brachte. Als ich erneut in Cocos Gesicht blickte, war es verschlossen wie eine gut behütete Schmuckschatulle. Ich setzte mich zurück auf den Stuhl und wollte Cocos Hand nehmen, doch sie ließ es nicht zu. „Woher weißt du von Leonie?", fragte ich vorsichtig. Sie antwortete nicht.

Eine Weile hörte ich dem Regen zu, der etwas gefunden hatte, auf dem er herumtrommeln konnte. „Ist auch egal, woher du es weißt." Sie hielt meinem Blick stand. Ihre Augen kalt wie dunkle Waldseen.

„Leonie ist meine Schwester."

Ihr Gesichtsausdruck war hart und unerbittlich. „Das kannst du deinem Frisör erzählen, Sam."

Ich lächelte sie an. „Ich erzähle es aber dir."

Coco schwieg, betrachtete mich aber unverwandt. Ihre weit hervorstehenden Schlüsselbeine schoben sich mir in den Blick.

Nun musste ich meinen ganzen Mut zusammennehmen und ihr reinen Wein einschenken. Ich holte Luft…

„Ich komme aus völlig anderen Verhältnissen als du, Coco. Meine Mutter arbeitet als Putzfrau. Meinen Erzeuger habe ich nie kennengelernt. Meine Mum hat alles dafür getan, dass aus uns was wird. Sie war so stolz, als ich das Abitur geschafft habe. Als Erster in der Familie." Cocos Blick wurde weicher, aber vielleicht bildete ich mir das auch nur ein. „Leonie hat es nicht so gut getroffen. Sie lebt in einer Klinik. Leider.“

„Was für einer Klinik?“

„Einer geschlossenen Anstalt in Hamburg. Sie ist früh mit Drogen in Berührung gekommen.“

Coco schwieg, aber nun waren ihre Züge deutlich weicher. Ich nahm ihre Hand, und sie ließ es geschehen.

„Deshalb habe ich in Hamburg studiert. Damit ich mich um meine Schwester kümmern kann. Ich kann das nicht alleine meiner Mum überlassen.“

Coco drückte meine Hand. „Warum hast du mir das nicht früher erzählt, Sam?“

Ja, warum eigentlich nicht? Lange saß ich einfach da und streichelte ihre Hand. Dann blickte ich ihr in die Augen. „Ich glaube, ich habe mich einfach für meine Herkunft geschämt.“

Sie schüttelte den Kopf, dann zog sie mich lächelnd an sich. Als ich sie vorsichtig umarmte, merkte ich, wie dünn sie geworden war. Ich konnte die Tränen nicht länger unterdrücken. Mein Geschluchze mischte sich mit ihrem Lachen und irgendwann war es egal, wer welchen absurden menschlichen Laut von sich gab.

Als ich mich irgendwann widerstrebend von ihr löste, entdeckte ich unter all der Blässe ihres schönen Gesichts ein glückliches Lächeln. „Es ist ganz egal, woher man kommt“, sagte sie und strich mir übers Haar, „jede Familie hat ihre Leichen im Keller, das kannst du mir glauben.“

Tick

Soeben schrieb ich die Szene der Vernissage, in der sich ein verrückter und leider sehr arroganter Literaturagent für einen meiner Vögel interessierte, als ich ein lautes Lachen hörte. Es kam aus Cocos Zimmer und klang hysterisch. Ich schrieb weiter, doch das Lachen hörte einfach nicht auf. Was war da los? Ich konnte meine Neugier nicht im Zaum halten. Also ging ich in den Flur und stieß auf Pierre, der vor Cocos Tür stand und mir mit einem Finger an den Lippen zu verstehen gab, leise zu sein. Auf Zehenspitzen schlich ich zu ihm hin. Das war absolut unmöglich! Wir konnten doch nicht einfach an einer fremden Tür horchen! Ich blieb stehen und hielt den Atem an. Drinnen hörten wir schrilles Lachen. Was hatte das zu bedeuten? Ich schaute Pierre fragend an und Pierre schaute ebenso fragend zurück. Nach einer Weile verebbte das Lachen und wir hörte Sam sprechen, verstanden aber kein Wort. Ich wandte mich ab, aber Pierre hielt mich am Handgelenk fest. Ich gab ihm mit den Augen zu verstehen, dass wir das nicht machen durften, aber er grinste bloß frech. Sekunden lang kämpfte der Anstand gegen die Neugier in mir. Dann redete ich mir erfolgreich ein, dass ich nur um das Wohl meiner Freunde besorgt war und blieb stehen.

Später, zurück in meinem Zimmer, legte ich die Szene der Vernissage beiseite und schrieb auf, was ich soeben erlebt hatte.

Ich gebe ihm mit den Augen zu verstehen, dass wir das nicht machen können, aber er grinst bloß frech. Sekunden lang kämpfen in mir Anstand und Neugier miteinander. Dann rede ich mir erfolgreich ein, dass ich nur um das Wohl meiner Freunde besorgt bin und bleibe stehen. Wir hören Sam leise sprechen, dann ist es eine Weile still. Wieder will ich in mein Zimmer zurück, wieder hält Pierre mich fest. Dann hören wir Sam schluchzen und sehen uns besorgt an. Coco lacht nun. Wie ist das zu deuten? Pierre geht in die Knie. Das wird er jetzt nicht tun! Doch, er tut es. Er schaut tatsächlich durchs Schlüsselloch. Das geht wirklich zu weit! Ich wende mich ab, bin schon fast in meinem Zimmer, als Pierre meine Hand nimmt, mich in die Küche zieht und grinsend die Tür hinter uns schließt.

„Was ist?", frage ich.

„Alles paletti", antwortet er.

„Wie meinst du das?", frage ich.

Er lächelt mich an. „Das junge Glück ist wieder vereint. Die beiden liegen sich in den Armen."

Wenn ich das so schreibe und mein Buch eines Tages veröffentlicht wird, dann wissen Sam und Coco, dass wir sie belauscht haben. Mehr als das. Pierre hat sie beobachtet. Und auch noch durchs Schlüsselloch! Peinlicher geht's ja kaum. Ich lasse die Szene dennoch erstmal stehen, streichen kann ich sie immer noch. Draußen regnet es unverdrossen weiter, aber es stört mich nicht. Coco und Sam sind wieder zusammen. Das berührt mich mehr, als ich gedacht hätte. Noch ein paar Tage, dann wird Coco wieder ganz gesund sein und wir sitzen alle zusammen um den Küchentisch herum und genießen Colins Soulfood. Das wird schön.

Samstag, 12. September 2020

Sam

Als ich erwachte war es stockdunkel. Etwas hatte mich geweckt. Nur was? Ich brauchte einen Moment, um zu begreifen, dass ich nicht in meinem Zimmer, sondern neben Coco im Bett lag. Ein unglaubliches Glücksgefühl durchströmte mich. *Wir gehören zusammen.* Das hatte sie gesagt, kurz bevor wir eingeschlafen waren. Ja, wir gehören definitiv zusammen. *Ich lass dich nie mehr gehen!* Sie hustete leise, während ich mich wohlig an ihren warmen Körper schmiegte. Ganz sanft, um sie nicht zu wecken, küsste ich ihren heißen Nacken. Wieder ein leises Husten. Ich tastete nach ihrer Stirn. Die war feucht und heiß. Leise stand ich auf und suchte so lange nach dem Schalter der Stehlampe, bis ich ihn fand. Ein sanftes Licht ergoss sich ins Zimmer. Coco war unruhig. Ihr Gesicht wirkte gerötet, aber es konnte natürlich sein, dass die Beleuchtung mir einen Streich spielte. Auch als ich meine Hand auf ihre Stirn legte, wurde Coco nicht wach. Mir war sofort klar, dass sie Fieber hatte.

Im Bad fand ich in einem Medizinschränkchen, dem ich bislang keinerlei Aufmerksamkeit geschenkt hatte, ein Thermometer. Zurück in Cocos Zimmer, hob ich vorsichtig die Bettdecke an und schob es ihr in die Achselhöhle. Dass sie auch davon nicht wach wurde, beunruhigte mich. Ihr Husten wurde heftiger.

Wie lange brauchte so ein dämliches Gerät, um die genaue Temperatur anzuzeigen? Ich hatte keine Ahnung. Also setzte ich mich in den Sessel, wartete und hörte dabei ihrem rasselnden Atem zu, während sich eine unheilvolle Ahnung in mir breitmachte. Ich wartete länger als nötig - aus Angst vor dem Ergebnis. Was sollte ich tun, wenn das Fieber zu hoch war? Was genau war überhaupt zu hoch? Aufgeregt googelte ich dieser Frage hinterher, bevor ich ans Bett ging und Coco sanft von dem Thermometer befreite. Ihr Arm kam mir dünner vor. Sie war sehr unruhig, weshalb ich ihr besänftigend meine Hand auf die Stirn legte. „Rodolfo", flüsterte sie.

Ich stand da und wagte nicht, mich mit dem Ergebnis zu konfrontieren. Wenn ich das Ding in meiner Hand zurück ins Bad bringen würde, ohne auf die Anzeige zu schauen, könnte ich mich einfach wieder ins Bett legen und einschlafen. Coco würde in ein paar Stunden frisch und gesund neben mir erwachen.

Ich schaute auf das Thermometer und erschrak. Sollte ich Tick wecken? Oder einen Notarzt rufen? Mitten in der Nacht? Mit dem Thermometer in der Hand ging ich in den Flur, ratlos, was zu tun war.

Dann klopfte ich leise an Ticks Tür. Keine Reaktion. Ich klopfte lauter. Nichts. Vorsichtig öffnete ich und rief ihren Namen. Ich tastete an der Wand nach dem Lichtschalter. Das Bett war leer. Also klopfte ich bei Colin, der kurze Zeit später öffnete und mich verschlafen ansah. „Ist Tick bei dir?“, fragte ich leise.

„Was ist los?“

„Coco hat hohes Fieber.“

Colin schaute mich erschrocken an. „Wir sind gleich da.“ Er schloss die Tür hinter sich, während ich zurück zu Coco eilte. Sie wälzte sich unruhig im Bett, wurde aber nicht wach, als ich sie zu beruhigen versuchte. „Ganz ruhig, Coco. Ich bin bei dir.“

„Rodolfo? Ich sterbe nun.“

„Coco, kannst du bitte wach werden“, rief ich und schüttelte sie. Dann standen Tick und Colin in der Tür. Sie trugen die obligatorischen Masken. „Was ist los?“, fragte Tick leise.

„Sie hat Fieber.“ Ich reichte Tick das Thermometer und beobachtete ihren Gesichtsausdruck, als sie draufschaute. Tick wirkte schockiert.

„Wir machen Wadenwickel“, sagte sie und ging gefolgt von Colin in die Küche.

Ich blieb bei Coco. „Alles wird gut“, sagte ich und streichelte mit pochendem Herzen ihre Hand.

Wenig später waren unsere zwei Freunde mit feuchten Tüchern zurück. Tick gab mir von der Tür aus Anweisungen. Die beiden durften Coco nicht nahekommen.

„Das wird ein kleiner Schock werden, die Tücher sind sehr kalt. Damit bekommen wir das Fieber aber sicher schnell runter", sagte Tick. Coco zeigte keinerlei Reaktion, als ich ihr die Wickel um die Unterschenkel legte. In Ticks Miene ließ sich nicht ablesen, ob das ein schlechtes Zeichen war. Dann standen wir da und warteten.

„Danke", sagte ich und schaute die beiden an.

„Das ist das Mindeste, was wir tun können", meinte Tick und schaute auf die Uhr. „Noch ein paar Minuten, dann solltest du Fieber messen."

„Warum wird sie nicht wach?", fragte ich mit belegter Stimme.

Tick blickte unsicher. „Das weiß ich nicht, Sam."

Die Zeit schlich im Schneckentempo dahin. Colin und Tick blieben in der Nähe, während ich Cocos Hand hielt. Dann waren die drei Minuten vorbei. Endlich. Ich schaute aufs Thermometer. Meine Hände zitterten derart, dass ich das Ergebnis nicht erkennen konnte. Mit der linken hielt ich das Handgelenk meiner rechten Hand fest. Und dann begriff ich. Das Fieber war weiter gestiegen. Erschrocken reichte ich Tick das Thermometer. Sie warf einen Blick drauf und sagte: „Ich rufe meinen Vater an."

„Oh Gott, geht es Coco so schlecht?" Mein Herz raste.

Ohne ein weiteres Wort lief Tick in ihr Zimmer. Kurze Zeit später war sie mit dem Handy am Ohr zurück. Es klingelte lange, bevor jemand ran ging. Tick schilderte die Situation mit einer Ruhe, die mich rasend machte. Ich selber stand hilflos da, am ganzen Körper zitternd. Colin legte mir einen Arm um die

Schulter. „Du solltest dir was anziehen, Sam." Ich nickte, ging in mein Zimmer und zog irgendwas über. Falls Coco ins Krankenhaus musste, konnte ich sie schlecht in Unterhose begleiten.

Meine beiden Freunde setzten sich in die Küche und warteten auf Ticks Vater. Ich ging zurück zu Coco und hoffte auf ein Wunder. Doch es hatte sich nichts geändert. Sie lag da, ihre Stirn heiß wie eine Herdplatte. „Bitte, bitte, lieber Gott, lass sie schnell wieder gesund werden", flehte ich. Ich hatte noch nie an Gott geglaubt.

Ungefähr fünfzehn Minuten später läutete es. Dann stand Ticks Vater im Zimmer. Er trug wieder die Schutzkleidung, die er auch bei den Tests getragen hatte. „Lassen Sie mich bitte mal mit der jungen Dame allein", sagte er.

Ich blickte ihm in die Augen. „Danke, dass Sie gekommen sind. Coco muss schnell wieder gesund werden!"

Er legte etwas Zuversicht in seinen Blick, scheuchte mich mit einer Kopfbewegung aus dem Zimmer und schloss die Tür. Mir blieb nichts anderes übrig, als zu meinen Freunden in die Küche zu gehen. Colin lächelte. „Mach dir keine Sorgen, Sam."

Doch ich machte mir wahnsinnige Sorgen.

Tick legte eine Hand auf meine Schulter. „Soll ich dir einen Tee machen?"

Ich schüttelte den Kopf. Coco sollte wieder gesund werden, das war alles, was jetzt zählte.

Dann stand Ticks Vater in der Tür. Ich konnte kaum atmen. Er blickte uns mit seinen ruhigen, freundlichen Augen an. „Sie muss ins Krankenhaus, ich habe schon einen Wagen gerufen."

Ich sprang auf. „Was genau hat sie denn?"

„Das wird man im Krankenhaus herausfinden. Dort ist sie in besten Händen, machen Sie sich bitte keine Sorgen, Sam."

„Ich fahre mit."

„Das wird leider nicht gehen", meinte Ticks Vater bedauernd.

„Was? Warum nicht? Natürlich fahre ich mit! Coco ist meine Freundin!"

„Setzen wir uns einen Moment." Er deutete auf den Stuhl, auf dem ich eben noch gesessen war. Erneut setzte ich mich hin. Ticks Dad setzte sich mir gegenüber und legte seine Hand, die in einem Latexhandschuh steckte, auf meine. „Sam, wegen der Corona-Pandemie darf derzeit niemand ein Krankenhaus betreten, es sei denn er ist Patient. Nicht einmal die engsten Angehörigen dürfen rein. Es tut mir leid, aber so sind leider die Regeln."

„Das akzeptiere ich nicht!"

„Sam", mischte Colin sich ein, „immer schön cool bleiben."

Ich stand langsam auf. Meine Glieder fühlten sich an, als seien sie mit Blei ausgegossen.

In Cocos Zimmer setzte ich mich auf die Bettkante Vorsichtig nahm ich sie in die Arme. Sie wirkte zerbrechlich wie ein neugeborenes Fohlen. Ihr Körper glühte vom Fieber. „Du bist die Liebe meines Lebens", flüsterte ich ihr ins Ohr. „Das darfst du nie vergessen. Werde ganz schnell wieder gesund." Ich hielt sie im Arm, bis Ticks Vater mit zwei Sanitätern im Zimmer stand und mich sanft aus der Umarmung löste.

Sonntag, 13. September

Colin

Wir hatten noch eine Weile schweigend in der Küche gesessen. Sam nervös an der Unterlippe kauend, Tick und ich mit sorgenvollen Blicken, die wir uns heimlich zuwarfen. Nachdem Ticks Dad gegen fünf Uhr morgens angerufen hatte, um zu wiederholen, dass Coco im Krankenhaus in den besten Händen sei, waren wir - nicht ohne uns vorher zu versichern, dass eine Mütze voll Schlaf jetzt genau das richtige wäre - in unseren Zimmern verschwun-den. Keine Ahnung, ob jemand geschlafen hatte. Ich jedenfalls hatte kein Auge zugetan und saß nun müde wie nach einer zehnstündigen Bahnfahrt ohne Schlafabteil in der Küche, unfähig auch nur die Kaffeemaschine anzustellen, unfähig die Angst abzuschütteln. Angst, dass es uns auch noch erwischen könnte. Dieses verdammte Virus! Sorge um Coco und Sam. Sorge um unser aller Leben. Wie konnte es sein, dass ein ganz normaler Alltag mit ganz normalen Alltagssorgen in so kurzer Zeit derart kippen konnte? Dass wir in einen Zustand geraten waren, der einem Krieg gleichkam? Nun ja, jedenfalls einem absoluten Ausnahmezustand.

Wir setzten Masken auf, wenn wir Einkaufen gingen. Monatelang waren Clubs und Bars geschlossen gewesen. Alles war zum Erliegen gekommen, uns und unseren Freunden war zunehmend die Decke auf den Kopf gefallen, und nun, wo sich alles wieder etwas normaler anzufühlen begann, war unsere Wohngemeinschaft betroffen. Das durfte einfach nicht wahr sein!

Ich warf einen Blick in den Garten. Die Bäume waren schwer vom Regen der letzten Tage.

Pierre kam in den Hof geradelt. Achtlos lehnte er das Rad an die Wand des Clark. Er war vermutlich ein wenig rumgefahren, um mal was anderes zu sehen als seine WG-Genossen. Gewohnheitsmäßig blickte ich zur Kuckucksuhr und brauchte einige Sekunden, um zu realisieren, dass nur noch ein blasser Fleck bezeugte, dass es sie einmal gegeben hatte. Ich wusste nicht im Entferntesten, wie spät es war. Der verhangene Himmel half mir nicht weiter. Es hätte ebenso gut früher Morgen als auch später Nachmittag sein können.

Ich öffnete die Hintertür für Pierre, der mit einem fröhlichen *Guten Morgen* hereinspazierte.

„Morgen Pierre. Sag mal, wie spät ist es?"

„Viel zu spät!", rief Sam, der in zerknitterten Klamotten in der Küchentür stand. „Ich muss sofort zu ihr!"

Pierre blickte mich verwundert an. „Coco ist gestern nacht ins Krankenhaus gekommen", sagte ich. „Sie hatte Fieber. Aber es geht ihr sicher schon wieder besser", fügte ich schnell hinzu.

„Oh." Pierre setzte sich auf einen Stuhl. „Shit."

„Ja. Aber wir sollten jetzt alle die Ruhe bewahren." Ich wandte mich zu Sam, der hektisch in einer der Schubladen wühlte. „Was suchst du denn, Weißbrot?"

„Die Autoschlüssel. Kann ich deinen Wagen haben?"

„Klar. Aber man wird dich nicht zu ihr lassen. Du hast doch gehört, was Ticks Dad gestern Nacht gesagt hat."

Pierre stand auf, legte Sam einen Arm um die Schulter und bugsierte ihn sanft auf einen Stuhl. „Ich mach uns mal einen ordentlichen Kaffee und du erzählst, was genau passiert ist, Sammy."

Sam war völlig durch den Wind. Nervös rutschte er auf dem Stuhl hin und her. Er sah aus als hätte er in seinen Klamotten geschlafen.

Ich stupste ihn an. „Komm mal ein bisschen runter. Wir trinken einen Kaffee und dann fahre ich dich. Du bist mir zu hibbelig. Und meine Karre war teuer."

„Hat Ticks Vater noch mal angerufen?", fragte Sam und schaute mich mit flackerndem Blick an. Ich schüttelte den Kopf und fragte Pierre noch einmal nach der Uhrzeit. „Halb zwölf", meinte der und füllte Kaffeepulver in die Maschine.

„Ticks Dad wird noch schlafen, Sam. Es war fast fünf, als man Coco ... geholt hat." Sam barg den Kopf in Händen. Zu meiner Bestürzung begann er hemmungslos zu weinen. Wenn Tick doch nur da wäre! Aber die schlief vermutlich noch.

Zum Glück war Pierre jetzt mit der Kaffeezubereitung fertig und setzte sich zurück an den Tisch. Wir ließen ihn weinen. Als sein Schluchzen abebbte, legte Pierre ihm eine Hand auf die Schulter und fragte erneut, was denn genau geschehen sei.

Sam blickte auf. Ich bewunderte ihn dafür, dass er sich seiner Tränen nicht schämte. Aber vielleicht stand er auch einfach nur total neben sich.

„Sie war so heiß", murmelte Sam, und Pierre schaute mich irritiert an.

„Und so zart. Wie ein Neugeborenes." Sam wirkte wie weggetreten. Dann stand er energisch auf und begann wieder in der Schublade zu wühlen. „Ich muss jetzt zu ihr."

Ich schob ihn in den Flur. An der Wand hing ein hässliches Schlüsselbrett mit Wildschweinkopf, von dem ich nicht mehr wusste, welchem unserer Freunde wir das zu verdanken hatten. Ich nahm den Autoschlüssel vom Haken und verließ mit Sam das Haus.

Sam

Colin fuhr viel zu langsam. „Könntest du ein bisschen Gas geben?", bat ich.

Er hob die Schultern. „Ich fahre so schnell ich kann, Sam. Du musst dich beruhigen. Stell dich bitte darauf ein, dass sie dich gar nicht zu ihr lassen."

„Dann breche ich da ein", entgegnete ich und meinte es vollkommen ernst. Coco brauchte mich jetzt!

Colin lachte unsicher. „Ihr seid also wieder zusammen?" Es war mehr eine Feststellung.

„Ja. Ich habe Coco alles gestanden." *Wir gehören zusammen.* Das waren ihre letzten Worte, bevor sie in ihr Fieberdelir versunken war.

„Gestanden? Was denn gestanden?" Colin hielt fluchend vor einer roten Ampel.

„Na ja, dass ich eigentlich gar nicht ihre Kragenweite bin. Oder das jedenfalls dachte. Aber das war ihr total egal."

Colin musterte mich von der Seite, dann legte er den ersten Gang ein. Die Ampel wurde grün, und er fuhr weiter. „Sowas hast du schon einmal angedeutet, Sam. Aber ich hab ehrlich gesagt überhaupt nicht verstanden, was du damit gemeint hast."

„Du weißt doch, dass Coco aus einer Operndynastie stammt. Ich meine, ihr Alter ist sowas wie ein Star."

„Na und?"

Ich überlegte kurz, dann packte ich auch Colin gegenüber aus. War ja eh egal. „Ich bin mit meiner

Mutter und meiner kleinen Schwester groß geworden."

„Und wo liegt das Problem?", fragte Colin.

„In einer Zweizimmerwohnung in der übelsten Gegend Lüneburgs. Unsere Wohnzimmercouch war gleichzeitig mein Bett."

„Hm."

Der Weg zum Krankenhaus war bereits ausgeschildert. Ich wurde etwas ruhiger.

„Meine Mutter putzt, meine Schwester lebt in einer geschlossenen Anstalt und meinen Erzeuger habe ich nie zu Gesicht bekommen."

„Oh. Okay", meinte Colin gedehnt und blickte mich kurz an. Dann konzentrierte er sich wieder auf den Verkehr, der jetzt dichter wurde.

„Und damit du gleich alles weißt: Mein Studium habe ich auch geschmissen", ergänzte ich.

„Warum das denn?"

„Weil da nur elitäre Arschgeigen abhingen, denen die Eltern das Geld hinten und vorne reingesteckt haben. Ich war immer der Außenseiter. In Lüneburg, weil ich aufs Gymnasium ging und an der Uni, weil ich aus dieser Asigegend kam. Ich bin der Typ, dessen Platz sich immer exakt zwischen allen Stühlen befindet."

Als wir an der nächsten Ampel halten mussten, sah Colin mich an. „Wie bist du denn dann an den Job im Theater gekommen? Ich meine, ohne Abschluss?"

Ein bitteres, müdes Lächeln breitete sich auf meinem Gesicht aus. „Ich habe mir mein Abschlusszeugnis selber gemalt."

„Das hast du nicht getan!"

„Hab ich doch."

Nun grinste Colin zurück, schlug mir auf die Schulter und setzte den Wagen in Bewegung. Er musste ein paar Radfahrer vorbeilassen, bevor er beschleunigen konnte. Dann begann er laut zu lachen. „Mensch, Sam, du bist echt ein harter Hund."

Schön wär's. Je näher wir dem Krankenhaus kamen, desto mulmiger wurde mir. „Was soll ich tun, wenn sie mich wirklich nicht zu ihr lassen?", fragte ich unsicher.

Colin zuckte nur mit den Schultern. Als wir in die Straße einbogen, die zum Krankenhaus führte, konnte ich nicht mehr atmen. Mein Herz hämmerte in meiner Brust. Das Gespräch mit Colin hatte mich kurz ablenken können, aber jetzt war die Angst mit voller Wucht zurück. Die Angst, Coco zu verlieren. An ein Virus. Etwas, das so klein war, dass man es nicht einmal sehen konnte.

Colin

Ich blieb im Auto sitzen und beobachtete, wie sich Sam mit hängenden Schultern Richtung Krankenhausportal begab. Vor dem Eingang stand ein improvisiertes Zelt, davor drei Leute in Schutzkleidung. Sie wirkten wie von einem anderen Stern.

Ich sah, wie einer der drei die Hand hob, um Sam zu stoppen. Sam redete mit den Leuten, während seine Gesten immer wilder wurden. Man würde ihn nicht zu ihr lassen. Verwundert stellte ich fest, dass Sam versuchte, einfach an den Dreien vorbei das Krankenhaus zu stürmen.

Aber zwei der Leute hielten ihn fest. Ich stieg schnell aus und eilte hin. Die zwei Männer hielten Sam fest, während die dritte Person, eine junge Frau, telefonierte. Die Typen hatten Panik in den Augen. Ich gab ihnen ein Zeichen, das beruhigend wirken sollte, und kam näher. Dann legte ich meinem Freund behutsam eine Hand auf die Schulter. „Sam. Du musst jetzt mit nach Hause kommen, okay?"

Er versuchte sich weiter aus dem Griff der Männer zu befreien.

„Sam", versuchte ich es noch einmal, „die Leute dürfen dich da nicht reinlassen, verstehst du das? Genau das ist ihr Job."

„Ich will zu Coco!"

Wieder wünschte ich, Tick wäre hier. Sie wüsste mit der Situation besser umzugehen. „Hör zu, Sam. Wir fahren nach Hause und rufen Ticks Dad an. Der weiß, was zu tun ist, okay?" Sam wurde ruhiger. Schien zu überlegen. Dann blickte er mich an und nickte. Auf mein Zeichen hin ließen ihn die Männer zögernd los. Ich legte Sam einen Arm um die Schulter und führte ihn zum Auto. Zu meiner Erleichterung setzte er sich hinein, sank jedoch auf dem Sitz in sich zusammen. Ich versuchte, beruhigend auf ihn einzuwirken. „Alles okay soweit, Weißbrot?", fragte ich und startete den Wagen.

„Ich bin komplett am Arsch", antwortete er resigniert.

Sam

Wir fuhren schweigend durch eine Gegend von ausgesuchter Hässlichkeit. Colin musste mehrmals vom Gas gehen, um Radfahrern den Vortritt zu lassen. Menschen auf zwei Rädern waren in dieser Stadt Heilige. Kein Auto würde es wagen, ihnen den nötigen Respekt zu verweigern, was ja eigentlich sehr sympathisch ist. Ich seufzte schwer. „Tut mir leid, Colin. Ich habe mich gerade benommen wie ein Vollidiot."

„Einsicht ist ja schon mal ein Anfang", sagte er grinsend.

„Dass Du das mit ansehen musstest ... sorry!"
„Das geht schon in Ordnung. Schließlich sind wir Freunde." Das stimmte und ich fühlte mich ein bisschen besser bei dem Gedanken, in Colin einen so guten Freund gefunden zu haben.

„Sie muss wieder gesund werden.", sagte ich.

„Coco wird wieder gesund, Sam. Du machst dir zu viele Gedanken."

„Ich weiß, dass es verrückt klingt, aber gestern Nacht …" Ich hielt inne. Der Gedanke war zu absurd, als dass ich ihn aussprechen konnte.

Colin hielt vor einer roten Ampel und sah mich an. „Was war gestern nacht?"

„Coco hat im Fieberwahn gesprochen."

Durfte ich meine Vermutung wirklich äußern? Würde Colin mich nicht für völlig durchgeknallt halten?

„Okay?"

Ich blickte schweigend aus dem Fenster.

„Und was hat sie gesagt?", fragte Colin nach einer Weile.

Ich musste es aussprechen, auch wenn vermutlich niemand verstehen würde, was es bedeutete. „Sie hat ´Rodolfo, ich sterbe´ gesagt."

„Wer ist Rodolfo?", fragte Colin.

Falsche Frage! Was hat der Satz zu bedeuten, wäre die richtige Frage gewesen!

Ich holte Luft, dann platzte es aus mir heraus. Egal, ob man mich dafür in die Geschlossene einliefern würde. „Rodolfo ist der Geliebte von Mimi, Cocos Bühnenfigur. Sie glaubt, Mimi zu sein. Und Mimi stirbt am Ende. Ich muss zu ihr, um ihr zu sagen, dass sie Coco ist. Sonst stirbt sie auch!"

Ich erwartete, dass er in schallendes Gelächter ausbrechen würde. Aber Colin fuhr schweigend weiter. Nach einer Weile räusperte er sich. „Du musst ein bisschen runterkommen, Sam."

„Ja, schon klar. Alles nur Einbildung. Der kleine Sam dreht mal wieder am Rad", entfuhr es mir voller Wut.

„Das habe ich nicht gesagt."

„Aber gemeint!"

Colin fuhr an den Straßenrand und schaltete den Motor aus. Dann blickte er mich ernst an. „Hör mal gut zu, Sam: Niemand glaubt, dass du am Rad drehst. Ich schon gar nicht."

Ich schämte mich für meinen Ausbruch und sah an ihm vorbei aus dem Fenster.

„Du kannst mit mir reden. Du kannst mir alles erzählen, okay?"

„Okay." Ich nickte kleinlaut.

Er lachte. „Auch total abgefahrenes Zeug."

Ich musste kurz mitlachen, dann waren meine Gedanken wieder bei den Geschehnissen vor dem Krankenhaus. Ich hatte die armen Leute total verunsichert. „Ich konnte ihre Angst riechen."

Verblüfft sah Colin mich an. „Wessen Angst?"

„Die der zwei Typen, die mich in den Schwitzkasten genommen haben."

Colins Stirn zog sich in Falten. „Du meinst vor dem Krankenhaus?"

Er musste mich für komplett verrückt halten. Aber jetzt war es auch egal, also nickte ich und fuhr fort: „Und für einen Moment schämte ich mich in Grund und Boden. Weil es der Geruch meiner Jugend war. Mein eigener Geruch. Damals, als die harten Jungs aus dem Viertel mich rangenommen haben. *Samuel, das Gymnasiasten-Weichei. Na komm, Kleiner, blas uns mal ein wenig Algebra in den Unterleib. Wir wollen auch Klugscheißer werden."*

Colin sog scharf die Luft ein, dann sah er mich an.

In seinen Augen las ich nichts als Wärme und Verständnis. "Lass uns nach Hause fahren, Weißbrot."

Tick

Als ich mir einen Tee machen wollte, traf ich in der Küche auf Colin und Sam. Sie sahen aus, als hätten sie gegen eine Horde Wilder gekämpft. „Was ist denn mit euch los?", fragte ich und ließ Wasser in den Kessel laufen.

Colin blickte mich mit geröteten Augen an. Er wirkte todmüde. „Wir waren am Krankenhaus, aber sie lassen Sam nicht rein."

„Das hatte mein Vater ja schon befürchtet."

Sam legte seinen Kopf in die Hände und begann zu weinen. Erschrocken setzte ich mich neben ihn und nahm ihn in den Arm. Hoffentlich war er wirklich nicht mehr ansteckend. „Es wird alles gut, Sam", sagte ich und merkte selber, was für eine hohle Phrase ich da abließ. Ich hielt ihn fest, während sein Körper von heftigen Schluchzern geschüttelt wurde. Dann blickte ich unsicher zu Colin, der mir zu verstehen gab, dass Sam völlig am Ende war. Kein Wunder. Er hatte das verdammte

Virus gerade besiegt und nun hatte es Coco erwischt. Und offensichtlich ziemlich schlimm. „Hat sie ihr Handy mit ins Krankenhaus genommen?", fragte ich sanft. Sam beruhigte sich ein wenig und dachte nach. Dann schüttelte er den Kopf. „Nein, das liegt in ihrem Zimmer."

„Alles klar, dann *kann* sie sich ja gar nicht melden." Sam wurde noch etwas ruhiger. „Hör zu, ich rufe jetzt meinen Vater an und bitte ihn, sich nach ihr zu erkundigen", sagte ich.

In seinen verheulten Augen vermeinte ich einen kleinen Hoffnungsschimmer zu erkennen. „Würdest du das tun, Tick?"

„Aber sicher." Ich stand auf, lächelte ihm aufmunternd zu und ging in mein Zimmer. Wissend, dass ich wenig herausfinden würde. Ich rief in Papas Praxis an und hatte Daniel, den nettesten Arzthelfer der Welt, am Apparat. Er konnte mich wegen einer laufenden Untersuchung nicht durchstellen, versprach aber, meinem Vater auszurichten, dass ich ihn dringend sprechen müsse.

Dann setzte ich mich in den Sessel und dachte nach. Coco ging es nicht gut, das war natürlich megascheiße. Aber warum war Sam deshalb so durch den Wind? Bei Corona handelt es sich doch um ein Grippevirus. Eine schwere Grippe ist nicht lustig, aber Coco war jung und gesund. Was sollte ihr schon geschehen, außer dass ein Fieber sie für ein paar Tage lahm legen würde? Dennoch brauchte Sam irgendeine Entwarnung. Etwas, was mein Vater ihm vielleicht geben konnte. Mein Handy gab ein Signal. „Hallo, Papa", meldete ich mich.

„Hey, Tick, was gibt es? Mein Wartezimmer ist voller als voll. Wir haben alle Patienten des Vormittags verschieben müssen …"

Ich hörte ihm den Stress an und hatte sofort ein schlechtes Gewissen. „Tut mir leid, Paps, ich wollte fragen, ob du Neuigkeiten von Coco hast?"

„Ich weiß nicht mehr als du, Süße."

„Könntest du vielleicht mal im Krankenhaus anrufen?"

„Tick, du weißt doch, dass es eine ärztliche Schweigepflicht gibt, oder?"

„Aber dir wird man doch Auskunft geben!"

„Nein, wird man nicht. Ich bin nicht ihr behandelnder Arzt."

„Kannst du nicht Marius anrufen?" Einen Studienkollegen meines Vaters, der im Krankenhaus eine Abteilung leitete.

„Tick, ich kann nicht einfach private Kontakte nutzen, um an Informationen zu kommen, die ich nicht bekommen darf."

„Sam dreht fast durch vor Sorge. Er war am Krankenhaus und hat versucht, dort reinzukommen. Wir machen uns wirklich alle große Sorgen!"

Mein Vater versprach, darüber nachzudenken und legte mit den Worten *mein Wartezimmer explodiert gleich* auf.

Mit dieser Information ging ich zurück in die Küche.

Pierre

Wir hatten Sam dazu überreden können, sich ein wenig hinzulegen, saßen nun in der Küche und warteten auf den Anruf von Ticks Vater. Ich blickte zu Colin. „Hast Du eine Ahnung, warum Sam derart neben der Spur ist?" wandte ich mich an Colin.

Colin zuckte mit den Schultern und knibbelte an einem Kerzenstummel herum.

„Keine Ahnung, was da dran ist, aber Sam hat gesagt, dass Coco in ihrem Fieberwahn Mimi zu sein glaubt und deshalb sterben wird." Verunsichert schaute er uns an. „Ich weiß, es klingt total irre, aber Sam glaubt das wirklich."

„Dass sie gestern Nacht nicht wachgeworden ist, ist schon seltsam", meinte Tick besorgt.

„Was kann das denn bedeuten?", fragte ich.

„Keine Ahnung, aber ich werde meinen Vater fragen, wenn er anruft."

Ich stand auf und tigerte durch die Küche. „Meinst du, dein Dad bekommt etwas über Coco heraus?", fragte ich.

Irgendwo klingelte ein Handy. Es verging ein Moment, bis wir begriffen, dass es aus Cocos Zimmer kam. Ich warf Tick und Colin einen fragenden Blick zu, da war Sam schon im Flur, öffnete Cocos Zimmertür und schaute auf das Display. Ich eilte zu ihm. „Was ist?", fragte ich.

Er blickte verwirrt auf das Handy. „Ihr Vater."

Tick nahm ihm sanft das Handy aus der Hand und starrte aufs Display. „Er hat keine Nachricht hinterlassen. Cocos Eltern wissen vielleicht noch gar nicht, dass sie im Krankenhaus ist." Sie legte Sam eine Hand auf die Schulter. „Du musst ihren Vater anrufen. Jetzt kennen wir ja die Nummer."

Sam schaute sie verwirrt an. „Warum?"

„Sam! Ihre Eltern müssen erfahren, dass sie im Krankenhaus ist."

„Aber warum ruft sie mich nicht an?" Sam blickte von einem zum anderen. „Ich meine, im Krankenhaus wird es doch Telefone geben, oder?"

„Keine Ahnung." Tick schaute ihn unsicher an. „Vielleicht ja nicht."

Sam hatte recht. Dass Coco sich nicht meldete, war kein gutes Zeichen. Ich legte ihm einen Arm um die Schultern. „Ruf bei ihren Eltern an, Sammy. Vielleicht wissen die mehr und haben nur nicht bedacht, dass Coco ihr Handy daheim vergessen haben könnte."

„Gute Idee", sagte Colin.

Sam stand mit hängenden Schultern da. „Das kann ich nicht."

Ich wollte gerade etwas erwidern, als es erneut klingelte. Dieses Mal kam das Geräusch aus der Küche. „Das ist vielleicht *mein* Vater", sagte Tick. Sam stand da wie festgewachsen und blickte auf Cocos ungemachtes Bett. Colin und ich nahmen ihn in unsere Mitte und schoben ihn Richtung Küche. In der Küchentür blieben wir erschrocken stehen. Tick saß zusammengekauert auf einem Stuhl. Ihr liefen

Tränen über die Wangen, während sie immer wieder *Verstehe* ins Telefon sagte. Ich spürte, wie Sam neben mir zu zittern begann. Er hielt sich mühsam am Türrahmen fest. Nachdem Tick das Telefonat beendet hatte, wischte sie die Tränen aus dem Gesicht und versuchte sich an einem optimistischen Lächeln. Es gelang ihr nicht.

„Was ist?", fragte Sam. Seine Stimme zitterte im Gleichklang seines Körpers. Sanft zog ich ihn an mich.

„Man hat Coco auf die Intensivstation verlegt. Mehr konnte mein Vater auf die Schnelle nicht herausbekommen."

Sams Zittern nahm zu. Ich hatte Angst, dass er jeden Moment zusammenklappen würde. Deshalb schob ich ihn in die Küche und setzte ihn auf einen Stuhl. Dann schaute ich Tick an. „Weißt du, warum sie auf die Intensiv gekommen ist?"

Tick schüttelte den Kopf. „Ich soll meinem Vater die Telefonnummer von Cocos Eltern schicken", sagte sie leise. Sam begann zu weinen. „Ich muss unbedingt zu ihr", sagte er, „sonst wird sie sterben."

Colin setzte sich nun ebenfalls. „Come on, Sam. Coco ist eine gesunde, robuste Frau. So schnell stirb man nicht."

Ich beobachtete Sam, der Colin fest in die Augen schaute. „Sie wird sterben, Colin."

Colin

Die nächsten Stunden saßen wir mehr oder weniger schweigend in der Küche. Es wurde schon wieder Abend, Regen prasselte gegen die Scheiben. Ich hatte das Gefühl, dass es seit Ewigkeiten regnete. Dass die Sonne sich seit Wochen nicht gezeigt hatte.

„Ich muss zu ihr", wiederholte Sam immer wieder.

„Coco ist im Krankenhaus in den besten Händen, Sam", meinte Tick und strich ihm über's Haar.

Sam blickte sie an. „Sie wird sterben, Tick. Ich muss sie unbedingt davon überzeugen, dass sie nicht Mimi ist ..."

Als die Türglocke ertönte, fuhren wir alle zusammen. Tick sprang auf und lief in den Flur. Hoffentlich war es ihr Dad. Er würde Sam etwas zur Beruhigung geben können. Vielleicht ein Schlafmittel, damit er ein bisschen runterkam.

Wir hörten Tick leise reden. Dann war sie zurück in der Küche. Neben ihr stand ein fremder Mann und musterte uns aus stahlblauen Augen. Aus seinen grauen Locken tropfte Regenwasser. Ich schätzte ihn auf Ende Vierzig. Vielleicht ein Kollege von Ticks Dad.

„Guten Abend", sagte der Fremde. Sam schaute müde auf.

„Das ist Cocos Vater", sagte Tick.

Während sie dem Mann die nasse Jacke abnahm und ihm einen Stuhl anbot, richtete Sam sich kerzengerade auf.

„Wie geht es ihr?", fragte er mit zitternder Stimme.

Der Mann seufzte schwer. „Man hat uns nicht zu ihr gelassen. Wir konnten nur kurz mit einem Arzt sprechen."

„Ist Ihre Frau auch hier?", fragte ich. *Wie, um alles in der Welt, waren die so schnell aus München hierher gelangt?*

„Ja. Wir haben ein Hotelzimmer in der Nähe vom Krankenhaus. Meine Frau hat sich bereits hingelegt."

„Möchten Sie einen Tee?", fragte Tick und setzte Wasser auf.

„Danke." Der Mann sah sich in der Küche um. „Hier ist unsere Tochter also untergekrochen." Tick zuckte zusammen. Hatte er tatsächlich „untergekrochen" gesagt? Konsterniert schüttelte sie den Kopf, aber eigentlich war es im Moment völlig unwichtig, was Cocos Vater über unser Haus dachte.

„Was hat der Arzt denn gesagt?", fragte Sam. Er schien jetzt hellwach.

Der Mann legte seine schmalen, sehr gepflegten Hände auf die Tischplatte. „Wenig. Sie wissen nicht genug über das Virus. Wir werden unsere Tochter morgen früh nach München bringen. Dort gibt es bessere Kliniken."

„Was?" Sams Augen wurden schreckensweit. „Das geht nicht!"

Cocos Vater blickte ihn kühl an. Wusste er, dass Sam der Freund seiner Tochter war?

Tick schenkte dem Besucher eine Tasse Tee ein. „Danke, das ist sehr freundlich. Ich halte Sie auch nicht lange auf, ich wollte nur Cocos Sachen holen", sagte er.

Sam zuckte zusammen, als hätte er einen Stromschlag erlitten.

„Ist Coco denn überhaupt transportfähig?", fragte ich schnell. Hoffentlich rastete Sam nicht komplett aus!

Cocos Vater nahm einen Schluck Tee. „Das werden wir morgen früh klären. Wir sind zu viert hier. Der Pilot ..."

„Pilot?", fragte Pierre verblüfft.

Cocos Vater blickte ihn an, als würde er ihn erst jetzt zur Kenntnis nehmen. „Wir sind mit einer Privatmaschine hergeflogen. Außerdem ist ein befreundeter Arzt bei uns. In der Maschine gibt es Platz für ein Krankenbett."

Sam ließ den Kopf hängen, wie eine welke Pflanze. Er schien ins Nichts zu starren. Besorgt fragte ich mich, was in ihm vorging.

Cocos Vater stand auf. „Danke für den Tee. Könnten Sie mir jetzt bitte das Zimmer meiner Tochter zeigen?"

Nachdem Tick mit ihm die Küche verlassen hatte, begann Sam erneut zu zittern. Ich legte ihm eine Hand auf die Schulter. „Ganz ruhig, Sam. Alles wird gut."

Doch er antwortete nicht.

Wenige Minuten später waren sie wieder in der Küche. Cocos Vater stellte eine Reisetasche auf den Boden und zog seine nasse Jacke an. „Also dann, nochmals danke für den Tee", wiederholte er.

Ich stand auf. „Könnten Sie uns bitte informieren, sobald sie Sie etwas …", ich wusste nicht, wie ich mich ausdrücken sollte und schaute hilflos zu Tick.

„Wir wären dankbar, wenn Sie uns über Cocos Zustand auf dem Laufenden halten würden", meinte Tick und ich bewunderte sie für die Ruhe, mit der sie es sagte. Sam schaute sie verwirrt an.

Cocos Vater nickte. Ich gab Pierre ein Zeichen, auf Sam aufzupassen und begleitete den Mann gemeinsam mit Tick zur Tür hinaus. In diesem Moment hörten wir es in der Küche poltern. Cocos Vater sah uns fragend an. Ich schob ihn schnell weiter. Vor dem Haus wartete ein Taxi mit laufendem Motor. „Auf Wiedersehen", sagte der Mann. Plötzlich blickte er mit schreckensweiten Augen an uns vorbei in den Flur. Ich hastete zurück ins Haus und schloss schnell die Tür von innen.

Sekunden später trommelte Sam brüllend auf meinen Rücken ein.

Wir hatten Mühe, ihn zu dritt in Schach zu halten, aber es gelang uns endlich, ihn zurück in die Küche zu bugsieren. Erschöpft ließ er sich auf einen Stuhl fallen. Tick nahm ihn in den Arm, während ich im Schrank nach einem Schnaps suchte. Es gab jedoch keinen. Also ging ich zum Weinregal, öffnete eine Flasche und drückte Sam ein Glas Rotwein in die Hand. „Trink mal einen Schluck, Weißbrot."

Das Glas rutschte ihm aus der Hand, fiel zu Boden und der Rotwein ergoss sich über das Linoleum wie eine Blutlache. Schnell schnappte ich mir ein paar

Küchentücher und wischte das Zeug auf. Sam schien es gar nicht bemerkt zu haben.

Tick stand auf, nahm ihr Handy und verließ die Küche. Ich hörte sie in ihr Zimmer gehen. Vermutlich rief sie ihren Dad an. Sam hatte einen 1A-Nervenzusammenbruch, soviel stand fest. Schweigend saßen Pierre und ich da und hörten Sams Schluchzen, Jammern und Weinen zu.

Nach einer Weile kehrte Tic zurück.

„Mein Vater kommt gleich vorbei, Sam", sprach sie beruhigend auf ihn ein und setzte sich wieder zu uns. Sam reagierte nicht. Apathisch saß er da und blickte zu Boden. Niemand redete, niemand tat etwas. Wir saßen einfach nur da und warteten.

Als es endlich klingelte, ging Tick zur Tür und wir hörten, wie sie leise mit ihrem Vater sprach. Als ihr Dad in die Küche kam, trug er einen Mundschutz, aber nicht mehr die komplette Schutzausrüstung, die ihn wie ein Marsmännchen hatte wirken lassen. Er nickte uns müde zu und setzte sich schweigend an den Tisch.

„Na, Sam, wie geht es Ihnen?", fragte er mit sanfter Stimme und legte seine Hand auf Sams Arm.

„Wissen Sie, wie es Coco geht?", man hatte Mühe seine zittrigen Worte zu verstehen.

„Leider nein."

„Ich muss zu ihr, unbedingt!"

„Das geht nicht, Sam. Wegen der Pandemie darf niemand das Krankenhaus betreten."

„Aber sie stirbt."

„Nicht doch. Ihre Freundin ist dort in besten Händen."

Tick setzte ihren Vater in knappen Worten darüber in Kenntnis, dass Cocos Eltern sie nach München bringen wollen.

„Das ist allerdings ...", Ticks Dad wischte sich über die Stirn, „nun ja, die Münchner haben die besseren Kliniken", meinte er dann.

Sam blickte uns ernst an. „Ich muss zu ihr, solange sie noch hier ist. Sonst stirbt sie."

Ticks Dad zog die Stirn kraus. Er wirkte ebenso ratlos wie wir. „Ich möchte Ihnen gern etwas zur Beruhigung geben. Ist das okay, Sam?"

„Nein!"

„Es wird Ihnen guttun. Und Sie werden schlafen können."

Sam schüttelte energisch den Kopf. „Warum versteht ihr das alle nicht?", sagte er und blickte uns an. „Sie wird sterben, wenn ich nicht zu ihr kann!"

„Warum glauben Sie das, Sam?" Die Stimme von Ticks Dad war jetzt noch sanfter. Ich sah, wie sich die Sorgenfalten auf seiner Stirn weiter vertieften.

„Ich glaube es nicht, ich weiß es." Sam fuhr sich mit der Hand durchs Gesicht. „Coco glaubt, Mimi zu sein. Und als Mimi muss sie sterben." Sam blickte dem Doc in die Augen. „Sie ist in einem kritischen Zustand, stimmt´s?"

„Ich weiß leider nichts Genaueres, Sam."

„Doch, das wissen Sie. Sie wissen, dass sie in Lebensgefahr schwebt." Sams Stimme war jetzt fester. „Stimmt´s?"

Nach kurzem Schweigen fragte Ticks Dad: „Wer ist denn eigentlich Mimi?"

„Das ist ihre Bühnenrolle. Sie ist … ich weiß nicht, wie ich es erklären soll … irgendwie in der Rolle gefangen. Ich muss ihr sagen, dass sie Coco ist und nicht Mimi."

Ticks Dad schüttelte besorgt den Kopf. „Ich würde Ihnen wirklich gerne etwas zur Beruhigung geben, Sam."

„Warum glaubt ihr mir nicht?", rief Sam verzweifelt und schlug mit der Hand auf den Tisch. „Warum glaubt ihr mir einfach nicht?"

Tick blickte zu ihrem Dad. „Und wenn Sam recht hat, Paps?"

Der Doc stand seufzend auf und trat ans Fenster. Schweigend blickte er in die Dunkelheit, während wir auf seinen Rücken starrten.

Als er sich uns wieder zuwandte, war seine Haltung verändert. „Wie geht es denn eigentlich ihrem Magen, Sam?", sagte er.

„Was?" Sam schaute ihn verwundert an.

„Gestern sprachen Sie davon, dass Sie unbestimmte Schmerzen im Oberbauch hätten. Sind die noch da?"

Während Tick, Pierre und ich uns fragend ansahen, schien Sam zu verstehen. „Die Schmerzen sind nach wie vor da", sagte er mit fester Stimme und richtete sich auf. „Sogar stärker als gestern."

Der Doc schien mit sich zu ringen. Dann setzte er sich zurück an den Tisch, öffnete seine Arzttasche und fingerte einen Überweisungsblock hervor. „Da müssen Spezialisten ran. Wenn Sie einverstanden sind, würde ich Sie zur Beobachtung ins Krankenhaus einweisen."

In Ticks verblüffter Miene breitete sich ein Aha-Erlebnis aus. Sie begann zu lächeln.

„Damit bin ich einverstanden", sagte Sam und ich konnte beobachten, wie sein Gesicht von einem kleinen Hoffnungsschimmer erhellt wurde. Pierre wirkte völlig verdattert, Ticks Lächeln wurde breiter. Der Gesichtsausdruck des Docs war undurchdringlich. „Gut, Sam, dann packen Sie schnell ein paar Sachen zusammen. Ich werde Sie fahren."

Sam

Ich stand vor der Quarantänestation, las das Verbotsschild, schaute mich um, öffnete die Tür und schlüpfte hinein.

Der übernächtigt wirkende Arzt in der Notaufnahme hatte nur kurz meinen Bauch abgetastet.

„Das sehen wir uns morgen früh genauer an. Heute nacht werden wir Sie nur beobachten", hatte er gesagt. Gottlob wurde ich nicht gleich in den OP geschoben.

Mein Herz klopfte stark, als ich den Flur entlang schlich. Es roch nach Desinfektionsmittel und Krankheit. Hinter einer der Türen würde ich Coco finden. Aber hinter welcher? Ich blickte durch eine Glasscheibe. Dort lag ein alter Mann, komplett verkabelt. Er war umringt von kompliziert wirkenden Gerätschaften. Mir schnürte es die Kehle zu. Was, wenn Coco ebenso dalag? Würde ich das überhaupt verkraften?

„Was machen Sie denn hier?", bellte es hinter mir. Ich drehte mich um und war mit einer wutschnaubenden Krankenschwester – nein, dem personifizierten Klinik-Grauen - konfrontiert. Groß, massig, die Augen zu schmalen Schlitzen verengt. „Ähm, ich will jemanden besuchen."

„Das hier ist eine Quarantänestation, junger Mann. Besuch ist strengstens untersagt. Außerdem ist es mitten in der Nacht." Die Augenschlitze wurden noch enger.

„Das weiß ich." Ich überlegte fieberhaft, womit ich die strenge Frau erweichen könnte. „Wissen Sie, meine Freundin liegt hier und ich bin ebenfalls Patient, da dachte ich …"

Sie schaute mich mitleidlos an. „Da haben Sie falsch gedacht." Sie zeigte auf den Ausgang. „Wenn ich bitten dürfte."

„Können Sie mir denn wenigsten sagen, wie es ihr geht?"

„Sind Sie verwandt?"

„Wir sind ein Paar."

„Also nicht verwandt." Sie zeigte erneut auf den Ausgang.

„Bitte, ich möchte doch nur wissen, ob es ihr gut geht. Ihr Name ist Coco Blum."

Die Frau wurde blass, ihre Züge weicher.

„Was ist?", fragte ich. Meine Stimme zitterte vor Angst.

„Die Eltern von Frau Blum sind angereist. Bitte wenden Sie sich an die."

Die Schwester wandte sich zum Gehen. Ich hielt sie am Arm fest und blickte sie stumm an, während meine Augen sich mit Tränen füllten.

Sie nickte zögernd.

„Zimmer dreizehn. Behalten Sie unbedingt die Maske auf. Und ich habe Sie nie gesehen."

Coco

Ich soll mich aufsetzen, aber es fehlt die Kraft. Ich kann ja nicht einmal die Augen öffnen. Alles ist schwer. Ich huste, es tut weh. Wie lange bin ich schon hier? Wo bin ich überhaupt? Es riecht fremd. Ein schneller Ton, laut und alarmierend. Ich spüre Panik, es ist die Panik der anderen. Ein weiterer Ton, wie ein böses Omen. Um mich herum wird es hektisch. Mir wird kalt. Hat jemand das Fenster geöffnet? So kalt. Dann stürze ich hinab in tiefe Dunkelheit.

Eine leuchtende Kristallsäule nimmt mich auf. Behutsam wird sie mich hinübertragen zu den gütigen Engeln des Todes. Musetta, du Gute, wie schön es ist, zu sterben. So leicht ist das, meine liebe Freundin. Doch wo ist er? Wird er kommen, mir Adieu zu sagen? Rodolfo? Wird er kommen?

Eine Hand berührt meine Schulter. „Rodolfo?“, flüstere ich leise. Ich höre ihn weinen. „Nicht weinen. Musetta wärmt mir die Hände. Sie sind immer so kalt.“

Alles ist so kalt. Winterkalt. Schneekristalle verwehen die Säule, ich schwebe in ihnen ans Licht. Hinauf in die Wärme.

„Rodolfo, Musetta, seid ihr da?“ Das Weinen wird lauter.

Jemand legt seine Wange an die meine, vorsichtig, um mir nicht weh zu tun. „Du darfst nicht sterben“, höre ich ihn mit erstickter Stimme flüstern.

„Rodolfo?“

„Ich bin´s doch, Sam.“

Wo ist Rodolfo?

„Bitte bleib bei mir. Bei uns. Wir brauchen dich hier.“

Seine Tränen vermischen sich mit meinen.

„Sam?“, flüstere ich. *Wer ist Sam?*

„Ja. Bleib bei mir, Coco.“

Ich bin doch Mimi, ich muss sterben. Sterben ist leicht. Drüben ist es warm. „Ich heiße Mimi.“

„Du bist nicht Mimi.“ Ich höre ihn schluchzen.

Wie kann das sein?

„Dein Name ist Coco Blum. Du bist eine großartige Sängerin. Du spielst nur die Rolle der Mimi. Mimi muss sterben, aber du darfst – musst! - leben. Hörst du mich?“

Was redet er denn da? „Rodolfo, ich gehe jetzt.“

Er nimmt mich in die Arme, schüttelt mich, schreit: „Komm zurück, es ist zu früh. Dein Leben beginnt doch erst. Bitte, verlass mich nicht.“

Er klingt überzeugend, mein Rodolfo. Aber die Schneesäule dreht sich schneller und schneller. Will mich holen und ich will gehen. Endlich ins Warme.

„Coco! Coco!", höre ich ihn rufen. *Aber er ist schon zu weit weg.*

Finale Ultimo

Ein Jahr später

Tick

mit schweißnassen Händen beendete ich das Telefonat. Dann blieb ich einen Moment fassungslos sitzen und ließ das Gehörte auf mich wirken. Das konnte nicht sein! Das konnte einfach nicht sein!

Drei Wochen wollten sie mir geben.

Drei gottverdammt kurze Wochen!

Ich musste unbedingt mit Colin reden, also ging ich in sein Zimmer.

Er stellte die Musik leiser und lächelte mir liebevoll zu, bevor sich eine Sorgenfalte auf seiner Stirn bildete. „Schlechte Nachrichten?", fragte er verunsichert.

Ich ließ mich seufzend auf einen Stuhl fallen. „Ja. Ähm, nein. Ach, ich weiß auch nicht."

Er beugte sich zu mir herab und strich eine Locke aus meiner Stirn. „Was ist los, Maus?"

„Nur noch drei Wochen", murmelte ich.

„Ich verstehe nicht. Was ist in drei Wochen?"

Ich blickte ihm in die Augen. Diese warmen, dunklen Augen, die ich so liebte. „Gerade hat mich Tami angerufen."

Colins Stirn legte sich wieder in Falten. „Tami?"

„Meine Lektorin."

„Ach ja, stimmt. Was wollte sie denn?"

„Der Verlag will die Veröffentlichung meines Buches vorziehen, damit die Aktualität nicht verloren geht."

„Aber das ist doch gut, oder?"

Ich zuckte unsicher mit den Schultern. „Schon. Aber ich habe keine Ahnung, wie die Geschichte enden soll. Mir fehlt dazu jegliche Idee."

Er lächelte mich aufmunternd an. „Das glaube ich nicht, Maus."

„Aber wann ist eine Geschichte zu Ende, wo doch immer alles weitergeht?", fragte ich verzweifelt.

Colin stand auf, zog mich zu sich heran und nahm mich in den Arm. Ich spürte sein Herz an meiner Brust. Der regelmäßige Schlag beruhigte mich. Ich fühlte Geborgenheit und die Gewissheit: Auf Colin ist Verlass – für immer und ewig. Dann küsste er mein Haar. „Die Geschichte ist zu Ende, wenn du entscheidest, dass sie zu Ende ist. Ganz einfach."

Ich sah ihn unsicher an. Er nickte mir aufmunternd zu. Ich nickte zaghaft, küsste seinen Hals, ging in mein Zimmer, fuhr den Rechner hoch und begann zu schreiben.

„Schau mal, da hängt dein Portrait." Ich stupse Pierre in die Seite, wobei etwas von meinem Sekt überschwappt.

„In der Tat. Sehe ich nicht fantastisch aus?", witzelt mein Mitbewohner, bevor er mit großer Geste auf die Bilderwand im Foyer weist. „Darf ich vorstellen, das Theaterensemble."

„Die sehen alle fantastisch aus", meint Colin staunend.

„Tja, fett geschminkt, gutes Licht, tolle Fotografin. Und schon bist du schön."

Ich schaue mir die kleine Messingplakette an, die unter Pierres Portrait angebracht ist. „Bester Nebendarsteller 2020", lese ich laut vor. Pierre streicht sich verlegen mit der Hand durch's Haar. Der Gong ertönt einmal. „Müssen wir jetzt auf unsere Plätze? Oh, guck mal, da ist Sam. SAM!" Ich fuchtele mit den Armen, wobei der Rest meines Getränks bedenklich in Unruhe gerät. Aber es ist alles so aufregend. Ich kann kaum still an einer Stelle stehen.

Colin lächelt mich an. „Pass auf, dass du dir mit dem süßen Zeug nicht dein Kleid versaust. Siehst übrigens toll aus."

„Danke."

Sam blickt sich hektisch im Foyer um, erkennt uns, winkt und eilt schnell weiter.

„Lampenfieber", meint Pierre trocken.

„Nur?" Pierre blickt mich erstaunt an. Es gongt zweimal.

„Ich meine, ist man da auch aufgeregt?"

„Vor einer Premiere ist jeder aufgeregt, sogar der Pförtner. Na ja, der vielleicht nicht. Aber das wäre dann auch der einzige. Und der Bühnenbildner ist ein ziemlich wichtiger Akteur in der ganzen Chose. Stell dir nur vor, er geht nach der Vorstellung auf die Bühne und keiner klatscht."

„Was würde das denn bedeuten?", fragt Colin, wobei er leicht angewidert in sein halbvolles Sektglas schaut.

„Dass das Bühnenbild durchgefallen ist."

Mein Herz beginnt zu rasen. „Oh, Gott. Glaubst du, das kann passieren? Armer Sam."

„Wird schon gutgehen. Kommt, wir sollten uns langsam setzen."

Gemeinsam gehen wir in den Zuschauerraum. Ich bin geblendet von dem ganzen Gold. „Boah, ist das kitschig", entfährt es mir.

„Sag bitte nicht, dass du noch nie hier warst." Pierre schaut gespielt streng.

Vermutlich werde ich rot. „Nee, leider nicht. Nur bei deiner Premiere, aber die ..."

„... war im kleinen Haus, ich weiß."

Pierre hat drei Plätze in der achten Reihe für uns reservieren lassen. Aus dem Orchestergraben hört man die Musiker ihre Instrumente stimmen. Kleine Melodien treten gegeneinander an. Eine Klarinette tut sich kurz hervor, wird von einer Geige abgelöst, die ihre Vorherrschaft schon bald an ein paar Bratschen abgeben muss. Nervöse Aufregung liegt in der Luft.

Die Türen werden geschlossen, aufgeregt nehme ich Colins Hand. Die Gespräche werden leiser und verstummen bald ganz. Von der Tribüne hört man ein mühsam unterdrücktes Hüsteln. Die elegante Dame in der Reihe vor uns blättert noch schnell durchs Programmheft. Ein Hauch von schwerem Parfüm weht herüber. Dann erlischt das Licht im Zuschauerraum. Nur der Orchestergraben ist noch beleuchtet und wirkt wie ein untergehender Vergnügungsdampfer. Plötzlich brandet Applaus auf. Ich blicke fragend zu Pierre.

Jetzt sehe ich einen blonden Haarschopf im Orchestergraben. „Die Dirigentin", flüstert er. Der blonde Haarschopf verbeugt sich. Dann tritt eine Stille ein, wie ich sie noch nie zuvor erlebt habe. Die Dirigentin hebt den Taktstock. Die Streicher setzen ein. Der Vorhang öffnet sich wie von Zauberhand und mir bleibt fast das Herz stehen. Ungläubig blicke ich auf die

Bühne. Pierre stößt einen überraschten Laut aus. Colin drückt meine Hand viel zu fest.

Mitten auf der Bühne steht ein altertümlich wirkender Flügel, an dem ein Mann sitzt und etwas schreibt. Daneben eine Gitarre, zwei Bässe, ein Saxophon. Ein riesiger Leuchter unter der Decke. Bücher und Noten stapeln sich auf einem Tisch. Staffeleien, Farben, Pinsel. Auf einer Staffelei ein halbfertiger Akt. Den zweiten Mann entdecke ich erst, als er zu singen beginnt. Er sitzt auf dem überdimensionalen roten Sofa. Den Männern scheint kalt zu sein. Sie singen italienisch, deshalb verstehe ich kein Wort. Mein Blick wandert über das Bühnenbild. Links an der Wand steht ein Regal, in dem ein kleiner Holzrabe tanzt.

Die nächsten anderthalb Stunden versinke ich immer mehr in die Musik und das Geschehen auf der Bühne. Und dann ist es auch schon vorbei. Nach einem gingantisch tosenden Schlussapplaus strömen die Zuschauer aus dem Saal ins Foyer und zu den Garderoben.

„Sollen wir noch einen Sekt trinken?", frage ich die anderen.

Colin schüttelt den Kopf. „Nee, danke. Dieses Blubberzeug ist nichts für mich."

„Dafür ist jetzt sowieso keine Zeit. Wir müssen in die Kantine", sagt Pierre.

„In die Kantine?" Ich blicke Pierre fragend an. „Was sollen wir denn da?"

„Na, wir sehen uns an, wie die restlichen Kollegen reagieren. Das ist fast so spannend wie der Applaus des Publikums."

„Dürfen wir da denn überhaupt hinein?", fragt Colin, während wir die Treppe hinter Pierre hinauflaufen.

„Mit mir schon. Los, Beeilung!"

Als wir wenig später die Kantine erreichen, treffen wir lediglich auf ein paar Arbeiter, die sich mit starkem Kaffee für den Bühnenabbau stärken.

„Wir setzen uns hierher, da haben wir die Tür zu den Garderoben im Auge", meint Pierre.

„Wo sind denn die ganzen Schauspieler?"

„Runterkommen, umziehen, abschminken."

Ein paar Leute betreten die Kantine. Ich kann sie nicht zuordnen. Vielleicht Verwaltungspersonal. Sie nehmen am Tresen Platz und schauen erwartungsvoll auf die Zaubertür, durch die jeden Moment die Stars den Raum betreten würden. Die Tür geht auf. Ich halte den Atem an. Sam betritt die Kantine und vom Tresen erschallt Applaus. Wir beginnen ebenfalls zu klatschen, was alles in allem aber ziemlich dünn rüberkommt. Sam strahlt trotzdem übers ganze Gesicht. „Na ihr?" Er setzt sich zu uns.

„Mann, das war ja vielleicht eine Überraschung, als der Vorhang aufging!" Colin glüht vor Freude und Begeisterung. Bewegt legt er dem Freund eine Hand auf die Schulter. „Du hast das Kunsthaus Clark nachgebaut." Sam strahlt noch etwas mehr. „Und zwar eins zu eins." Dann wird er blass.

„Was ist?", frage ich besorgt. Wir sehen einen imposanten Mann im Smoking direkt auf unseren Tisch zusteuern.

„Der Chef", flüstert Pierre.

Sam steht auf. Der Intendant breitet seine Arme aus. „Großartig!", ruft er und drückt Sam an sich. „Ganz großartig."

Ehe Sam etwas erwidern kann, geht die Tür ein weiteres Mal auf und eine Gruppe Choristen betritt schwatzend und lachend den Raum. Niemand klatscht. Der Intendant steht nun an der Theke, ein Glas Rotwein in der Hand. Die

Sänger setzen sich an einen langen Tisch, an dem sie gerade noch alle Platz finden und plappern weiter.

„Wie aufregend." Ich lege einen Arm um Sam, „bist du glücklich?" Er nickt nur.

Nach und nach füllt sich der Raum, ab und zu wird ein bisschen geklatscht. Ich erkenne kaum jemanden wieder. Die meisten Künstler sind abgeschminkt und tragen Alltagskleidung, was ich irgendwie ernüchternd finde. Die Stimmung in der Kantine changiert zwischen ausgelassen und aufgedreht.

Und dann ändert sich plötzlich die Temperatur im Raum. Gespräche ersterben. Der Intendant richtet sich auf. Ich schaue mich um. Es hat sich nichts verändert. Dennoch halten alle in der Bewegung inne und starren auf die Tür. Für eine Millisekunde ist es totenstill. Die Kühlschränke stellen ihr Brummen ein, die Deckenlampen das Knistern. Ich spüre, wie Sam seine feuchte Handfläche auf meine Hand legt. Die Kantine hält kollektiv den Atem an. Dann geht die Tür auf. Und da steht sie. Groß, schön, strahlend.

Der Intendant beginnt als erster zu klatschen. Und dann entbrennt ein Applaus, wie man ihn einer so kleinen Kantine niemals zugetraut hätte.

Coco wird umringt von ihren Kollegen. Wir sitzen am Tisch, eingebettet in das Geschehen um uns herum. Hin und wieder erklärt Pierre: Das ist die Generalmusikdirektorin, das der Konzertmeister. Die Vorsitzende des Theatervereins. Die Verwaltungsdirektorin. Coco wird mit Blumen überhäuft und mit Komplimenten überschüttet. Irgendwann steht Pierre seufzend auf, nimmt ihr wortlos die Sträuße ab und gibt sie der Kantinenwirtin, die die Blumengebinde mürrisch in Bierkrüge stellt.

„Die zwei kenne ich nicht", meint Pierre, setzt sich wieder und deutet auf ein recht extravagantes Paar, das Coco gerade in Beschlag nimmt. Dann zieht er die Stirn kraus. „Warte mal? Ist das nicht ihr Vater?"

Jetzt erkenne ich ihn auch. „Das ist er und die Frau wird dann wohl Cocos Mutter sein. Ziemliche Erscheinung."

„Wirklich?" Sam richtet sich auf.

„Ja klar, der große Blum nebst Gattin", antwortet Pierre aufgeregt. „Sie hat uns gar nicht erzählt, dass ihre Eltern kommen werden."

„Vielleicht ist das eine Überraschung", spekuliert Colin. „Der Mann sieht jedenfalls total anders aus als damals, oder?"

Ich nicke. „Tja, welcher Typ sieht im Smoking schon aus wie im echten Leben?" Dann schaue ich meine Freunde an. „Diesen Abend hätte sich vor einem Jahr niemand von uns vorstellen können, oder?"

„Nein, wohl kaum. Aber es ist überwältigend, dass es so gekommen ist." Sam wischt sich den Schweiß von der Stirn. „Hoffentlich stellt sie uns ihre Eltern nicht vor."

Colin schlägt ihm lachend auf die Schulter. „Da wirst du jetzt durchmüssen, Weißbrot."

Es dauert fast eine Stunde, bis Coco sich von der Menschentraube befreien und sich wieder uns zuwenden kann. Sie will sich gerade setzen, als eine Frau ihr auf die Schulter tippt. „Joyce McCusker, die Generalmusikdirektorin", flüstert Pierre. Coco blickt sie fragend an. Ich habe das Gefühl, dass auch ein wenig Angst in ihrem Blick liegt. Die Frau legt ihr lächelnd eine Hand auf die Schulter. „Manchmal muss man durchs Feuer gehen, damit man zu voller Größe erblüht. Etwas in der Art habe ich mal zu dir gesagt, erinnerst du dich?" Coco nickt beklommen. „Genau das ist dir passiert. Verstehe es als Geschenk des Schicksals. Du warst überwältigend."

Einen Moment bleibt Coco regungslos stehen, dann beginnt sie leise zu weinen. Sam nimmt sie liebevoll in seine Arme. „Du warst mehr als überwältigend."

„Danke. Tolles Bühnenbild, Sam."

„Ich weiß."

Dann wird sie von Pierre und Colin umarmt.

Endlich, endlich, bin ich an der Reihe! Ich stehe lächelnd auf, stelle mich auf die Zehenspitzen und gebe Coco einen Kuss auf die Wange, bevor ich sie fest umarme.

„Ich wünsche dir, dass du noch viele Bühnentode stirbst. Aber im richtigen Leben bleibst du schön gesund und munter in unserer Mitte", flüstere ich ihr ins Ohr.

Sabine Bartsch, geboren im schönen Oldenburg, wo sie eine unbeschwerte Kindheit mit ihrer Freundin Pippi Langstrumpf verbrachte, bevor sie einem englischen Snob namens Somerset Maugham verfiel. Der musste sich ihre Liebe allerdings mit dem amerikanischen Trinker Ernest Hemingway teilen.

Nachdem sie sich von diesen zwei heftigen Affären einigermaßen erholt hatte, studierte sie und war anschließend als Theaterpädagogin, Kulturmanagerin und Festivalorganisatorin tätig.

Bis zu ihrem viel zu frühen Tod im Mai 2022 arbeitete sie als Geschäftsführerin eines Kulturzentrums in Baden-Württemberg.

Wann immer es die Zeit erlaubt, setze ich mich an den Laptop, schaue durch das Fenster in den zauberhaften Garten und beginne zu schreiben. Nicht selten ein ganzes Wochenende lang. Wunderbar!

Sabine Bartsch 2019